古代文史名著选译丛书

主编 章培恒 安平秋 马樟根

元史选译

修订版

译注 樊善国 徐 梓
审阅 马樟根

凤凰出版传媒集团 凤凰出版社

图书在版编目（CIP）数据

元史选译 / 樊善国，徐梓译注. -- 南京 ：凤凰出版社，2011.5
（古代文史名著选译丛书）
ISBN 978-7-5506-0382-0

Ⅰ. ①元… Ⅱ. ①樊… ②徐… Ⅲ. ①中国历史—元代—纪传体 Ⅳ. ①K247.042

中国版本图书馆CIP数据核字(2011)第045878号

书　　名　元史选译
译 注 者　樊善国　徐　梓
责任编辑　陈晓清
出版发行　凤凰出版传媒集团
　　　　　凤凰出版社(原江苏古籍出版社)
　　　　　南京市中央路165号　邮编 210009
　　　　　发行部电话025-83223462
集团网址　凤凰出版传媒网　http://www.ppm.cn
照　　排　江苏凤凰制版有限公司
印　　刷　江苏凤凰通达印刷有限公司
　　　　　南京市六合区冶山镇　邮编 211523
开　　本　960×1304毫米　1/32
印　　张　12.25
字　　数　198千字
版　　次　2011年5月第1版　2011年5月第1次印刷
标准书号　ISBN 978-7-5506-0382-0
定　　价　25.00元

《古代文史名著选译丛书》编委会

《古代文史名著选译丛书》修订版出版说明

呈献在读者面前的这套《古代文史名著选译丛书》是2011年的修订版。全书共134册，包括了中国从先秦至清末两三千年间的著名典籍。每部典籍都选其精粹(《论语》《老子》则全文收录)，收录原文，加以简明的注释，力求准确地译为现代汉语，并于每一篇之前写有对该文的提示性说明。这是近一个世纪以来，规模最大、收录种类相对齐全、译注质量较高的一套普及传统文化的今译丛书。

这套丛书，原在1992年—1994年由巴蜀书社分三批出齐，印行过万套；不久，又由台湾的出版机构买去海外版权在台湾及海外发行，可见这套丛书当年在两岸受欢迎的程度。时隔17年，丛书编委会决定重新修订，改由江苏凤凰出版集团所属的凤凰出版社出版。

这套丛书是由教育部属下的全国高等院校古籍整理研究工作委员会（简称古委会）于1985年策划的。古委会组织了全国18所大学的古籍整理研究所的所长任编委会编委，由我们三人任主编，在全国范围内选请学有专长的学者承担各书的译注。从1986年—1992年，历时7年完成。当时，编委会制订了严明、可行的体例和细则，译注者按要求完成书稿。每部书稿完成后，都在全国范围内请编委会之外的专门研究这一学术领域的两位专家初审，合格后再请两位编委参照初审意见审改，然后退还原译注者改正。待原译注者改正后，再由编委会集中常务编委和部分编委、相关专家在一地将每部书稿从头至尾审改。这样的集中审稿会一般都在8—15天，7年中开了12次审改会。审改后，三位主编再集中在一起逐一审定，交付出版社。这一工作程序，使得这套丛书的译注质量有了一定的提高。所以，这套丛书，在一定程度上是个人与多人合作的结果。关于这套丛书的编纂始末，我们曾在1992年4月全书交稿后写有一篇文章，这次附在修订版书末，便于读者了解。

这次修订，是交由原译注者自己修改。少数译注者已去世，则书稿一仍其旧。个别译注者已联系不上，也保持原貌。

1992年—1994年出版时，书前有当时古委会主任周林先生写的序。周林先生是这一丛书的发起者。他已于1997年6月去世，至今已14年了。为了尊重历史，也为了纪念他，修订版仍用他的序。

我们三人在1985年—1992年主持这套丛书工作时，年龄大的是从51岁到58岁之间，年龄小的是从44岁到51岁之间，那时尚有精力组织、参与这一工作，今天我们都已年逾古稀。全书修订版出版之际，心情似乎比当年更惴惴不安地期待着读者的评头品足，期待着不要对读者贻误太多。

回想这套丛书，真应该感谢我们的祖先为我们留下了这样深厚、丰富的思想、文化遗产，使我们今天仍然受用无穷。应该感谢这套丛书的全体译注者、审阅者、编委和当年的出版者巴蜀书社、今天的出版者凤凰出版社，是他们的学识、辛勤与真诚使得这套丛书得以面世。

章培恒　马樟根　安平秋

2011年3月15日

序

《古代文史名著选译丛书》与广大读者见面了。这是丛书编委会的同志与众多专家学者通力协作、辛勤耕耘的结果。

中华民族在五千年漫长的岁月里，创造了光辉灿烂的文化，给人类留下了丰富的精神财富。“观今宜鉴古，无古不成今”。今天，以马克思主义的科学理论为指导，整理研究我国古代文化典籍，做到汲取精华，剔除糟粕，古为今用，推陈出新，使人们在正确认识民族历史的同时，得到爱国主义的教育，陶冶道德情操，提高全民族的文化素质，促进社会主义文化的繁荣，使文明古国的历史遗产得以发扬光大，这是我们每个炎黄子孙的责任。而要做到这样，对古籍进行整理与研究是重要的基础工程。但是，整理与研究古籍仅作标点、校勘、注释、辑佚还不够，还要有今译，使老年人、中年人、青年人都愿意去读，都能读懂，以便从中得到教益。

基于以上认识，全国高等院校古籍整理研究工作委员会于1986年5月组成了以章培恒、安平秋、马樟根三位同志为主编的《古代文史名著选译丛书》编委会，确定了以全国十八所大学的古籍整理研究所为主力承担这一看似轻易、实则艰巨的今译任务。在第一次编委会议上，拟定了《凡例》、《编写与审稿要求》、《文稿书写格式》和一百余种书目。以每一种书为十万至十五万字计算，这套丛书大约有一千余万字，应该说是一项大工程。经过一年的努力，完成了第一批三十六部书稿的译注任务。在各研究所的专家与所长把关的基础上，于1987年5月和7月，先后在复旦大学、北京大学召开了部分编委参加的审稿会，通过了二十五部书稿，作为《古代文史名著选译丛书》与广大读者见面的第一批作品。与此同时，在1987年7月6日，邀请了在京的十几位专家教授与编委会十几位编委一起座谈这套丛书与古籍今译的问题。专家们肯定了今译工作的必要性与深远意义，并以他们数十年的教学科研和创作的经验，说明今译是一项难度很大的工作，是培养人才，使之打下坚实基本功的一种有效方法；专家们还对《古代文史名著选译丛书》提出了宝贵的建议，这对当时的审稿工作和保证《丛书》的质量起了很好的作用。

实践证明，古籍的今注不易，今译更难。没有对作品的深入、透彻的研究，没有准确、通俗、生动的语言表达能力，要想做好今译是不可能的。两年多来，全国高等院校古籍整理研究工作委员会在探索古籍的今注、今译的道路上，做了一些工作。这部丛书的出版，是系统今译的开始，说明古籍整理研究工作有了新的进展。更可喜的是，一批中青年学者参加了今注今译工作，为古籍整理增添了新生力量，相信他们会在实践中，在学习中，成长成熟。我希望，这套丛书的编委会和高校各古籍整理研究所要敞开大门，加强同国内外专家学者的联系，征求他们和广大读者的意见，并向有真才实学而又适宜做今译工作的专家学者约稿，以提高古籍译注的水平，使《古代文史名著选译丛书》的第二批、第三批作品的质量更上一层楼。

这是一套以文史为主的大型的古籍名著今译丛书。考虑到普及的需要，考虑到读者对象，就每一种名著而言，除个别是全译外，绝大多数是选译，即对从该名著中精选出来的部分予以译注，译文力求准确、通畅，为广大读者打通文字关，以求能读懂报纸的人都能读懂它。我希望这套丛书能成为中小学教师的语文、历史教学的参考书，成为大专院校学生的课外读物，成为广大文史爱好者的良师益友。由于系统的古籍今译工作还刚刚起步，这套丛书定会有不少缺点、错误，也诚恳地希望读者批评指正。

巴蜀书社要我为这套丛书写序，我欣然接受了。我相信这套丛书不仅会使八十年代的人们受益，还将使子孙后代受益，它将对祖国的繁荣昌盛起到点滴的作用。最后借此机会向曾给予我们支持、帮助的专家学者和巴蜀书社的同志表示衷心的感谢！并殷切地希望台湾同胞、港澳同胞、海外侨胞和我们一同做好祖先留给我们的文化遗产的整理工作，为中华民族灿烂的文化再放异彩而努力！

周　林

1987年10月于北京

目　录

前言 …… 001
太祖本纪 …… 001
世祖本纪 …… 032
地理志·序 …… 053
选举志·序 …… 059
百官志·序 …… 066
食货志·农桑 …… 071
兵志·序 …… 081
丘处机传 …… 089
耶律楚材传 …… 094
史天泽传 …… 123
姚枢传 …… 142
赵复传 …… 159

许衡传 …… 165
阿合马传 …… 177
刘秉忠传 …… 187
郝经传 …… 209
王恽传 …… 217
金履祥传 …… 224
八思巴传 …… 230
姚燧传 …… 234
萧𣁽传 …… 240
阿尼哥传 …… 245
刘因传 …… 249
程钜夫传 …… 255
胡长孺传 …… 264
吴澄传 …… 274
赵孟頫传 …… 283
张养浩传 …… 294
虞集传 …… 302
黄溍传 …… 312
欧阳玄传 …… 319
许有壬传 …… 326
苏天爵传 …… 335

编纂始末 …… 001
丛书总目 …… 001

前言

元朝结束了在它以前长期分裂割据的局面，统一了中国，从民族融合的观点看来，有着十分积极的意义。同时，中外交流也空前发展。元朝北方经济得到恢复，南方保持了原有的发展水平，并在许多方面（例如棉花种植的普及等）有新的成就。元朝文化的多样性是显著的。政府使用蒙古文、汉文、波斯文三种文字；对宗教采取兼容并蓄政策，佛教、道教、伊斯兰教，以及景教、天主教等并存；在汉族地区，理学成为官学。在科技方面，有王祯编的《农书》，以及政府编行的《农桑辑要》，郭守敬的授时历；在史学方面，有马端临编撰的《文献通考》；在绘画方面，以山水画家黄公望、王蒙、吴镇、倪瓒为代表的绘画，都是人们公认的重大成就。在文学方面，以关汉卿、马致远、王实甫、白仁甫、郑光祖、乔吉、张可久为代表的杂剧、散曲作家，使元曲成为一代文学的代表。总之，元朝是中国封建社会的重要时期，了解这段历史对认识和了解我国历史文化的发展，具有很大意义。

明朝攻克元大都四个月之后，即洪武元年(1368)十二月，朱元璋下诏纂修《元史》。这时，元顺帝北逃，国号尚存，纂修一代之史显然为时过早，但明朝君臣还是以“九州攸同”为由，宣布召集儒臣，纂修《元史》。洪武二年二月初一，汪克宽、胡翰、宋僖、陶凯、陈基、赵埙、曾鲁、赵汸、张文海、徐尊生、黄篪、傅恕、王锜、傅著、谢徽、高启等十六人从各地来到南京，齐集于天界寺。朱元璋以中书左丞李善长为监修，翰林学士宋濂和待制王祎为总裁，他还亲自为纂修《元史》制定了指导方针和编纂原则，要求史臣们一定要“直述其事，毋溢美，毋隐恶”，同时要注意“文词勿致于艰深，事迹务令于明白”。从此，《元史》的纂修就正式开始了。

修纂工作很快就告一段落，仅一百八十八天之后，也就是洪武二年八月十一日，上自太祖、下迄宁宗的十二朝历史便修纂完毕。这次共纂得本纪三十七卷、志五十三卷、表六卷、列传六十三卷和目录二卷，共有一百六十一卷、一百三十万字。由于顺帝一朝的历史没有实录做基础，修纂工作无法进行，只好暂时停下来。为了完成这段历史的修纂，朱元璋派欧阳佑、吕复、黄盅到全国各地访求史料，而重点在北京和山东。在采访人员还朝之后，洪武三年二月初五，又一次开局修史。这次仍以宋濂和王袆为总裁，纂修除赵埙一人没有变化外，原班人马几乎全部改换，朱右、贝琼、朱世濂、王廉、王彝、张孟兼、高逊志、李懋、李汶、张宣、张简、杜寅、俞寅、殷弼等十四人全是新人。到七月初一，又补修得本纪十卷、志五卷、表二卷和列传三十六卷。合两次所修，重新加以编次，这样便成就了二百一十卷的《元史》。这部书的修纂，前后历时仅三百三十一天，在全部“二十四史”中，所费时间之少，成书之速，仅次于沈约的《宋书》。

《元史》的修纂，由于距元朝灭亡不久，很多史事还没有来得及记载，很多史料还没有整理出来。这就正如《四库全书总目》所说的，“其时有未著者，有著而未成者，有成而未出者”，这样就“势不能裒合众说，参定异同”，所以“《元史》之舛驳，不在于蒇事之速，而在于始事之骤”。实际上，“蒇事之速”也不可能不带来问题，由于仓促行事，即使现有的史料也没有能收罗齐备，如陶宗仪的《辍耕录》、耶律楚材的《西游录》、丘处机的《长春真人西游记》以及宋人的《黑鞑事略》、《蒙鞑备录》等都没有为史臣们所注意。再加上修纂者大都是江南文人，少有北方儒士，更没有蒙古或其他民族的学者。特别是蒙元历史的特殊性，在忽必烈正式建立元朝之前，即已有四朝七十多年的历史；元朝建立之后，在中国本部之外，更有钦察汗、伊利汗和察合台汗国三大宗藩，有关这些方面的重要史料，如《元朝秘史》、《圣武亲征录》也都没有能利用。所据史料，顺帝以前主要是《元十三朝实录》、《经世大典》、《元一统志》、《国朝名臣事略》及《后妃功臣列传》，顺帝一朝的历史，则主要是据《庚申帝大事记》及其他采访材料写成的。

在这样一种史料基础上修史，也就难免会轻重失序，出现某种不平衡。如在“二十四史”中，全部本纪占全书的八分之一，而《元史》的本纪则占四分之一。所以如此，是因为本纪的写作有史料可据，修纂《元史》最基本的材料《元十三朝实录》，就主要是为这一部分所采录。另外，即就《元史》的本纪而论，也极不合理，蒙古国四帝七十多年的历史，只有三卷，而世祖一朝，就多达十四卷，宁宗本纪也有十卷之多。详细的记载，虽然给了我们许多便利，但我们以同样的标准去看待其他，则不能不说它失于疏略。特别是定宗之后，宪宗以前三年间，史臣以“其行年之事，简策失书，无从考也”为由，竟不着一字。史料工作准备不足，同样在列传部分也反映得很明显。由于史馆人员对蒙古人和色目人了解不多，立传很少，即使有传，内容也较空洞。如见于《宰相表》的蒙古人有五十九人，立传的却不及一半，见于《宰相表》的色目人更多，立传的更少。太祖诸弟、诸子仅各有一人立传，太宗以后皇子则没有一人立传，许多开国功臣也没有被立传。相反，由于文人学士多有墓志、家传和行状可用作依据，因此，《元史》列传中这类人的传记占有很大的比重。

如果说史料的不齐备只是造成了全书各部分的不平衡或诸多缺憾的话，那么，仓促草率所带来的问题就更加严重。最明显的是人名不统一，在《元史》中，同为一人，由于译音的关系，往往以好多个异名出现，如“速不台”又作“雪不台”、“唆不台”，“肖乃台”又作“笑乃解”、“笑乃带”，“八思巴”又作“八合思巴”、“八哈思巴”。更不应该的是，一个人在同一卷中，名字也没有划一，如在《耶律楚材传》中，权臣奥鲁剌合蛮，在随后的一段文字中，又写成了“奥都剌合蛮”。又有一人两传的，如卷一二一有《速不台传》，随后的一卷又重出了《雪不台传》；卷一三一有《完者都传》，仅隔一卷，又重出了《完者拔都传》；卷一五〇是《石抹也先传》，而卷一五二又重出了《石抹阿辛传》。这种连传主也分辨不清的特大错误，可能是由于这些传记不出自一人之手，而总裁官又因为译音关系，未能加以分辨造成的。至于随手抄录原文，不加任何查考，以至于有姓无名，如何主簿、裴县尹、耿参政、王征事、李承事、张奉政之类甚多，难以一一列举。

《元史》的这些问题，不仅为后人所诟病，即使当事人也不满意，如撰写《外国传》的宋禧，在他寄宋学士的诗中就不无自嘲地说：“修史与末役，乏才愧群贤。强述外国传，草疏仅成篇。”把《元史》修纂者那种力不从心、苟且塞责的心理说得很明白。书成后不久，参与其事的朱右就作了《元史拾遗》。后来主持《永乐大典》编纂的解缙在洪武末年奉朱元璋之命，对此书加以改修，并写作了《元史正误》。后人提及《元史》，除赵翼有少许称赞之词外，其他的都是不遗余力地批评。顾炎武说它的各个志都是抄袭而成，没有经过一番“熔范”。钱大昕挖苦修纂人员都是些“草泽腐儒”。章学诚就其各部分的严重失调干脆说：“《元史》二百十卷，而纪志先去其半，不待观书，而知其无节度矣。”这些批评，极大地诱发了人们修订改作的动机。

这种修订改作从明代就开始了，胡粹中就著有《元史续编》。清代考据学兴，纰漏百出的《元史》成了人们竞相考订的对象，以至于使对元史的研究从此成为显学，并极大地影响了以后学术的发展。清初邵平远的《元史类编》，对《元史》就多有订正。乾嘉时期的史学大师钱大昕对《元史》致力尤深，虽有志改作而未能如愿，但一些零星篇卷，也都很见功力。其后魏源又独作新裁，自为体例，撰著了《元史新编》。汪辉祖以《元史》校正《元史》，写成《元史本证》，指出了《元史》的三千多条谬误，对《元史》做了系统的证误工作。从洪钧开始，对元史的研究，随着对史料的新发掘，从而走向一个新的阶段。他所著的《元史译文补正》，用域外史料，证中国之所未确，补中国之所未闻，多有创获。屠寄的《蒙兀儿史记》，增人所无，详人所略，可谓别具一格。更有柯劭忞，广收慎用，博采约取，综合各家，排比纂辑，以一人之力著成《新元史》，被北洋政府的大总统徐世昌明令列入正史之中。

《元史》的问题是如此严重，但六百多年来，一直没有被废弃；后来的改作是那样多，但都没有能替代《元史》，这说明了《元史》仍是有可取之处的。

首先，《元史》所依据的基本史料《元十三朝实录》非常珍贵。尽管元代的史官制度不是很完备，实录的修纂没有日历、起居注做基础，但从成宗大德年间纂修前四汗和世祖朝的实录开始，毕竟形成了元代修纂实录的制度。

如此相沿修成的《元十三朝实录》，是蒙元时期最系统、最详细的编年史料。由于元朝的实录只是在修成之后缮写一份进呈，又规定不得让外人传阅，所以是十分珍贵的孤本和秘本。《元史》的修纂最大限度地依据了这份史料，本纪部分正是由此节录而成的，并且篇幅较大，这就难能可贵地保存了第一手材料。在《元十三朝实录》遗失之后，《元史》也就成为其他史书无法替代而且必须依据的对象。

《元史》所依据的另一份重要史料是《经世大典》，这是元文宗时以赵世延、虞集为总裁，元朝官修的一部政书。《元史》的表、志部分，就主要是依据此书写成的。如《百官志》、《三公表》、《宰相表》取自《治典》，《食货志》取自《赋典》，《礼乐志》、《舆服志》、《选举志》取自《礼典》，《兵志》取自《政典》，《刑法志》取自《宪典》。此外，《地理志》主要是据《大元一统志》写成的，《天文志》吸取了郭守敬的研究成果，《历志》则是根据李谦的《授时历议》和郭守敬的《授时历经》编撰而成的。总之，众多的史料如百川归海，汇综到这里，并借《元史》得以保存下来，这是《元史》所以长存不废、在众多的同类著作中得以专美于前的最主要原因。

其次，《元史》作为一部二百一十卷的大书，有些部分也是写得成功的。《食货志》、《百官志》、《兵志》及《刑法志》的内容都很充实，所以赵翼称"一朝制度，亦颇详赡"。特别是诸志之序，对有关典章制度的沿革变化叙述得简明扼要，条理清楚，为后人了解蒙元时期的各种制度理出了一个纲目。由此可见修纂者视野开阔、综合能力强，有较敏锐的历史感，是颇具史识的。

与它的修纂一样，《元史》的刻印也很快完成，洪武三年(1370)七月，《元史》修成，十月便镂版刊行，这个洪武本，就是《元史》的祖本。嘉靖时南京国子监编刊《二十一史》，其中《元史》就是用的洪武旧版，只是损坏的部分才加以补刊，这个递修本被称为南监本。万历时北京国子监重刻《二十一史》，《元史》又有了北监本。此后的印本大都是据南、北监本翻刻的，有些还有所改动。民国时期，张元济主持辑印百衲本《二十四史》，《元史》是以九十九卷洪武残本和南监本合配影印的。1976年中华书局所出的点校本，以百衲本为底本，并依另一部一百四十四卷的洪武残本和南监本，改正了百衲本在影印过程中的近八十处描修错误，又用各种较好的版本进行校勘，还参照许多改作及一些原始资料，校正有关史文，写出了很有分量的校勘记。本书所依据的就是该百衲本和点校本。

为了使读者较全面地了解《元史》的面貌，我们从本纪、志、传中各选了部分篇目，包括成吉思汗、忽必烈，以及二十六位各族人物的传记，还节选了《地理志》、《选举志》、《百官志》、《食货志》、《兵志》的部分内容。人物传记基本按人物的生年先后排列，生年不详者按卒年排列。根据这套丛书的编写要求，每篇原文前面都有一段简短的说明文字；原文有的也是节选，但内容均以原文为准；注释力求简明、扼要，以说明问题为原则；译文用语体文，努力做到流畅通顺。但由于水平的限制，译注中错谬一定较多，诚挚地希望读者指正。

樊善国
徐　梓（北京师范大学教育学院）

太 祖 本 纪

"一代天骄"成吉思汗(1162—1227)的名字是与显赫的武功紧密联系在一起的。他生于蒙古贵族世家。从他一出生,父亲以刚俘获的敌人首领的名字为他命名,到六十六年后,在临终前布署联宋灭金的战略,他的一生几乎全是在战场上度过的。1206年,蒙古国建立。以此为分界,在此之前主要是统一蒙古草原上的各个部落,在此之后则是攻金灭夏,远征中亚的花剌子模。连年的征战,虽然付出了血与火的代价,但也促进了蒙古民族共同体的形成和中西文化的交流。本篇所记录的,正是成吉思汗一生的征战史。这里节录的,主要是成吉思汗统一蒙古草原各部落的历史。

太祖法天启运圣武皇帝，讳铁木真[①]，姓奇渥温氏，蒙古部人。……

初，烈祖征塔塔儿部[②]，获其部长铁木真。宣懿太后月伦适生帝[③]，手握凝血如赤石，烈祖异之，因以所获铁木真名之，志武功也。

族人泰赤乌部旧与烈祖相善[④]，后因塔儿不台用事[⑤]，遂生嫌隙，绝不与通。及烈祖崩，帝方幼冲，部众多归泰赤乌。近侍有脱端火儿真者亦将叛，帝自泣留之。脱端曰："深池已干矣，坚石已碎矣，留复何为！"竟帅众驰去。宣懿太后怒其弱己也，麾旗将兵，躬自追叛者，驱其太半而还。

---

① 太祖：铁木真死后的庙号，即在太庙立室奉祀而特立的名号。法天启运圣武皇帝：至大二年给铁木真所加的尊号。讳：我国封建时代，对皇帝及自己的尊长，不得直呼其名，必须避讳。书面上必须称名时，就称"讳某某"。 ② 烈祖：铁木真的父亲也速该的庙号。塔塔儿：部落名。又译塔达、答答儿等，后为成吉思汗所征服。 ③ 月伦：也速该的正妻，生有四子一女，成吉思汗是她的长子，宣懿太后是她的尊号。④ 泰赤乌：蒙古尼鲁温部的一支，游牧于斡难河以北的地区，多次与成吉思汗争战，后为其所败。 ⑤ 用事：即执政。

时帝麾下搠只别居萨里河[1]，札木合部人秃台察儿居玉律哥泉[2]，时欲相侵凌，掠萨里河牧马以去。搠只麾左右匿群马中，射杀之。札木合以为怨，遂与泰赤乌诸部合谋，以众三万来战。帝时驻军答阑版朱思之野[3]，闻变，大集诸部兵，分十有三翼以俟。已而札木合至，帝与大战，破走之。

当是时，诸部之中，唯泰赤乌地广民众，号为最强。其族照烈部，与帝所居相近。帝尝出猎，偶与照烈猎骑相属，帝谓之曰："今夕可同宿乎？"照烈曰："同宿固所愿，但从者四百，因糗粮不具，已遣半还矣，今将奈何？"帝固邀与宿，凡其留者，悉饮食之。明日再合围，帝使左右驱兽向照烈，照烈得多获以归。其众感之，私相语曰："泰赤乌与我虽兄弟，常攘我车马，夺我饮食，无人君之度。有人君之度者，其惟铁木真太子乎？"照烈之长玉律，时为泰赤乌所虐，不能堪，遂与塔海答鲁领所部来归，将杀泰赤乌以自效。帝曰："我方熟寐，幸汝觉我，自今车辙人迹之途，当尽夺以与汝矣。"已而二人不能践其言，复叛去。塔海答鲁至中路，为泰赤乌部人所杀，照烈部遂亡。

时帝功德日盛，泰赤乌诸部多苦其主非法，见帝宽

---

① 搠只：疑即搠只哈撒儿，成吉思汗的弟弟。 ② 札木合：蒙古札答阑部首领，后为成吉思汗战败处死。 ③ 答阑版朱思：地名。在今蒙古人民共和国温都尔罕西北。

仁，时赐人以裘马，心悦之。若赤老温、若哲别、若失力哥也不干诸人[①]，若朵郎吉、若札剌儿、若忙兀诸部[②]，皆慕义来降。

……

初，汪罕之父忽儿札胡思盃禄既卒[③]，汪罕嗣位，多杀戮昆弟。其叔父菊儿罕帅兵与汪罕战[④]，逼于哈剌温隘败之，仅以百余骑脱走，奔于烈祖。烈祖亲将兵逐菊儿罕走西夏，复夺部众归汪罕。汪罕德之，遂相与盟，称为按答[⑤]。烈祖崩，汪罕之弟也力可哈剌，怨汪罕多杀之故，复叛归乃蛮部[⑥]。乃蛮部长亦难赤为发兵伐汪罕，尽夺其部众与之。汪罕走河西、回鹘、回回三国[⑦]，奔契

---

① 赤老温：泰赤乌部贵族脱朵格属民，后归依成吉思汗，子孙世领第四怯薛长。哲别：又译遮别、柘柏等，成吉思汗的先锋官，屡建功勋，与虎必来、折里麦、速不台号称“四狗”。② 札剌儿：亦即朵郎吉札剌儿，蒙古部的一支。忙兀：蒙古尼鲁温部的一支，以忙兀等五部组成的五投下，是蒙古攻金的主力。 ③ 汪罕：克烈部长，受金封为王，故称王罕，讹为汪罕。 ④ 菊儿罕：又译局儿罕，意为众部之主、全体之君。⑤ 按答：蒙古语，意为“结盟者”。 ⑥ 乃蛮：突厥语族的一部，后为成吉思汗所灭。 ⑦ 河西：这里指党项人所建的西夏国。因西夏的领土主要在黄河以西，所以称河西。回鹘：亦即回纥，其先是匈奴，北魏时称高车部，唐时部落分散西迁。回回：元代对中亚和西亚信奉伊斯兰教诸国人的泛称。

丹①。既而复叛归，中道粮绝，捋羊乳为饮，刺橐驼血为食，困乏之甚。帝以其与烈祖交好，遣近侍往招之。帝亲迎抚劳，安置军中振给之。遂会于土兀剌河上，尊汪罕为父。

未几，帝伐蔑里乞部②，与其部长脱脱战于莫那察山③，遂掠其资财、田禾，以遗汪罕。汪罕因此部众稍集。

居亡何，汪罕自以其势足以有为，不告于帝，独率兵复攻蔑里乞部。部人败走，脱脱奔八儿忽真之隘。汪罕大掠而还，于帝一无所遗，帝不以屑意。

会乃蛮部长不欲鲁罕不服④，帝复与汪罕征之。至黑辛八石之野，遇其前锋也的脱孛鲁者领百骑来战，见军势渐逼，走据高山，其马鞍转坠，擒之。曾未几何，帝复与乃蛮骁将曲薛吾撒八剌二人遇⑤，会日暮，各还营垒，约明日战。是夜，汪罕多燃火营中，示人不疑，潜移部众于别所。及旦，帝始知之，因颇疑其有异志，退师萨

---

① 契丹：辽国号，又称大辽。 ② 蔑里乞：部落名，游牧于色楞格河，少数种植田禾，后为成吉思汗所灭。 ③ 脱脱：又译脱黑脱阿，蔑里乞部首领，与成吉思汗家族为世仇，后被蒙古军乱箭射死。 ④ 不欲鲁罕：乃蛮部首领，太阳罕之兄，又译作卜欲鲁罕。 ⑤ 曲薛吾撒八剌：实为一人，此处作二人是错误翻译所致。

里河。既而汪罕亦还至土兀剌河，汪罕子亦剌合及札阿绀孛来会①。曲薛吾等察之，乘其不备，袭虏其部众于道。亦剌合奔告汪罕，汪罕命亦剌合与卜鲁忽觧共追之，且遣使来曰："乃蛮不道，掠我人民，太子有四良将，能假我以雪耻乎？"帝顿释前憾，遂遣博尔术、木华黎、博罗浑、赤老温四人②，帅师以往。师未至，亦剌合已追及曲薛吾，与之战，大败，卜鲁忽觧成擒。流矢中亦剌合马胯，几为所获。须臾四将至，击乃蛮走，尽夺所掠归汪罕。已而帝与皇弟哈撒儿再伐乃蛮③，拒斗于忽阑盏侧山，大败之，尽杀其诸将族众，积尸以为京观④，乃蛮之势遂弱。

时泰赤乌犹强，帝会汪罕于萨里河，与泰赤乌部长沆忽等大战斡难河上，败走之，斩获无算。

哈答斤部、散只兀部、朵鲁班部、塔塔儿部、弘吉剌部闻乃蛮、泰赤乌败⑤，皆畏威不自安，会于阿雷泉，斩白

---

① 亦剌合：克烈部首领汪罕之子，成吉思汗攻灭克烈部后，他逃走西辽，被曲先地区的首领擒杀。札阿绀孛：汪罕之弟，与汪罕失和后投乃蛮，又降成吉思汗。 ② 博尔术、木华黎、博罗浑与赤老温即前所谓四良将，四人并号四杰，子弟分任四怯薛之长。 ③ 哈撒儿：即搠只哈撒儿，成吉思汗的弟弟，以勇力善射著称。 ④ 京观：古代战争，胜者将敌人的尸首收集起来，封土成高冢，以炫耀武功，称为京观。 ⑤ 哈答斤部、散只兀部、朵鲁班部、塔塔儿部都是蒙古尼鲁温部的一支。弘吉剌部是蒙古迭儿列斤部的一支。

马为誓，欲袭帝及汪罕。弘吉剌部长迭夷恐事不成，潜遣人告变。帝与汪罕白虎图泽逆战于盃亦烈川，又大败之。

汪罕遂分兵，自由怯绿怜河而行[①]，札阿绀孛谋于按敦阿述、燕火脱儿等曰："我兄性行不常，既屠绝我昆弟，我辈又岂得独全乎？"按敦阿述泄其言，汪罕令执燕火脱儿等至帐下，解其缚，且谓燕火脱儿曰："吾辈由西夏而来，道路饥困，其相誓之语，遽忘之乎？"因唾其面。坐上之人皆起而唾之。汪罕又屡责札阿绀孛，至于不能堪。札阿绀孛与燕火脱儿等俱奔乃蛮。

帝驻军于彻彻儿山，起兵伐塔塔儿部。部长阿剌兀都儿等来逆战，大败之。

……

岁壬戌[②]，帝发兵于兀鲁回失连真河，伐按赤塔塔儿、察罕塔塔儿二部。先誓师曰："苟破敌逐北，见弃遗物，慎无获，俟军事毕散之。"既而果胜，族人按弹、火察儿、答力台三人背约，帝怒，尽夺其所获，分之军中。

初，脱脱败走八儿忽真隘，既而复出为患，帝帅兵讨

---

① 怯绿怜河：有怯鲁连等多种异译，即今克鲁伦河。 ② 岁壬戌：即公元1202年，古代一般用年号纪年，蒙古部这时还没有年号，所以用干支纪年。

走之。至是，又会乃蛮部不欲鲁罕约朵鲁班、塔塔儿、哈答斤、散只兀诸部来侵。帝遣骑乘高四望，知乃蛮兵渐至，帝与汪罕移军入塞。亦剌合自北边来据高山结营。乃蛮军冲之不动，遂还。亦剌合寻亦入塞。将战，帝迁辎重于他所，与汪罕倚阿兰塞为壁，大战于阙奕坛之野。乃蛮使神巫祭风雪，欲因其势进攻。既而反风，逆击其阵。乃蛮军不能战，欲引还。雪满沟涧，帝勒兵乘之，乃蛮大败。是时札木合部起兵援乃蛮，见其败，即还。道经诸部之立己者，大纵掠去。

帝欲为长子术赤求昏于汪罕女抄儿伯姬①，汪罕之孙秃撒合亦欲尚帝女火阿真伯姬，俱不谐。自是颇有违言。初，帝与汪罕合军攻乃蛮，约明日战。札木合言于汪罕曰："我于君是白翎雀，他人是鸿雁耳。白翎雀寒暑常在北方，鸿雁遇寒则南飞就暖耳。"意谓帝心不可保也。汪罕闻之疑，遂移部众于别所。及议昏不成，札木合复乘隙谓亦剌合曰："太子虽言是汪罕之子②，尝通信于乃蛮，将不利于君父子。君若能加兵，我当从傍助君也。"亦剌合信之。会答力台、火察儿、按弹等叛归亦剌

① 术赤：成吉思汗的长子，封地自海押立延伸到花剌子模地区，死后次子拔都嗣位。昏：通"婚"。 ② 太子：这里指成吉思汗。成吉思汗曾尊汪罕为父，故有此说。

合，亦说之曰："我等愿佐君讨宣懿太后诸子也。"亦剌合大喜，遣使言于汪罕。汪罕曰："札木合，巧言寡信人也，不足听。"亦剌合力言之，使者往返者数四，汪罕曰："吾身之存，实太子是赖。髭须已白，遗骸冀得安寝，汝乃喋喋不已耶？汝善自为之，毋贻吾忧可也。"札木合遂纵火焚帝牧地而去。

岁癸亥，汪罕父子谋欲害帝，乃遣使者来曰："向者所议婣事，①今当相从，请来饮布浑察儿。"②帝以为然，率十骑赴之。至中道，心有所疑，命一骑往谢，帝遂还。汪罕谋既不成，即议举兵来侵。圉人乞失力闻其事，密与弟把带告帝③。帝即驰军阿兰塞，悉移辎重于他所，遣折里麦为前锋，俟汪罕至即整兵出战。先与朱力斤部遇，次与董哀部遇，又次与火力失烈门部遇，皆败之；最后与汪罕亲兵遇，又败之。亦剌合见势急，突来冲阵，射之中颊，即敛兵而退。怯里亦部人遂弃汪罕来降。

汪罕既败而归，帝亦将兵还至董哥泽驻军，遣阿里海致责于汪罕曰："君为叔父菊儿罕所逐，困迫来归，我父即攻菊儿罕，败之于河西，其土地人民尽收与君。此

---

① 婣：同"姻"。 ② 布浑察儿：蒙古语，意为许亲宴。蒙古古俗，女子定亲后。设许婚酒宴款待亲家，称之为吃布浑察儿。 ③ 乞失力与把带兄弟，先是汪罕属下也客扯连的牧马人，蒙古建国后，同列为千户功臣。

大有功于君一也。君为乃蛮所攻，西奔日没处①。君弟札阿绀孛在金境，我亟遣人召还。比至，又为蔑里乞部人所逼，我请我兄薛彻别及及我弟大丑往杀之②。此大有功于君二也。君困迫来归时，我过哈丁里，历掠诸部羊马资财，尽以奉君，不半月间，令君饥者饱、瘠者肥。此大有功于君三也。君不告我往掠蔑里乞部，大获而还，未尝以毫发分我，我不以为意。及君为乃蛮所倾覆，我遣四将夺还尔民人，重立尔国家。此大有功于君四也。我征朵鲁班、塔塔儿、哈答斤、散只兀、弘吉剌五部，如海东鸷禽之于鹅雁③，见无不获，获则必致于君。此大有功于君五也。是五者皆有明验，君不报我则已，今乃易恩为仇，而遽加兵于我哉！"汪罕闻之，语亦剌合："我向者之言何如？吾儿宜识之。"亦剌合曰："事势至今日，必不可已，唯有竭力战斗。我胜则并彼，彼胜则并我耳。多言何为？"

时帝诸族按弹、火察儿皆在汪罕左右。帝因遣阿里海诮责汪罕，就令告之曰："昔者吾国无主，以薛彻、太丑二人实我伯祖八剌哈之裔，欲立之。二人既已固辞，乃

① 日没处：太阳下落的地方，形容很远。 ② 薛彻别及与大丑都是成吉思汗伯祖八剌哈的后代。薛彻别及又作薛彻，大丑又作太丑。 ③ 海东鸷禽：即海东青，又名海青，雕的一种，产于黑龙江下游及附近海岛。辽金元皆极重海东青。

以汝火察儿为伯父聂坤之子，又欲立之，汝又固辞。然事不可中辍，复以汝按弹为我祖忽都剌之子，又欲立之，汝又固辞。于是汝等推戴吾为之主，初岂我之本心哉？不自意相迫至于如此也。三河①，祖宗肇基之地，毋为他人所有。汝善事汪罕，汪罕性无常，遇我尚如此，况汝辈乎。我今去矣，我今去矣。”按弹等无一言。

帝既遣使于汪罕，遂进兵虏弘吉剌别部溺儿斤以行。至班朱尼河，河水方浑，帝饮之以誓众。有亦乞烈部人孛徒者②，为火鲁剌部所败③，因遇帝，与之同盟。哈撒儿别居哈剌浑山，妻子为汪罕所虏，挟幼子脱虎走，粮绝，探鸟卵为食，来会于河上。时汪罕形势盛强，帝微弱，胜败未可知，众颇危惧。凡与饮河水者，谓之饮浑水，言其曾同艰难也。汪罕兵至，帝与战于哈阑真沙陀之地④，汪罕大败。其臣按弹、火察儿、札木合等谋弑汪罕，弗克，往奔乃蛮。答力台、把怜等部稽颡来降⑤。

---

① 三河：即怯绿连河、斡难河和土兀剌河，也就是今克鲁伦河、鄂嫩河和土拉河。 ② 亦乞烈部：蒙古迭儿列斤部之一支，游牧于额尔古纳河附近。孛徒：曾为亦乞烈部首领，相继娶成吉思汗的妹妹和女儿，后追封为昌王。 ③ 火鲁剌部：蒙古迭儿列斤部之一支，游牧于呼伦湖西南。 ④ 哈阑真沙陀：地名，约在今内蒙古东乌珠穆沁旗北境。 ⑤ 把怜：蒙古尼鲁温部的一支，又分为蔑年和你出古惕等分族。

帝移军斡难河源，谋攻汪罕，复遣二使往汪罕，伪为哈撒儿之言曰："我兄太子今既不知所在，我之妻孥又在王所，纵我欲往，将安所之耶？王傥弃我前愆，念我旧好，即束手来归矣。"汪罕信之，因遣人随二使来，以皮囊盛血与之盟。及至，即以二使为向导，令军士衔枚夜趋折折运都山，出其不意，袭汪罕，败之。尽降克烈部众，汪罕与亦剌合挺身遁去。汪罕叹曰："我为吾儿所误，今日之祸悔将何及！"汪罕出走，路逢乃蛮部将，遂为其所杀。亦剌哈走西夏，日剽掠以自资。既而亦为西夏所攻走，至龟兹国①。龟兹国主以兵讨杀之。

帝既灭汪罕，大猎于帖麦该川，宣布号令，振凯而归。时乃蛮部长太阳罕心忌帝能②，遣使谋于白达达部主阿剌忽思曰③："吾闻东方有称帝者。天无二日，民岂有二王邪？君能益吾右翼，吾将夺其弧矢也④。"阿剌忽思即以是谋报帝，居无何，举部来归。

岁甲子，帝大会于帖麦该川，议伐乃蛮。群臣以方

---

① 龟（qiū 秋）兹：古西域国名，领地在今新疆库车县一带。 ② 太阳罕：太阳是汉语"大王"的音变，罕又称汗，乃蛮君王的称呼，这里指脱儿鲁黑太阳罕。 ③ 阿剌忽思：汪古部人，被其部众所杀后，成吉思汗追封他为高唐王。 ④ 弧矢：弓箭。

春马瘦，宜俟秋高为言，皇弟斡赤斤曰[①]："事所当为，断之在早，何可以马瘦为辞？"别里古台亦曰[②]："乃蛮欲夺我弧矢，是小我也，我辈义当同死。彼恃其国大而言夸，苟乘其不备而攻之，功当可成也。"帝悦，曰："以此众战，何忧不胜。"遂进兵伐乃蛮。驻兵于建忒该山，先遣虎必来、哲别二人为前锋[③]。太阳罕至自按台，营于沆海山[④]，与蔑里乞部长脱脱、克烈部长阿怜太石、猥剌部长忽都花别吉[⑤]，暨秃鲁班、塔塔儿、哈答斤、散只兀诸部合，兵势颇盛。时我队中羸马有惊入乃蛮营中者，太阳罕见之，与众谋曰："蒙古之马瘦弱如此，今当诱其深入，然后战而擒之。"其将火力速八赤对曰："先王战伐，勇进不回，马尾人背，不使敌人见之。今为此迁延之计，得非心中有所惧乎？苟惧之，何不令后妃来统军也。"太阳罕怒，即跃马索战。帝以哈撒

---

① 斡赤斤：成吉思汗的幼弟，后因图谋夺取大汗之位被处死。 ② 别里古台：成吉思汗异母弟，以勇力著称，屡立战功。曾任札鲁忽赤之长。 ③ 虎必来：蒙古八鲁剌思部人，早年投附成吉思汗，勇猛善战，与折里麦、速不台、哲别号称"四狗"。 ④ 沆海山：又译杭海岭，即今蒙古人民共和国杭爱山。⑤ 克烈部：辽金时漠北最大、最强的一个部落，一般认为它的族属是突厥族，后为蒙古所灭。猥剌部：蒙古部的一支，元朝时，其首领被封为延安王，明朝译称瓦剌。

儿主中军。时札木合从太阳罕来，见帝军容整肃，谓左右曰："乃蛮初举兵，视蒙古军若羖䍽羔儿[1]，意谓蹄皮亦不留。今吾观其气势，殆非往时矣。"遂引所部兵遁去。是日，帝与乃蛮军大战至晡，禽杀太阳罕。诸部军一时皆溃，夜走绝险，坠崖死者不可胜计。明日，余众悉降。于是朵鲁班、塔塔儿、哈答斤、散只兀四部亦来降。

已而复征蔑里乞部。其长脱脱奔太阳罕之兄卜欲鲁罕，其属带儿兀孙献女迎降，俄复叛去。帝至泰寒寨，遣孛罗欢、沈白二人领右军往平之[2]。

岁乙丑，帝征西夏，拔力吉里寨，经落思城，大掠人民及其橐驼而还。

元年丙寅[3]，帝大会诸王群臣，建九游白旗，即皇帝位于斡难河之源。诸王群臣共上尊号曰成吉思皇帝。是岁实金泰和之六年也。

帝既即位，遂发兵复征乃蛮。时卜欲鲁罕猎于兀鲁

① 羖䍽（gǔ lì 古历）：黑色的山羊。 ② 孛罗欢：克烈部人，归降成吉思汗，自幼充拖雷宿卫，宪宗时独任国事，汉人称为中书右丞相。因佐阿里不哥称帝被忽必烈处死。 ③ 元年：即蒙古国元年，公元1206年，干支纪年为丙寅，这年成吉思汗建立大蒙古国，但还没有采用年号纪年的方法，所以直接书元年。

塔山，擒之以归。太阳罕子屈出律罕与脱脱奔也儿的石河上①。

帝始议伐金。初，金杀帝宗亲咸补海罕，帝欲复仇。会金降俘等具言金主璟肆行暴虐②。帝乃定议致讨，然未敢轻动也。

……

五年庚午春，金谋来伐，筑乌沙堡。帝命遮别袭杀其众，遂略地而东。

初，帝贡岁币于金③，金主使卫王允济受贡于净州④。帝见允济不为礼。允济归，欲请兵攻之。会金主璟殂，允济嗣位，有诏至国，传言当拜受。帝问金使曰："新君为谁？"金使曰："卫王也。"帝遽南而唾曰："我谓中原皇帝是天上人做，此等庸懦亦为之耶，何以拜为！"即乘马北去。金使还言，允济益怒，欲俟帝再入贡，就进场害之。帝知之，遂与金绝，益严兵为备。

……

① 屈出律：乃蛮太阳罕之子，为蒙古军所追，奔西辽，并篡西辽帝位，后为蒙古军所杀。也儿的石河：即今额尔齐斯河。 ② 璟：即金章宗完颜璟，公元1190年至1208年在位。 ③ 岁币：每年交纳的钱币。 ④ 允济：即金卫绍王完颜允济。金世宗第七子，被封为卫王，继章宗为帝，在位五年，后为胡沙虎所逐，又为宦官所杀。

（二十二年）秋七月壬午，不豫[1]，己丑，崩于萨里川哈老徒之行宫[2]。临崩谓左右曰："金精兵在潼关，南据连山，北限大河，难以遽破。若假道于宋，宋、金世仇，必能许我，则下兵唐、邓[3]，直捣大梁[4]。金急，必征兵潼关。然以数万之众，千里赴援，人马疲弊，虽至弗能战，破之必矣。"言讫而崩，寿六十六。葬起辇谷。至元三年冬十月，追谥圣武皇帝[5]。至大二年冬十一月庚辰，加谥法天启运圣武皇帝。庙号太祖。在位二十二年。

帝深沉有大略，用兵如神，故能灭国四十，遂平西夏。其奇勋伟迹甚众，惜乎当时史官不备，或多失于记载云。

——《元史》卷一

【翻译】

太祖法天启运圣武皇帝名叫铁木真，姓奇渥温氏，是蒙古部人。

---

① 古人除以干支纪年之外，还用以纪日，铁木真二十二年七月壬午日即七月五日。不豫：天子有病的讳称。 ② 萨里川：地名，在今蒙古人民共和国克鲁伦县西南。成吉思汗建国前曾在此居住。 ③ 唐、邓：唐州和邓州，在今河南唐河与邓州。 ④ 大梁：今河南开封，是金朝的都城。 ⑤ 谥：古代帝王或大臣死后，依照其生前的事迹给予一定的称号，称为谥。

……

起初，烈祖也速该征讨塔塔儿部，俘获了它的首领铁木真。当时宣懿太后月伦正好生下了太祖，手握凝结的血块如同红色的石头，也速该十分惊讶，因此以俘获的铁木真为他命名，来记载其军事上的胜利。

同族的泰赤乌部过去与也速该很友好，后来因塔儿不台执政，产生了怨仇，断绝了关系，不相往来。也速该死后，铁木真正当年幼，部众大都归附了泰赤乌部。亲近侍从脱端火儿真也要去归附，铁木真哭着挽留他，脱端说："深池已经干了，坚石已经碎了，留着又有什么用呢！"竟然带领部众离去了。宣懿太后对脱端削弱自己的力量很恼怒，打着旗帜，带领军兵，亲自去追赶叛离的人，将其中一大半人赶了回来。

当时铁木真的部将搠只单独住在萨里河，札木合部的秃台察儿住在玉律哥泉，时常想侵扰欺凌萨里河人，并抢夺萨里河地区的马匹。搠只指挥自己的部下藏在马群中，射杀那些抢马的人，引起了札木合部的怨恨，于是与泰赤乌等部合谋，纠集了三万人马来战。当时铁木真领兵驻扎在答阑版朱思的郊野，听到消息后，聚集各部兵马，分为十三队迎战。很快札木合就到了，铁木真领兵与之大战，敌人失败而逃。

这时，各部落之中，只有泰赤乌部地大人多，实力最强。泰赤乌部的照烈部，与铁木真的居住地相邻近。铁木真一次外出狩猎，偶然与照烈部狩猎的人马相遇，铁木真对他们说："今晚可以住在一起吗？"照烈部的人说："当然愿意住在一起，但这次随同外出的四百多人，因为没有了干粮，已让一半的人回去了，现在缺乏干粮，怎么办呢？"铁木真坚持邀请一同住，凡是留下来的人，都供给饮食。第二天狩猎时，铁木真让手下的人将猎物向照烈部的人驱赶，使得照烈部的人得以满载而归。照烈部的人很感动，私下相互说："泰赤乌与我们虽说是兄弟部落，但常强占我们的车马，抢夺我们的食物，没有君王的气度。有君王气度的，只有铁木真太子呀！"照烈部的首领玉律，时常受泰赤乌部的欺侮，不能忍受，于是与塔海答鲁带领自己的部众来归附，并表示要杀泰赤乌部的人作为献礼。铁木真说："我还糊涂着，幸好你们让我觉醒，以后车马走到哪里，当全部夺来给你们。"随后二人不能实现自己的诺言，又叛离而去。塔海答鲁在半路上被泰赤乌部的人杀死，照烈部于是灭亡。

当时铁木真的功德日益隆盛，泰赤乌部的很多人苦于自己的首领胡作非为，而且铁木真宽宏仁爱，时常赏赐裘衣马匹给人，心向往之。如赤老温、哲别、失力哥也不干等人，如朵郎吉、札剌儿、忙兀等部落，都因敬慕铁木真来降附。

……

起初，汪罕的父亲忽儿札胡思盃禄死后，汪罕即位，大肆杀戮兄弟。他的叔父菊儿罕领兵与他决战，逼在哈剌温隘附近打败了他，汪罕只带着百余人马逃走，投奔也速该。也速该亲自领兵将菊儿罕赶到了西夏，又夺回部众使归汪罕。为感谢恩德，汪罕于是与也速该结盟，称为按答。也速该死后，汪罕的弟弟也力可哈剌因为怨恨汪罕滥杀，又叛投乃蛮部。乃蛮部的首领亦难赤为他发兵讨伐汪罕，将汪罕的人马全部夺过来给了他。汪罕逃到西夏、回鹘和回回，最后投奔契丹。随后汪罕又叛契丹而回，中途粮尽，喝羊奶，吃骆驼血为食，十分困乏。铁木真以他与自己的父亲相友好，便派亲近的侍从去招引。铁木真还亲自迎接抚慰，把汪罕的部众安置在军队中，供给饮食，并在土兀剌河上相会，尊称汪罕为父。

不久，铁木真讨伐蔑里乞部，与它的首领脱脱在莫那察山决战，夺得了它的资产和庄稼，送给汪罕。汪罕的部众因此逐渐得以聚集。

很快，汪罕以为自己的势力足以能有所作为，没有告诉铁木真，就独自率领部众再次攻伐蔑里乞部。蔑里乞部失败而逃，脱脱逃向八儿忽真关隘。汪罕大肆抢掠，满载而还，但什么东西都没有给铁木真，铁木真并不在意。

此时正值乃蛮部的首领不欲鲁罕不降服，铁木真又与汪罕前去征讨。行至黑辛八石的郊野，遇到敌前锋也的脱孛鲁带领大约一百骑兵来迎战，也的脱孛鲁见铁木真来势凶猛，逐渐逼近，只好退守到山上，但他从马上掉下来，被活捉了。不久，铁木真又与乃蛮部的勇将曲薛吾撒八剌遭遇，当时天色已晚，两军各还营帐，相约明日决战。这天夜里，汪罕在营中到处点起篝火，以使人不怀疑，而偷偷地将部众转移到了别的地方。等天亮时，铁木真才知道，由于怀疑汪罕另有阴谋，便将军队撤退到了萨里河，随后汪罕也撤退到土兀剌河。汪罕的儿子亦剌合和札阿绀孛也来这里与他会合。曲薛吾撒八剌侦察得知后，乘其没有防备，在半路上偷袭，俘获很多。亦剌合跑来告诉汪罕，汪罕命亦剌合与卜鲁忽解一同领兵追击，并派使者来对铁木真说："乃蛮暴虐，抢夺我的部众，你有四员大将，能借给我报仇雪耻吗？"铁木真当即不计前嫌，派博尔术、木华黎、博罗浑、赤老温四人领兵前往。铁木真的军队还没有到达时，亦剌合已经追上了曲薛吾撒八剌，两军大战，亦剌合大败，卜鲁忽解被活捉。乱箭射中了亦剌合的马腿，他也险些被活捉。很快，铁木真的四员大将到了，打得乃蛮的人马败逃，所抢的东西都被夺回来还给了汪罕。这之后铁木真又与弟弟哈撒儿再次讨伐乃蛮，两军在忽阑盏侧山大战，铁木真大败乃蛮，并将乃蛮的兵将部众全部杀死，把这些尸首堆集起来，封土成高冢，以炫耀武功，乃蛮的势力就这样被削弱了。

当时泰赤乌还很强大，铁木真与汪罕在萨里河会合，与泰赤乌部的首领沆忽等大战于斡难河，结果大败泰赤乌，斩杀俘虏的人不可胜数。

哈答斤部、散只兀部、朵鲁班部、塔塔儿部、弘吉剌部听说乃蛮、泰赤乌部被打败了，都心存恐惧，在阿雷泉相会，杀白马为盟誓，准备偷袭铁木真和汪罕。弘吉剌部的首领迭夷担心事败，偷偷派人将这一消息告诉了铁木真。铁木真和汪罕从虎图泽出兵，到盃亦烈川迎战，大败敌人。

汪罕于是将部众分开，自己带领一支沿着怯绿怜河而行。札阿绀孛与按敦阿述、燕火脱儿等人商议说："我的兄长生性反复无常，既然大肆杀戮兄弟，我们这些人的性命又怎么能够保全呢？"按敦阿述泄露了这话，汪罕命令将燕火脱儿等人捆绑到营帐中，解开绳索，并对燕火脱儿说："我们从西夏回来，一路上饥饿困乏，那时相互的誓言，难道忘了吗？"并将唾沫吐在他的脸上，一旁的人也都起立向他吐唾沫。汪罕又多次责备札阿绀孛，以至于叫人不能忍受。札阿绀孛与燕火脱儿等一同投靠乃蛮。

铁木真驻军于彻彻儿山，起兵讨伐塔塔儿部。首领阿剌兀都儿等来迎战，被打得大败。

……

公元1202年，铁木真从兀鲁回失连真河出兵，讨伐按赤塔塔儿、察罕塔塔儿两个部落。事先誓师说："如果打败敌人，在追赶败逃的敌人时，看到遗弃的物件，一定不要拾取，等战斗结束后再分配。"最后果然得胜，同族的按弹、火察儿、答力台三人背弃誓约，铁木真十分恼怒，将他们所获取的物件全部没收，在军中分配。

开初，脱脱败逃到八儿忽真隘，不久又复出为害，铁木真领兵讨伐，将他赶走。现在，脱脱又联合乃蛮部的不欲鲁罕，以及朵鲁班、塔塔儿、哈答斤、散只兀等部来侵犯。铁木真派人骑马登高瞭望，得知乃蛮的军队就要到达，便与汪罕将自己的军队引进要塞。亦剌合领军从北面来，也据高山扎下营寨。乃蛮的军队攻不下，便回去了。亦剌合随后也领军进入到了要塞中。决战前，铁木真将辎重转移到了别的地方，与汪罕以阿兰塞为营寨，与敌人大战于阙奕坛的郊野。乃蛮让神巫之人祭祀风雪，企图借风雪之势进攻。结果风向改变，反而刮向自己的阵地，乃蛮的军队不能再战，准备回撤。但到处是积雪，铁木真领兵追击，乃蛮大败。这时札木合发兵增援乃蛮，见乃蛮失败，只得回师，路上遇到与自己不友好的部落，就让兵卒大肆抢掠。

铁木真想为大儿子术赤娶汪罕的女儿抄儿伯姬，汪罕的孙子秃撒合也想娶铁木真的女儿火阿真伯姬，但都未能如愿，从此两家失和。起初，铁木真与汪罕联合进攻乃蛮，约定第二天决战。札木合对汪罕说："我对您来说是白翎雀，别人对您来说则是鸿雁呀。白翎雀无论寒暑常在北方，而鸿雁在寒冷的时节就飞到南方温暖的地方去了。"言下之意是说铁木真不可信任。汪罕听到这话后产生了疑虑，于是把军队转移到了别的地方。这次两家议婚不成，札木合又乘机对亦剌合说："铁木真虽称是汪罕的儿子，但曾与乃蛮友好，这将不利于您们父子。如果您对铁木真用兵，我将在一旁帮助您。"亦剌合相信了。正好答力台、火察儿、按弹等人来投靠亦剌合，也对亦剌合说："我们愿帮助您征讨宣懿太后的儿子们。"亦剌合非常高兴，派人告诉汪罕。汪罕说："札木合是那种尽说漂亮话、不讲信用的人，他的话不要听。"亦剌合反复劝说，使者往来多次，汪罕说："我的余生，只能依靠太子铁木真了。现在年岁已高，希望能好好休息，你为什么还要这样喋喋不休呢？凡事你好自为之，不要让我担惊受怕就可以了。"札木合于是放火烧了铁木真的牧场后离去。

公元1203年，汪罕父子企图谋害铁木真，于是派使者来说:“过去所议婚姻之事,现在打算同意,请你们来喝许亲酒。”铁木真信以为真,带领十人前往。在路上,产生了怀疑,让一个人前去辞谢,自己回来了。汪罕的阴谋没有能实现,便打算发兵来进攻。养马人乞失力听到消息后,与弟弟把带秘密地告诉了铁木真。铁木真立即领军离开阿兰塞,将辎重都转移到了别的地方,并派折里麦为前锋,等汪罕的军队一到就领兵迎战。最先与朱力斤部相遇,接着与董哀部相遇,又与火力失烈门部相遇,把他们都打败了。最后又与汪罕的亲兵相遇,也将其打败了。亦剌合见势不妙,突围出阵,被射中了脸颊,只好收兵回师。怯里亦部的民众于是背弃了汪罕来投靠铁木真。

汪罕失败回师后,铁木真也领兵回到董哥泽驻扎,并派阿里海去责难汪罕说:“你为你的叔父菊儿罕所追逐,困顿之极,来归附我部,我的父亲当即发兵进攻菊儿罕,在河西打败了他,把他的牧场和部众夺过来给了你,这是第一件大有功于你的事。你受到乃蛮的进攻,向西远逃,你的弟弟札阿绀孛在金朝管辖区,我连忙派人把他召回来;回来后,又为蔑里乞部人所进逼,我让我哥哥薛彻别及和我弟弟大丑前去攻杀蔑里乞部人,这是第二件大有功于你的事。你穷困急迫来归附时,我路经哈丁里,沿途所抢夺的各部落的羊马和资财,全都给了你,不到半个月的时间，使你的人马饥饿的得饱，瘦弱的变强，这是第三件大有功于你的事。你事先不告诉我就去蔑里乞部抢掠，满载而归，不曾分给我一点东西，我也并不在意。当你的部落为乃蛮部所倾覆，我派四员大将前去帮你夺回了部众，重建了国家，这是第四件大有功于你的事。我讨伐朵鲁班、塔塔儿、哈答斤、散只兀、弘吉剌五个部落，就像凶猛的海东青鸟之于鹅雁一样，只要见到了的东西就没有不能获得的，获得了就没有不送给你的，这是第五件大有功于你的事。这五件事都有确凿的证据，你不回报我也罢，现在为什么要以仇报恩，而突然侵凌我部呢?”汪罕听到后，对亦剌合说：“我过去说得怎么样？你小子要记住这个教训。”亦剌合说：“事情发展到今天，已不能就此而已了，只有竭尽全力战斗。我胜了就吞并他，他胜了就吞并我，说得再多又有什么用呢?”

当时铁木真部族的按弹、火察儿都在汪罕身边，铁木真派阿里海责难汪罕时，就让阿里海告诉他们说：“过去我们国内没有君主，因为薛彻、大丑二人是我伯祖八剌哈的后裔，打算让他们为首领。在他们坚决辞谢之后，又因为你火察儿是我伯父聂坤的儿子，打算让你为首领，你又坚决辞谢。然而国家不能没有首领，又因为你按弹是我祖父忽都剌的儿子，打算让你为首领，你也坚决辞谢了。于是你们拥戴我做首领，这难道是我的本意吗？我没有想到你们会这样对待我。三河是我们祖先的发祥地，不能被别人所占有。你们一心臣事汪罕，汪罕却是反复无常的人，他对我尚且这样，何况你们呢？好好想想吧，好好想想吧。”按弹等人无话可说。

铁木真在派人责难汪罕之后，遂向弘吉剌部进攻，俘获了其称之为溺儿斤的一支后继续前行，到达班朱尼河时，河水正浑浊，铁木真与众人同饮盟誓。亦乞烈部的孛徒，被火鲁剌部打败了，在这里遇到铁木真，也一起盟誓。另外住在哈剌浑山的哈撒儿，妻子儿女被汪罕俘虏了，他带着小儿子脱虎逃走，断粮后只好以鸟蛋充饥，也来到这里与铁木真会合。这时汪罕实力强盛，铁木真力量相对弱小一些，胜负难以预料，很多人都极为担心。凡是一同饮河水的人，称之为饮浑水，也就是指一同经历过艰难。汪罕的军队到达后，铁木真与他在哈阑真沙陀大战，结果汪罕大败。汪罕的部将按弹、火察儿、札木合等人合谋杀死汪罕，但没有成功，便投奔了乃蛮。答力台、把怜等部则向铁木真部叩头投降。

铁木真领兵行至斡难河的发源地，准备向汪罕进攻，又派了两位使者到汪罕那里，伪装为哈撒儿传话说："我哥哥现在不知在什么地方，我的妻子儿女又在您这里，即使我想离开，又能到哪里去呢？如果您不计较我以往的过错，念记我们过去的友好，我就来归附您。”汪罕相信了这话，派人跟着两位使者来，用皮囊装着血，双方立下了盟誓。两位使者到来后，铁木真就让他们充当向导，令众兵将不得喧嚣，连夜赶赴折折运都山，出其不意地进攻汪罕，结果打败了汪罕。克烈部的人都投降了，只有汪罕和亦剌合脱身逃走。汪罕哀叹说：“我为我儿子所误，现在的灾祸后悔也来不及了。”汪罕在逃跑的路上，遇到乃蛮部的人，被他们杀死。亦剌哈逃到西夏，靠抢劫过日子，又被西夏人赶走。逃到龟兹国，龟兹国的首领带兵杀死了他。

铁木真消灭汪罕部后，在帖麦该川举行了规模宏大的狩猎，发布号令，整顿军队而归。乃蛮部的首领太阳罕忌妒铁木真的才能，派人对白达达部的首领阿剌忽思说：“我听说东方有人要称帝。天上没有两个太阳，老百姓又怎么能有两位君主呢？如果你能在右边帮助我，我就能夺下他的弓箭。”阿剌忽思很快向铁木真报告了这一阴谋，不久，带领全部落的人来归附。

公元1204年，铁木真与各部落在帖麦该川聚会，讨论征伐乃蛮。臣僚们认为现在正值春天马瘦的时节，应该等到秋天马壮后再说。铁木真的弟弟斡赤斤说：“要办的事，就应该尽早办，怎么能以马瘦为借口呢？”别里古台也说：“乃蛮想夺下我们的弓箭，是看不起我们，我们理当奋不顾身。乃蛮依恃其强大而说大话，如果乘他没有准备而进攻，就会成功。”铁木真高兴地说：“有这样的人打仗，怎么会不胜呢？”于是进兵攻伐乃蛮。大军驻扎在建忒该山，铁木真派虎必来、哲别二人为前锋。太阳罕从按台起兵，驻扎在沆海山，他联合着蔑里乞部的首领脱脱、克烈部的首领阿怜太石、猥剌部的首领忽都花别吉以及秃鲁班、塔塔儿、哈答斤、散只兀等部落，实力强盛。当时铁木真军中有一匹瘦弱的马受惊后跑到了乃蛮的军营中，太阳罕见到后，与众部将商议说：“蒙古部的马这样瘦弱，现在应该引诱它深入，然后发起进攻俘虏它。”太阳罕的将领火力速八赤对他说：“先王作战时，奋勇前进，不曾后退，以马尾附在人背上，不让敌人看见。现在你想出这么一个拖延时间的办法，是不是心里害怕呢？如果害怕，那怎么不让后妃来统帅军队呢？”太阳罕被这番话激怒了，当即跃马挑战。铁木真以哈撒儿指挥中军。当时札木合也随太阳罕来了，见铁木真部军容严整，对周围的人说：“乃蛮开始发兵时，以为蒙古部的军队就像黑羊羔一样，脚蹄和皮毛都没有。现在我看蒙古军的阵势，与以前大不一样了。”于是带领自己的部众逃跑了。这天，铁木真与乃蛮部大战，战斗持续到傍晚，太阳罕被活捉后杀死。各部的军队都败溃逃走，夜晚不辨逃路，从山崖上坠落下去摔死的不可胜数。

第二天，剩下的人都投降了。朵鲁班、塔塔儿、哈答斤、散只兀四个部落也来归降。

随后铁木真又一次征讨蔑里乞部。蔑里乞部的首领脱脱投奔太阳罕的兄长卜欲鲁罕去了，他的部属带儿兀孙献出自己的女儿来归降，很快又叛离而去。铁木真到达泰寒寨后，派孛罗迎、沈白二人带领右军前去平定。

公元1205年，铁木真征讨西夏，攻克了力吉里寨，回师经过落思城时，抢了许多百姓和骆驼回来。

铁木真元年，铁木真会集王公大臣，打出九游白旗，在斡难河的源头即皇帝位。王公大臣们给他上尊号为成吉思皇帝。这年是金章宗太和六年。

铁木真即皇帝位后，又一次发兵征伐乃蛮。当时卜欲鲁罕在兀鲁塔山狩猎，被活捉了回来。太阳罕的儿子屈出律罕和脱脱逃到了也儿的石河。

铁木真开始考虑进攻金朝。起初，金人杀了与铁木真同宗的咸补海罕，铁木真就想报仇。正好从金朝来投降的人和被活捉的俘虏都说金朝皇帝完颜璟十分残忍暴虐，铁木真于是决定攻伐，但没有轻率采取行动。

铁木真五年的春天，金准备向蒙古进攻，修筑了乌沙堡。铁木真令遮别发动突袭，杀死了乌沙堡的守敌，并向东推进。

最初，铁木真每年都要向金朝交纳钱币，金朝皇帝让卫王完颜允济在净州接受贡物。铁木真见完颜允济时没有跪拜。完颜允济回到金都城后,想请求对蒙古用兵。正好金朝皇帝完颜璟死了,完颜允济继位做了皇帝,有诏令传到蒙古,并说要跪着接受。铁木真问金朝的使者说:"新皇帝是谁?"使者回答说:"是原来的卫王。"铁木真竟向南面吐了一口唾沫说:"我原以为中原的皇帝只有天上的仙人才能做,完颜允济这样平庸懦弱的人也配做吗?拜他干什么?"立刻骑马北返了。金朝使者回去说后,完颜允济更加恼怒,想等铁木真再交纳岁贡时,就当即杀死他。铁木真知道后,便与金朝断绝了关系,并严加防范。

……

(铁木真二十二年)七月五日,铁木真患病。十二日,死在萨里川哈老徒的行宫。临死前对身边的人说:"金朝的精兵在潼关,在南依靠山势,在北以黄河为险阻,一时难以攻克。如果向南宋借道攻金,宋、金世代为仇敌,一定会同意,这样我们就能从唐州和邓州出兵,直赴开封。金朝见形势危急,就会征调潼关的守军。以好几万的人马,到千里之外去增援,必然会人困马乏,就是到了也不能投入战斗,这样一定能攻灭金朝。"说完后就死了,享年六十六岁,埋葬在起辇谷。世祖至元三年十月,追加谥号为圣武皇帝,武宗至大二年十一月一日,又追加谥号为法天启运圣武皇帝，庙号为太祖。共做了二十二年的皇帝。

铁木真为人深沉，有远大的谋略，用兵如神，所以能吞并四十个国家或部落，平定西夏。他非凡的事迹和武功很多，可惜当时没有史官，很多事没有记录下来。

世祖本纪

元世祖忽必烈(1215—1294)是成吉思汗四子拖雷的第二子,元朝的创建者。忽必烈是一位杰出的政治家和军事家,在中国历史上有重要影响。1251年,长兄蒙哥即大汗位,他受任总理漠南汉地军国庶事,任用汉族儒臣,对河南、陕西吏治多有改进。1253年出征云南,灭大理国,1260年在开平(今内蒙古正蓝旗东闪电河北岸)即大汗位。建元中统。采用汉法,提倡"文治"。至元八年(1271)建国号大元,次年,确定以大都(今北京)为首都,后即发动对南宋的进攻,至元十六年(1279)灭南宋,统一全国,初步奠定了我国疆域的规模,发展了国内各民族的经济文化交流。他多次进攻日本、缅甸、安南等国，均以失败告终。忽必烈重视与外国的联系，对东南亚、印巴次大陆、西南亚及东北非的海道贸易有所发展。

世祖圣德神功文武皇帝，讳忽必烈①，睿宗皇帝第四子②。母庄圣太后，怯烈氏。以乙亥岁八月乙卯生。及长，仁明英睿，事太后至孝，尤善抚下。纳弘吉剌氏为妃。

岁甲辰，帝在潜邸③，思大有为于天下，延藩府旧臣及四方文学之士，问以治道。

岁辛亥，六月，宪宗即位④，同母弟惟帝最长且贤，故宪宗属以漠南汉地军国庶事，遂南驻爪忽都之地。

……

岁壬子，帝驻桓、抚间⑤。宪宗令断事官牙鲁瓦赤与不只儿等总天下财赋于燕⑥，视事一日，杀二十八人。其

---

① 讳：见《太祖本纪》注。 ② 睿宗皇帝：元太祖成吉思汗第四子，名拖雷，死后追谥为英武皇帝，庙号睿宗。 ③ 潜邸：《易经》有“潜龙勿用”之语，后来指帝王未正皇储名分以前所居的第宅。 ④ 宪宗：名蒙哥，睿宗拖雷之长子。 ⑤ 桓：桓州，今内蒙古正蓝旗西北；抚：抚州，今河北省张北县。 ⑥ 断事官：官职名，掌管裁决军府刑政狱讼的事务。燕：燕京，今北京市。

一盗马者，杖而释之矣，偶有献环刀者①，遂追还所杖者，手试刀斩之。帝责之曰："凡死罪必详谳（yàn 厌）而后行刑，今一日杀二十八人，必多非辜。既杖复斩，此何刑也？"不只儿错愕不能对。

……

夏六月，入觐宪宗于曲先恼儿之地，奉命帅师征云南。

……

十二月丙辰，军薄大理城。初，大理主段氏微弱，国事皆决于高祥、高和兄弟。是夜祥率众遁去，命大将也古及拔突儿追之。帝既入大理，曰："城破而我使不出，计必死矣。"己未，西道兵亦至，命姚枢等搜访图籍②，乃得三使尸，既瘗（yì 意），命姚枢为文祭之。辛酉，南出龙首城，次赵睑（jiǎn 检）③。癸亥，获高祥，斩于姚州④。留大将兀良合带戍守，以刘时中为宣抚使⑤，与段氏同安辑大理，遂班师。

……

岁丁巳，春，宪宗命阿蓝答儿、刘太平会计京兆、河

---

① 环：一种圆形而中间有孔的玉器，环刀即刀柄上镶有玉环的刀。 ② 姚枢：参见《姚枢传》。 ③ 龙首城："首"应为"尾"，龙尾即下关，今云南大理南；睑：南诏人称州为睑，赵睑，今云南大理附近。 ④ 姚州：辖境相当于今云南省楚雄地区。 ⑤ 宣抚使：官名。元置宣抚使司，管理军民事务。

南财赋①，大加钩考，其贫不能输者，帝为代偿之。

……

(岁己未)八月丙戌，渡淮。辛卯，入大胜关②，宋戍兵皆遁。壬辰，次黄陂。甲午，遣廉希宪招台山寨。比至，千户董文炳等已破之③。时淮民被俘者众，悉纵之。庚子，先锋茶忽得宋沿江制置司榜来上，有云："今夏谍者闻北兵会议，取黄陂民船系栰(fá 筏)，由阳逻堡以渡④，会于鄂州⑤。"帝曰："此事前所未有，愿如其言。"辛丑，师次江北。

九月壬寅朔，亲王穆哥自合州钓鱼山遣使以宪宗凶问来告⑥，且请北归以系天下之望。帝曰："吾奉命南来，岂可无功遽(jù 具)还?"甲辰，登香垆山，俯瞰大江，江北曰武湖⑦，湖之东曰阳逻堡，其南岸即浒黄洲。宋以大舟扼江渡，帝遣兵夺二大舟，是夜遣木鲁花赤、张文谦等具舟楫。乙巳迟明，至江岸，风雨晦冥，诸将皆以为未可

① 京兆：汉代京畿的行政区划名，即今陕西西安以东至华县之地。 ② 大胜关：在今河南罗山南。 ③ 千户：掌兵千人的武官名。 ④ 阳逻堡：亦称阳逻镇，在今湖北黄冈西。⑤ 鄂州：州治故地在今湖北武昌。 ⑥ 合州：辖境相当于今重庆市合川、铜梁、大足，四川省武胜等县；钓鱼山：在今重庆市合川县东。凶问：去世的噩耗。 ⑦ 武湖：在湖北黄陂东南，即武口水，又名黄汉湖。

渡，帝不从。遂申敕将帅扬旗伐鼓，三道并进，天为开霁。与宋师接战者三，杀获甚众，径达南岸。军士有擅入民家者，以军法从事。凡所俘获，悉纵之。

……

闰月庚午朔，还驻青山矶。辛未，临江岸。遣张文谦还谕诸将曰：“迟六日，当去鄂退保浒黄洲。”命文谦发降民二万北归。宋贾似道遣宋京请和①，命赵璧等语之曰：“汝以生灵之故来请和好，其意甚善，然我奉命南征，岂能中止。果有事大之心，当请于朝。”是日，大军北还。己丑，至燕。脱里赤方括民兵②，民甚苦之。帝诘其由，托以宪宗临终之命。帝察其包藏祸心，所集兵皆纵之，人心大悦。

……

中统元年春三月戊辰朔，车驾至开平③。亲王合丹、阿只吉率西道诸王，塔察儿、也先哥、忽剌忽儿、爪都率东道诸王，皆来会，与诸大臣劝进。帝三让，诸王大臣固请。辛卯，帝即皇帝位。

……

① 贾似道：宋理宗时官居左丞相，兼枢密使。《宋史》入“奸臣传”。 ② 民兵：宋以来指乡兵。以健壮的农民列入兵籍，平时无事，从事生产，有事则征召入伍。 ③ 开平：今内蒙古正蓝旗东，元世祖中统初建都于此，中统五年加号上都。

(中统二年)夏四月丙午,诏军中所俘儒士听赎为民。辛亥,遣弓工往教鄯阐人为弓①。乙卯,诏十路宣抚使量免民间课程②。命宣抚司官劝农桑,抑游惰,礼高年,问民疾苦,举文学才识可以从政及茂才异等,列名上闻,以听擢用;其职官污滥及民不孝悌者,量轻重议罚。

……

(中统三年)十一月,……有旨谕史天泽:"朕或乘怒欲有所诛杀,卿等宜迟留一二日,覆奏行之。"

……

(至元二年)五月,……庚寅,令:"军中犯法,不得擅自诛戮,罪轻断遣,重者闻奏。"敕上都商税、酒醋诸课毋征③,其榷盐仍旧④;诸人自愿徙居永业者,复其家。诏西川、山东、南京等路戍边军屯田⑤。

……

(至元八年)二月,……辛酉,敕:"凡讼而自匿及诬告人罪者,以其罪罪之。"

---

① 鄯阐:故址在今云南省昆明市。 ② 课程:按税率收税。 ③ 课:赋税。 ④ 榷(què 却):专利,专卖;榷盐:国家食盐专卖,也指盐税。 ⑤ 西川:指今四川省西部地区,有时也泛指蜀地。南京:今河南省开封市。屯田:政府利用军队或农民、商人垦种土地,征取收成以为军饷。

三月，……丁亥，……敕："有司毋留狱滞讼①，以致越诉，违者官民皆罪之。"

……

十一月，……乙亥，……建国号曰大元。

……

十二月辛卯朔，诏天下兴起国字学②。宣徽院请以阑遗、漏籍等户淘金③，帝曰："姑止，毋重劳吾民也。"乙巳，减百官俸。

……

（至元十二年）五月，……庚辰，诏谕参知政事高达曰④："昔我国家出征，所获城邑，即委而去之，未尝置兵戍守，以此连年征伐不息。夫争国家者，取其土地人民而已，虽得其地而无民，其谁与居。今欲保守新附城壁，使百姓安业力农，蒙古人未之知也。尔熟知其事，宜加勉旃⑤。湖南州郡皆汝旧部曲，未归附者何以招怀，生民何以安业，听汝为之。"

---

① 有司：官吏，因官吏事有专司，故称有司。 ② 国字：指蒙古文字。 ③ 宣徽院：官署名，总领宫内诸司及三班内侍的名籍和郊祀朝会等。阑遗：本指遗失在路上的无主之物，这里指无固定职业者。漏籍：未进行人口登记的居民。 ④ 参知政事：丞相的副职。 ⑤ 旃（zhān 沾）：助词，等于"之焉"两字连用的意义。

……

（至元十三年）二月，……帝既平宋，召宋诸将问曰："尔等何降之易耶？"对曰："宋有强臣贾似道擅国柄，每优礼文士，而独轻武官。臣等久积不平，心离体解，所以望风而送款也。"帝命董文忠答之曰："借使似道实轻汝曹，特似道一人之过耳，且汝主何负焉。正如所言，则似道之轻汝也固宜。"

……

（至元十五年）六月，……甲戌，……命平章政事哈伯等谕中书省①、枢密院②、御史台③："翰林院及诸南儒今为宰相④、宣慰⑤，及各路达鲁花赤佩虎符者⑥，俱多谬滥，其议所以减汰之者。凡小大政事，顺民之心所欲者行之，听不欲者罢之。"

……

（至元十六年）八月，……己亥，海贼金通精死，获其从子温，有司欲论如法，帝曰："通精已死，温何预焉。"特

① 平章政事：元代三丞相之一。中书省：官署名，总管国家政事。 ② 枢密院：官署名，主要掌管军事机密、边防等事务。 ③ 御史台：官署名，专司监察弹劾之职。 ④ 翰林院：以各种文艺技术供奉内廷之处。 ⑤ 宣慰：即宣慰使，管理军民事务。 ⑥ 达鲁花赤：蒙语，译言掌印官。虎符：兵符，古代调兵遣将的信物。

赦其罪。

……

(至元二十年)五月,……丙子,诏谕诸王相吾答儿:“先是云南重囚,令便宜处决,恐滥及无辜,自今凡大辟罪,仍须待报。”

……

(至元二十一年)夏四月,……戊申,……火儿忽等所部民户告饥,帝曰:“饥民不救,储粮何为?”发万石赈之。

……

(至元二十二年)六月,……庚午,诏减商税,罢牙行①,省市舶司入转运司②。左丞吕师夔(kuí 奎)乞假五月,省(xǐng 醒)母江州③,帝许之,因谕安童曰④:“此事汝蒙古人不知,朕左右复无汉人,可否皆自朕决。汝当尽心善治百姓,无使重困致乱,以为朕羞。”

……

---

① 牙行:旧时为买卖双方议价说合抽取佣金的商行。② 市舶司:管理沿海对外贸易事务的官署。转运司:即两淮都转运盐使司,掌管收取盐税事务的官署。③ 左丞:属中书省,与右丞同管尚书台及监察百官。江州:今江西省九江市。④ 安童:时为中书右丞相。

〔九月〕乙亥[1]，……敕："自今贡物惟地所产，非所产者毋辄上。"

……

(至元二十三年)夏四月，……己未，……中书省臣言："比奉旨，凡为盗者毋释。今窃钞数贯及佩刀微物，与童幼窃物者，悉令配役。臣等议，一犯者杖释，再犯依法配役为宜。"帝曰："朕以汉人徇私，用《泰和律》处事[2]，致盗贼滋众，故有是言。人命至重，今后非详谳者，勿辄杀人。"

……

(至元二十七年)冬十月，……丁丑，尚书省臣言："江阴、宁国等路大水，民流移者四十五万八千四百七十八户。"帝曰："此亦何待上闻，当速赈之！"凡出粟五十八万二千八百八十九石。

……

(至元二十九年)五月，……丁未，中书省臣言："妄人冯子振尝为诗誉桑哥[3]，且涉大言，及桑哥败，即告词臣撰碑引谕失当[4]，国史院编修官陈孚发其奸状，乞免所

---

① 〔九月〕：原文缺"九月"，据文意补。 ②《泰和律》：金章宗泰和二年(1202)颁布施行的刑律。 ③ 桑哥：至元二十四年(1287)为尚书右丞相，专权跋扈，至元二十八年被处死。 ④ 碑：指《桑哥辅政碑》。

坐遣还家。”帝曰：“词臣何罪！使以誉桑哥为罪，则在廷诸臣，谁不誉之！朕亦尝誉之矣。”诏以杨居宽、郭佑死非其罪，给还其家资。

……

（至元）三十一年春正月壬子朔，帝不豫，免朝贺。癸亥，知枢密院事伯颜至自军中。庚午，帝大渐。癸酉，帝崩于紫檀殿。在位三十五年，寿八十。

……

世祖度量弘广，知人善任使，信用儒术，用能以夏变夷，立经陈纪，所以为一代之制者，规模宏远矣。

——《元史》卷四至卷一七

【翻译】

元世祖圣德神功文武皇帝，名叫忽必烈，是睿宗皇帝的第四个儿子。忽必烈的母亲是庄圣太后，姓怯烈。他出生于乙亥年(1215)八月二十八日。忽必烈长大以后，宽仁而明智，杰出而通达，侍奉他的母亲庄圣太后非常孝顺，他尤其善于爱护部下。他娶了姓弘吉剌的女子为妃。

甲辰年(1244)，忽必烈在自己的府第，想在天下干出一番大事业，便邀请藩府里旧臣和四方的博学之士，向他们请教治国之道。

辛亥年(1251)六月,元宪宗即皇帝位,宪宗同母的弟弟中只有忽必烈年龄最大,而且最有道德和才能,所以宪宗将管理大漠南边汉族地区的军事、政治、民务的大事都交给他去处理,他因此向南驻守在爪忽都这个地方。

……

壬子年(1252),忽必烈驻守在桓州、抚州之间。宪宗命令断事官牙鲁瓦赤和不只儿等人将国内的财赋集中到燕京,他们就职办公一天,就处死了二十八个人。被杀者中有一个是偷马的人,他们将他杖责后释放了,这时偶然有个献环刀的人,断事官便将用杖打过的那人追回来,为了试试环刀是否锋利,而用那口刀将偷马人斩杀了。忽必烈责备他们说:“凡是死罪的案件,必须要详细地审讯、定罪,然后才能执行刑法。今天你们一天杀了二十八人,必然有很多无辜者。既然杖责了,又将其斩杀,这是什么刑法?”不只儿仓促惊慌,不能回答。

……

(壬子年)夏六月,忽必烈在曲先恼儿这个地方觐见宪宗,奉宪宗之命统领部队征讨云南。

……

(壬子年)十二月六日,大军逼近大理城。当初,大理的统治者段氏糊涂而懦弱，国家大事都由高祥、高和兄弟决定。这天夜里，高祥率领众人逃去，忽必烈命令大将也古与拔突儿追击。忽必烈进入大理之后，说："城池已经攻破而我们的使臣还不出来，估计他们肯定是死了。"九日，西路的部队也赶到了，忽必烈命令姚枢等人搜集、寻访图书典籍。此时，部队得到了三位使臣的尸体，埋葬之后，忽必烈命令姚枢撰文祭奠。十一日，部队南出龙尾城，驻扎在赵睑。十三日，抓获了高祥，在姚州将其斩首。忽必烈留大将兀良合带驻守，任命刘时中为宣抚使，与段氏共同安抚大理，于是大军撤回。

……

丁巳年(1257)，春天，宪宗命令阿蓝答儿、刘太平统计、管理京兆、河南一带的财赋，他们大肆钩取、推求，那些贫穷不能交纳赋税的，忽必烈代为他们偿付。

……

(己未年，1259)八月十五日，部队渡过淮河。二十日，部队攻入大胜关，宋朝的守兵都逃跑了。二十一日，部队驻扎在黄陂。二十三日，忽必烈派遣廉希宪去台山寨招安。等到了那里的时候，千户董文炳等人已经攻破了山寨。此时，淮河一带的老百姓被俘虏的人很多，忽必烈将他们都释放了。二十九日，先锋茶忽得到了宋朝沿江制置司的榜文奉上，榜文上有这样的话："今年夏天，谍报人员听说北方军队的会议决定用黄陂的民船拴着竹筏，由阳逻堡渡江，在鄂州会师。”忽必烈说：“这种事以前并没有，希望像它说的一样。”三十日，部队驻扎在江北。

九月一日，亲王穆哥从合州钓鱼山派使臣来报告宪宗驾崩的消息，并且请忽必烈返回北方继承皇位。忽必烈说：“我奉命南来，怎么可以没有功劳便仓促返回呢？”三日，忽必烈登上香垆山，俯瞰大江，江北是武湖，武湖东面是阳逻堡，阳逻堡的南岸就是浒黄洲。宋朝用大船扼守长江渡口，忽必烈派兵夺取了两只大船。这天夜里，忽必烈派木鲁花赤、张文谦等准备船只。四日黎明，部队到达江岸，此时风雨交加，天色昏暗，诸位将领都认为不能渡江，忽必烈不同意他们的意见。于是，忽必烈命令将帅们挥动令旗，擂动战鼓，兵分三路前进，天空竟为此而放晴。蒙古部队与宋军交战了三次，杀死、俘获宋军很多，蒙古部队一直抵达南岸。忽必烈下令：军人有擅自进入百姓家中的，以军法处治。凡是蒙古部队所俘虏的人，忽必烈都将他们释放了。

……

闰（十一）月一日，忽必烈返回，安营在青山矶。二日，忽必烈到达江岸，派遣张文谦回去晓谕诸位将领：“等到第六天，应当离开鄂州，退回保卫浒黄洲。”他命令张文谦打发二万降民回到北方。宋朝的贾似道派宋京来请和，忽必烈命令赵璧等对宋京说：“你们以百姓的缘故来请和，用意很好，可是我奉命向南征讨，岂能半途而废？如果你们确实有侍奉大国之心，应当到我们的朝廷上去请求。”这一天，大军向北撤回。二十日，到达燕京。脱里赤正在聚集乡兵，老百姓为此感到非常困苦。忽必烈追问这样做的理由，脱里赤假托是宪宗临终时的命令。忽必烈察觉到脱里赤包藏祸心，便将他聚集的乡兵全部解撤，人心大快。

……

中统元年(1260)春天，三月一日，忽必烈到达开平。亲王合丹、阿只吉率领西道诸位亲王，塔察儿、也先哥、忽刺忽儿、爪都率领东部诸位亲王，都来聚会，他们与诸位大臣一起劝说忽必烈即位。忽必烈谦让了三次，诸位亲王和大臣们坚持请求他即位。二十四日，忽必烈即皇帝位。

……

中统二年(1261)夏天，四月十五日，皇帝下诏命令军队中所俘虏的读书人可以任凭赎身为民。二十日，皇帝派制造弓弩的匠人前往鄯阐，教那里的人制造弓弩。二十四日，下诏命令十路宣抚使酌情免除民间的赋税。命令宣抚司的官员勉励农民种田养蚕，抑制游手好闲和怠惰的风气，尊敬年事已高的人，询问民间疾苦，推荐文章学问、才能见识可以从政的人才以及其他方面特别优秀的人才，列出名单向上级报告，以等待提拔重用；那些贪赃污秽的官吏和老百姓当中不孝顺父母、不尊重兄弟的人，则根据罪行轻重商议如何惩罚。

……

中统三年(1262)十一月，……皇帝降旨告诉史天泽："我有时在气头上，决定要杀某些人，你们应将这类事迟留一两天，再上奏于我，然后再看是否执行死刑。"

……

至元二年(1265)五月，……十二日，皇帝下令："军队中有犯法的，不许擅自将其杀死，罪过轻的应判为流放，罪过重的应奏闻朝廷。"皇帝命令不要征收上都的商税、酒醋等税，其盐税仍旧征收。众人有自愿移民并永远在移居地安家立业者，免除全家的徭役。皇帝下诏命令四川、山东、南京等路驻守在边防的军队实行屯田。

……

至元八年(1271)二月，……二十七日，皇帝命令："凡是诉讼而又隐匿姓名以及诬告别人有罪的人，以他告发别人的罪来惩罚他本人。"

三月，……二十四日，……皇帝命令："官吏不可以拖延讼案，以致于出现越级诉讼的现象，违者官吏、平民都要治罪。”

十一月，……十五日，建国号为大元。

……

十二月一日，命令全国开办用蒙古语文进行教学的学校。宣徽院请示，让无业游民、没有进行人口登记的居民去淘金，皇帝说：“暂且停止这样做，不要太使天下百姓劳苦了。”十五日，减少各级官吏的俸禄。

……

至元十二年(1275)五月，……十日，皇帝下诏告诉参知政事高达说：“过去我国出征，所获得的城市，立即就丢弃而离开了，没有安排军队驻守，因此连年征战讨伐不停。争夺国家的人，主要是要获得它的土地和人民，虽然得到了它的国土却没有得到它的人民，我们同谁生活在一起？现在，我们要保卫、守住新归顺的城市，使老百姓安居乐业，致力于农耕，蒙古族人不了解这一点。你对此事很熟悉，应该对此努力去干。驻守湖南州郡的都是你过去的部下，对于没有投降的如何去招安，百姓如何才能安居乐业，听凭你去安排。”

……

至元十三年(1276)二月，……皇帝已经平定了宋朝，召集宋朝的各位将领问道：“你们为什么这样轻易地就投降了呢？”这些将领回答说：“宋朝有强横的大臣贾似道独霸国家大权，常常优待文人，而单单轻视武官。臣等一直心怀不满，人心已离，军队已散，所以我们一看见元朝部队的影子便归降了。”皇帝命令董文忠答复他们说：“假使贾似道真的轻视你们这帮人，只是贾似道一人的过错，而且你们的主上有什么亏待你们么？如果事情正像你们所说的，那么贾似道轻视你们是合适的。”

……

至元十五年(1278)六月，……二十二日，……皇帝命令平章政事哈伯等告诉中书省、枢密院、御史台：“翰林院和各个做宰相、宣慰使以及各路佩戴虎符的掌印官，大多是滥竽充数，要商议如何裁减和淘汰。所有的大小政事，符合老百姓愿望的就实行，不符合老百姓愿望的就停止实行。”

……

至元十六年(1279)八月，……二十四日，海贼金通精死了，抓住了他的侄子金温，主管的官吏想依法定罪。皇帝说：“金通精已经死了，金温如何能参预金精通的活动呢？”皇帝特地赦免了他的罪行。

……

至元二十年(1283)五月，……二十三日，皇帝下诏告诉亲王相吾答儿：“在此之前，对于云南的重罪囚犯，我曾下令地方可以斟酌情况予以处决，现在，我恐怕这样做会滥用死刑而伤害无辜者，从今以后，凡是死罪，仍然必须要上报朝廷。”

……

至元二十一年(1284)夏四月，……三十日，……火儿忽所管辖的居民报告饥荒，皇帝说：“不救饥民，储备粮食干什么？”命令发放一万石粮食赈济饥民。

……

至元二十二年(1285)六月，……二十九日，皇帝下诏减少商业税收，取消牙行，取消市舶司，使其并入转运司。左丞吕师夔请求休假五月去江州探望母亲，皇帝准了他的假，并因此告诉安童说：“这种事你们蒙古族人不知道，我身边又没有汉族人，能否实行都由我来决定。你应当尽心尽力地好好治理百姓，不要使他们又陷于困境而出乱子，使我感到羞愧。”

……

〔九月〕六日，……皇帝命令：“从今以后，进贡给朝廷的物品只能是地方上所出产的，不是地方上所出产的不要总是向上进贡。”

……

至元二十三年(1286)夏四月，……二十三日，……中书省的大臣说：“近来奉圣旨，所有被抓住的盗贼都不准释放。现在，偷几贯钱以及佩刀等小东西，与小孩偷东西的，都被发配流放。臣等计议，第一次犯偷窃罪的，经杖责后释放，再犯者依法流放较为适宜。”皇帝说：“我因为汉族人曲从于私情，按《泰和律》处理案件，致使盗贼越来越多，所以才说了那样的话。人命最为重要，今后，未经认真审讯，不准动辄杀人。”

……

至元二十七年(1290)冬十月，……七日，尚书省的大臣说：“江阴、宁国等路洪水泛滥，百姓流离失所者四十五万八千四百七十八户。”皇帝说：“这种事为什么还要等待报告上级？应当赶快赈济灾民！”一共发出救灾粮五十八万二千八百八十九石。

……

至元二十九年(1292)五月，……十六日，中书省的大臣说：“狂人冯子振曾经写诗赞美桑哥，而且语言非常夸张，等到桑哥败落，便告发说词臣撰写《桑哥辅政碑》时引用皇帝谕旨失当，国史院编修官陈孚揭发了他的奸诈行径，陈孚请求受到牵连的人能够被免罪和打发他们回乡。”皇帝说：“词臣有什么罪！假如以赞美桑哥为有罪，那么朝廷上的各位大臣，谁没赞美他！我也曾经赞美过他呀。”下诏认为杨居宽、郭佑是无辜被杀的，命令还给他们家产。

……

(至元)三十一年(1294)春正月初一日,皇帝感到不舒服,于是免去臣子朝见。十一日,主持枢密院事务的伯颜从军中赶到。十八日,皇帝病情加重。二十一日,皇帝在紫檀殿中逝世。他在位共三十五年,享年八十岁。

……

元世祖度量恢宏,了解臣下并善于用人,相信和采用儒学。他运用儒学,能够以华夏的文化来改变少数民族。他建立规范,宣示纲纪,他以此成为一代制度的开创者,其规模真是宏伟而远大。

地理志·序

元朝的统一，结束了中国五百多年民族纷争和相互血战的历史，结束了中国境内南宋、金、西夏、西辽、大理、吐蕃等多个政权并立的局面，实现了空前的民族大一统。不仅如此，成吉思汗和他的子孙们还在中亚、西亚和东欧的广大地区，建立了钦察汗、伊利汗和察合台汗等汗国。作为我国历史上第一个由少数民族统治全国的政权，元朝的疆域之广大、人口之众多，都是前所未有的，并对以后的历史产生了十分深远的影响。《元史·地理志·序》以简短的篇幅，介绍了这方面的情况。

自封建变为郡县①，有天下者，汉、隋、唐、宋为盛，然幅员之广②，咸不逮元。汉梗于北狄，隋不能服东夷，唐患在西戎，宋患常在西北③。若元，则起朔漠，并西域，平西夏，灭女真④，臣高丽⑤，定南诏⑥，遂下江南，而天下为一。故其地北逾阴山，西极流沙⑦，东尽辽左⑧，南越海表⑨。盖汉东西九千三百二里，南北一万三千三百六十八里，唐东西九千五百一十一里，南北一万六千九百一十八里，元东南所至不下汉、唐，而西北则过之，有难以里数限者矣。

初，太宗六年甲午，灭金，得中原州郡。七年乙未，下诏籍民，自燕京、顺天等三十六路，户八十七万三千七百八十一，口四百七十五万四千九百七十五。宪宗二年

---

① 封建：古代帝王把土地赐给功臣和子孙，让他们在封定的区域内建立邦国。郡县：犹如府县，直属朝廷管辖的地方机构。 ② 幅员：广狭称幅，周围称员，所以称疆域为幅员。 ③ 古代称北方的少数民族为北狄，东方的少数民族为东夷，南方的少数民族为南蛮，西方的少数民族为西戎。这里的北狄指匈奴，东夷指日本，西戎指突厥，西北指西北的辽和北方的金。 ④ 女真：这里指由女真人所建立的金朝。 ⑤ 高丽：古国名，后为卫氏朝鲜所并，所以称朝鲜为高丽。 ⑥ 南诏：唐有六诏，最南的蒙舍诏称南诏，后称大理，在今云南。 ⑦ 流沙：沙漠常因风而流动转移，所以称流沙。 ⑧ 古代以东为左，以西为右，辽左即辽东。 ⑨ 海表：犹言海外。

壬子，又籍之，增户二十余万。世祖至元七年，又籍之，又增三十余万。十三年，平宋，全有版图①。二十七年，又籍之，得户一千一百八十四万八百有奇。于是南北之户总书于策者，一千三百一十九万六千二百有六，口五千八百八十三万四千七百一十有一，而山泽溪洞之民不与焉。立中书省一，行中书省十有一：曰岭北，曰辽阳，曰河南，曰陕西，曰四川，曰甘肃，曰云南，曰江浙，曰江西，曰湖广，曰征东，分镇藩服，路一百八十五，府三十三，州三百五十九，军四，安抚司十五，县一千一百二十七。文宗至顺元年，户部钱粮户数一千三百四十万六百九十九②，视前又增二十万有奇，汉、唐极盛之际，有不及焉。盖岭北、辽阳与甘肃、四川、云南、湖广之边，唐所谓羁縻之州③，往往在是，今皆赋役之，比于内地；而高丽守东藩，执臣礼惟谨，亦古所未见。地大民众，后世狃于治安，而不知诘戎兵、慎封守，积司委靡，一旦有变，而天下遂至于不可为。呜呼！盛极而衰，固其理也。

唐以前以郡领县而已，元则有路、府、州、县四等。

---

① 版图：版为户籍，图为地图，版图即户口册和疆域图。② 户部：古代以吏、户、礼、兵、刑、工分部治事，其中户部是掌管户口和财赋的官署。③ 羁是马笼头，縻是牛鼻绳，羁縻指维系之意。

大率以路领州、领县，而腹里或有以路领府[1]、府领州、州领县者，其府与州又有不隶路而直隶省者，具载于篇，而其沿革则溯唐而止焉。作《地理志》。

——《元史》卷五八

【翻译】

自从变封建制为郡县制以来，统治天下的，以汉、隋、唐、宋四朝最为强盛，但就疆域而论，都不及元朝广大。汉朝受阻于北狄，隋朝不能降服东夷，唐朝的边患在于西戎，宋朝的边患则时常在西北发生。而元朝，兴起于北方沙漠地区，吞并西域，平服西夏，灭亡女真，臣服高丽，安定南诏，攻下江南，统一了天下。所以它的疆域北面超过了阴山，西面达到了沙漠的尽头，东面包括辽东，南面远达海外。汉朝的疆域东西相距 9302 里，南北相距 13368 里；唐朝的疆域东西相距 9511 里，南北相距 16918 里。元朝的疆域在东面和南面所达到的地方不在汉、唐之下，而在西面和北面，则远远超过了这两个朝代，以至于难以有确切的里数来计算。

---

① 腹里：元朝中央直接管理的地区，相当于今山东、山西及河北一带。

早在窝阔台六年，蒙古灭亡了金朝，得到了中原各州郡，第二年就下令统计户口，从燕京、顺天等36路中，统计出873781户，4754975人。宪宗二年又一次统计，增加了20多万户。忽必烈至元七年，又一次统计，又增加了30多万户。至元十三年灭亡南宋，元朝拥有了全国的户口册和疆域图。至元二十七年的统计结果是有11840800多户。这样全国登记在户口册上的共有13196206户，58834711人，而那些居住在山林湖泽和荒野之地的人还不包括在内。全国设立有1个中书省，11个行中书省，它们是：岭北、辽阳、河南、陕西、四川、甘肃、云南、江浙、江西、湖广、征东，这11个行中书省分别管辖着全国的185个路、33个府、359个州、4个军、15个安抚司、1127个县。文宗至顺元年，向国家交纳赋税的共有13400699户，比以前又增加了20多万户，汉、唐就是最强盛的时候也没有这么多。因为岭北、辽阳以及甘肃、四川、云南和湖广的边远地区，在唐朝是所谓的羁縻州，现在却在元朝的直接管辖之内，与内地一样要交纳赋税。而高丽管理着东部藩屏，严格地向元朝称臣，也是从古以来所不曾有的。元朝如此地广人多，到后来又只见到国治民安，而没有重视武备，慎于防御，积久成习，委靡不振，一旦出现事变，国家就难以收拾局面。元朝由极盛而走向衰亡，是有一定道理的啊。

唐以前不过是以郡管理县而已，元朝则有路、府、州、县四级。大致上是以路管理州和县。而腹里地区也有的以路管理府，以府管理州，以州管理县的，还有不属路管理而直属省管理的府或州，这些都记载在本篇中。追溯各地的沿革只到唐朝而已。《地理志》就是按上述设想来编写的。

选举志·序

自隋朝建立科举制度以后，各朝一直沿用不废，成为历代封建王朝基本的选官制度，但这种情形在元代却出现了例外。从忽必烈开国算起，元朝前期科举停废长达半个世纪之久，元仁宗虽然恢复了科举制度，但从延祐直至元末，只举行过七次，五十多年间科举取士仅一千二百余人，由科举入仕的官员，只占相应时期文职官员总数的百分之四。因此，元朝官员的来源，除了科举之外，还有荫叙和推举等途径，并且名目之多，难于枚举，《选举志·序》简要地介绍了这方面的情况。

选举之法尚矣。成周庠序学校①，以乡三物教万民而宾兴之②，举于乡，升于司徒、司马论定，而后官之。两汉有贤良方正、孝弟力田等科③，或奉对诏策，事犹近古。隋唐有秀才、明经、进士、明法、明算等科④，或兼用诗赋，士始有弃本而逐末者。宋大兴文治，专尚科目，虽当时得人为盛，而其弊遂至文体卑弱，士习委靡，识者病焉。辽、金居北方，俗尚弓马。辽景宗、道宗亦行贡试⑤，金太宗、世宗屡辟科场⑥，亦粗称得士。

元初，太宗始得中原，辄用耶律楚材言⑦，以科举选士。世祖既定天下，王鹗献计⑧，许衡立法⑨，事未果行。

① 成周：即西周的东都洛邑，这里借指西周。庠序：古代地方设立的学校，在商朝称序，在周代称庠。 ② 乡三物：指知、仁、圣、义、忠、和六德，孝、友、睦、姻、任、恤六行以及礼、乐、射、御、书、数六艺。宾兴：自乡小学选举贤能，仿古乡饮酒礼待之，以升于国学。后地方官设宴招待应举之士，也称宾兴。 ③ 贤良方正：品德贤良，行为端正。孝弟力田：孝父母，爱兄弟，勤于农事。 ④ 隋唐科举，以才能优异者为秀才，以经义取者为明经，以诗赋取者为进士，明习法令为明法，明习算术为明算。 ⑤ 辽景宗：即耶律贤，公元969—982年在位。辽道宗：即耶律洪基，公元1055—1101在位。 ⑥ 金太宗完颜晟，公元1123—1135年在位。金世宗完颜雍，公元1161—1189年在位。 ⑦ 耶律楚材：本书有传。 ⑧ 王鹗：金曹州东明人，入元曾为翰林学士承旨。 ⑨ 许衡：元代理学家。

至仁宗延祐间，始斟酌旧制而行之，取士以德行为本，试艺以经术为先，士褎然举首应上所求者①，皆彬彬辈出矣。

然当时仕进有多歧，铨衡无定制②，其出身于学校者，有国子监学③，有蒙古字学、回回国学④，有医学，有阴阳学⑤。其策名于荐举者，有遗逸，有茂异，有求言，有进书，有童子⑥。其出于宿卫、勋臣之家者⑦，待以不次。其用于宣徽、中政之属者，重为内官⑧。又荫叙有循常之格⑨，而超擢有选用之科。由直省、侍仪等入官者，亦名清望⑩。以仓庾、赋税任事者，例视冗职。捕盗者以功

① 褎（yòu 又）然举首：超出同辈，力求上进。 ② 铨衡：通过考试以量才授官。 ③ 元代在燕京设置的教授蒙古生员的学校，汉人称之为国子监学。 ④ 元代在各地设置的教习八思巴所创制的蒙古文字的学校，称蒙古字学。元代设置的教授亦思替非文字、培养波斯文的译史人员的学校，称回回国学。 ⑤ 元代在各地设置的以培养天文、历法人才的学校称阴阳学。 ⑥ 茂异：卓越的人才。进书：通过上书提建议。 ⑦ 宿卫：皇帝的禁兵。 ⑧ 宣徽：即宣徽院，元代职掌供御食、宴享宾客等事的官署。中政：即中政院，元代职掌皇后中宫财赋、营建、供给和宿卫等的官署。内官：指皇帝的近侍臣僚。 ⑨ 荫叙：依先世功勋的大小进职或奖功。 ⑩ 直省：中书省的办事人员。侍仪：皇帝的侍卫与仪仗人员。清望：清白的名望，指家世清白，为人所敬重。

叙，入粟者以资进，至工匠皆入班资①，而舆隶亦跻流品②。诸王、公主，宠以投下③，俾之保任。远夷、外徼④，授以长官俾之世袭。凡若此类，殆所谓吏道杂而多端者欤。矧夫儒者有岁贡之名⑤，吏有补用之法。曰掾史、令史⑥，曰书写、铨写，曰书吏、典吏，所设之名，未易枚举。曰省、台、院、部，曰路、府、州、县，所入之途，难以指计。虽名卿大夫，亦往往由是跻要官，受显爵，而刀笔下吏⑦，遂致窃权势，舞文法矣⑧。

故其铨选之备，考核之精，曰随朝、外任⑨，曰省选、部选，曰文官、武官，曰考数，曰资格，一毫不可越。而或援例，或借资⑩，或优升，或回降，其纵情破律，以公济私，非至明者不能察焉。是皆文繁吏弊之所致也。

今采摭旧编，载于简牍，或详或略，条分类聚，殆以

① 班资：班位、资格。 ② 舆隶：古代十等人中的第六、第七等，比喻低贱。流品：泛指门第与社会地位。 ③ 投下：元朝诸王、驸马和勋臣所属的人户。 ④ 外徼：境外之地。 ⑤ 矧（shěn 审）：况且。夫：语助词。 ⑥ 掾史：分曹治事的属吏。令史：职掌文书案牍之事的胥吏。 ⑦ 刀笔下吏：主办文案的低级官吏。 ⑧ 舞文法：利用法律条文为奸作弊。 ⑨ 随朝：指在朝廷做官。外任：指在外地做官。 ⑩ 援例：援引成例。借资：仅有虚衔，并不实际委任官职。

不胜其记述者，姑存一代之制。作《选举志》。

——《元史》卷八一

【翻译】

选举这种方法由来已久了。西周时期的小学，以六德、六行和六艺教育乡里人，并以宾客之礼对待那些贤能之士，由乡里举荐，由司徒和司马评定，再授以官位。两汉时期有贤良方正、孝弟力田等科目，有的还回答皇帝的策问，方法与古代仍颇相近。隋唐时期有了秀才、明经、进士、明法、明算等科目，有的还兼用诗赋，读书人中这才出现了不顾德行而追求功名的趋向。宋朝大兴文教，仅仅看重各科名目，虽然当时以此获得了很多人才，但也造成了文风卑弱、士习委靡的弊端，有识之士颇为忧虑。辽、金居处北方，民俗崇尚武力。辽景宗和辽道宗也实行过贡举考试，金太宗和金世宗曾多次开科取士，也大略称得上得人。

蒙元之初，窝阔台取得中原之后，采纳了耶律楚材的建议，以科举考试选择人才。忽必烈统一全国之后，由王鹗想出计策，许衡定立规则，但当时没有实施。元仁宗延祐年间，这才斟酌权衡过去的办法实行，选择人才以德行为主，考试科目以儒家经典为主，读书人都响应这种要求，力求进取，以至于人才辈出。

但在当时进身为官有许多途径，量才授官也没有一定的标准。那些出自学校的，有国子监学、蒙古字学、回回国学、医学以及阴阳学。而出自荐举的，则有遗逸、茂异、求言、进书和童子。还有的出自禁卫军和功臣之家，并不按寻常的次序提升。那些在宣徽院和中政院做官的，都是皇帝的亲信。另外，虽然因先世的功勋按等级次第得赐官爵也有一定的规定，但选用的名义可使之越级升迁。由中书省的办事人员和皇帝的侍卫升迁为官的，也被认为有清白的名望。而以多交税粮而做官的，照例被看作是多余的职位。捕获盗贼的人因功做官，交纳粟米的以钱财进升，至于工匠也有班位，轿夫走卒之流也能跻身官位。诸王、公主所宠爱的人户，也被授予一定的权力。边远之地和境外，也授予一些人以官职，让他们世袭。如此种种，正像人们所说的，官吏的名目多而做官的途径也多。况且，儒者有岁贡的名义，官吏有补用的办法，如掾史、令史，如书写、铨写，如书吏、典吏，所设的名目，难以一一枚举。至于各省、台、院、部和路、府、州、县，做官的途径，更是难以计数。即使是著名的大臣，也往往是从这些途径跻身上去，做了大官，获得显赫爵位的；而那些低级的小吏，也就因此得以窃据权势，舞文弄法了。

选举制度的完备、考核的精确，在于随朝、外任、省选、部选、文官、武官、考数、资格这些方面的规矩一点也不能违越。而在援例、借资、优升、回降这些名目上照顾私情，破坏规定，以公济私，若不是非常公正的人又是难以发现的。这些都是由于制度太繁琐、吏治不严格所造成的。

现在收集过去的文献，记载在这里，有的详尽，有的简略，按条目分述，以类相聚，大概多有记述不周的，姑且以此保存一代的制度吧。因此作《选举志》。

百官志·序

这篇序文，写得很好，可以看出编撰者综合能力强，视野开阔，有较强的历史感，颇具史识；又行文简洁，不晦涩，有一定的史才。因此能把蒙元的职官沿革、中央机构和地方建制叙述得极为简明。

王者南面以听天下之治①，建邦启土，设官分职，其制尚矣。汉、唐以来，虽沿革不同，恒因周、秦之故，以为损益，亦无大相远。大要欲得贤才用之，以佐天子、理万

① 南面：古代以坐北朝南为尊位，皇帝升朝治事，就是南面而坐。

民也。

元太祖起自朔土，统有其众，部落野处，非有城郭之制，国俗淳厚，非有庶事之繁，惟以万户统军旅，以断事官治政刑，任用者不过一二亲贵重臣耳。及取中原，太宗始立十路宣课司①，选儒臣用之。金人来归者，因其故官，若行省，若元帅，则以行省、元帅授之。草创之初，固未暇为经久之规矣。

世祖即位，登用老成②，大新制作，立朝仪，造都邑，遂命刘秉忠、许衡酌古今之宜③，定内外之官。其总政务者曰中书省，秉兵柄者曰枢密院，司黜陟者曰御史台。体统既立，其次在内者，则有寺，有监，有卫，有府；在外者，则有行省，有行台，有宣慰司，有廉访司④。其牧民者，则曰路，曰府，曰州，曰县。官有常职，位有常员，其长则蒙古人为之，而汉

① 太宗：即成吉思汗第三子窝阔台，即位第二年，就采纳耶律楚材的建议，设立了燕京、宣德、西京、太原、平阳、真定、东平、北京、平州、济南十路征收课税所。 ② 老成：年高有德的人。 ③ 刘秉忠：元代前期的著名政治家，受忽必烈命制定各种制度，主持设计大都城，建议以大元为国号。 ④ 行省：元地方官署行中书省的简称。行台：行御史台的简称。宣慰司：元代职掌军民之务的地方官署。廉访司：即肃政廉访司，职掌司法与监察的地方官署。

人、南人贰焉①。于是一代之制始备，百年之间，子孙有所凭藉矣。

大德以后，承平日久，弥文之习胜，而质简之意微，侥幸之门多，而方正之路塞。官冗于上，吏肆于下，言事者屡疏论列，而朝廷讫莫正之，势固然也。

大抵元之建官，繁简因乎时，得失系乎人，故取其简牍所载，而论次之。若其因事而置，事已则罢，与夫异教杂流世袭之属，名类实繁，亦姑举其大概。作《百官志》。

——《元史》卷八五

【翻译】

君王为了治理天下，建立藩邦，开拓疆土，设置官职，各司其责，这种制度是多么好啊。汉、唐以来，各个朝代的职官制度虽有所不同，但都是承袭周秦的旧制，稍有变化而已，差距并不很大。主要目的都是想获得贤能的人，用以辅佐皇帝，统治百姓。

---

① 汉人：元代称原属金朝统治下的汉人和女真、契丹、渤海等地以及南宋灭亡前归附的云南、四川等地的汉族人为汉人。政治待遇低于蒙古、色目人，高于南人。南人：元朝称原属南宋境的江浙、江西、湖广三省和河南江北行省襄、郢、两淮等地的汉族人为南人，南人在当时的政治地位最低。

元太祖兴起于北方，领导他的部众，各部落四处散居，没有城郭制度，民风淳朴，没有繁多的政事，是以万户统领军队，用断事官处理政务，所任用的不过是一两个至亲而已。取得中原以后，元太宗才设置十路宣课司，选用儒臣。金朝有人来归降，就让他仍保留过去的官位，如果是行省就仍授给他行省之官，如果是元帅就仍授给他元帅之职。国家刚刚建立，还来不及制定可以传之于后世的法度。

元世祖忽必烈即位以后，任用年老有德的人，普遍创立新的制度，定朝廷礼仪，营建都城，让刘秉忠、许衡斟酌古今，制定了宫廷内外的官制。总理全国政务的称中书省，掌握兵权的为枢密院，主管官吏罢免的是御史台。在这样的体制之下，在宫廷内则设置有寺、监、卫、府，在宫廷外则有行省、行台、宣慰司、廉访司，在各地管理百姓的则有路、府、州、县。每个官位都有固定的职责和人员，所有的长官都由蒙古人充任，而以汉人、南人为副手，这样元代的职官制度才大体完备，以后近百年间，忽必烈的子孙们就有所依据了。

元成宗大德年号之后，国家太平的时间长了，追求华美的风气兴盛，而质朴简明的意向淡薄了，社会向那些靠不正当手段意外获得成功者大开方便之门，而正直的人的道路却被堵塞。冗官在上无所作为，污吏在下肆行无忌，尽管多次有人上书论列这些问题，但朝廷最后也不能改正，是由于形势使然啊。

总的说来，元代的官制，繁简在于时势，得失在于人为，现在依据过去的记载，而一一加以论列。像那些一时有事而设置，事情办完后就撤销的官职，以及释道之流和其他世袭的一类的官职，名目虽然很多，但也稍加论列。因此作《百官志》。

食货志·农桑

蒙古统治者所发动的征服战争及其用统治草原畜牧经济的方式来管理中原高度发展的农业经济，曾使中原地区的经济一度出现倒退。但随着岁月的推移和民族大交流大融合的深入，习惯于金戈铁马的蒙古统治者，不得不逐步与被征服地区的较高的经济水平相适应，他们逐步抛弃了原来落后的游牧生产方式，从巩固和加强其统治地位出发，为恢复和发展农业生产，采取了一系列切实的劝课农桑的措施，由《元史·食货志·农桑》，我们可以了解这方面的情况。

农桑，王政之本也。太祖起朔方，其俗不待蚕而衣，不待耕而食，初无所事焉。世祖即位之初，首诏天下，国以民为本，民以衣食为本，衣食以农桑为本。于是颁《农桑辑要》之书于民①，俾民崇本抑末。其睿见英识，与古先帝王无异，岂辽、金所能比哉。

中统元年，命各路宣抚司择通晓农事者，充随处劝农官。二年，立劝农司，以陈邃、崔斌等八人为使。至元七年，立司农司，以左丞张文谦为卿②。司农司之设，专掌农桑水利。仍分布劝农官及知水利者，巡行郡邑，察举勤惰。所在牧民长官提点农事，岁终第其成否，转申司农司及户部，秩满之日，注于解由③，户部照之，以为殿最④。又命提刑按察司加体察焉。其法可谓至矣。

是年，又颁农桑之制一十四条，条多不能尽载，载其所可法者：县邑所属村疃，凡五十家立一社，择高年晓农事者一人为之长。增至百家者，别设长一员。不及五十家者，与近村合为一社。地远人稀，不能相合，各自为社者听。其合为社者，仍择数村之中，立社长以教督农民

①《农桑辑要》：元司农司所编的一部农书，七卷，内容多辑自前代农书，元朝曾多次颁行此书。 ②张文谦：元前期政治家，曾任中书左丞、大司农卿、御史中丞、枢密副使。 ③解由：宋、金、元时期官吏赴任的证书。 ④殿最：古代考核政绩时，以上等为最，下等为殿。这里是考核的意思。

为事。凡种田者，立牌橛于田侧，书某社某人于其上，社长以时点视劝诫。不率教者，籍其姓名，以授提点官责之。其有不敬父母及凶恶者，亦然。仍大书其所犯于门，俟其改过自新乃毁，如终岁不改，罚其代充本社夫役。社中有疾病凶丧之家不能耕种者，众为合力助之。一社之中灾病多者，两社助之。凡为长者，复其身，郡县官不得以社长与科差事①。农桑之术，以备旱暵为先。凡河渠之利，委本处正官一员，以时浚治。或民力不足者，提举河渠官相其轻重，官为导之。地高水不能上者，命造水车。贫不能造者，官具材木给之。俟秋成之后，验使水之家，俾均输其直。田无水者凿井，井深不能得水者，听种区田②。其有水田者，不必区种。仍以区田之法，散诸农民。种植之制，每丁岁种桑枣二十株。土性不宜者，听种榆柳等，其数亦如之。种杂果者，每丁十株，皆以生成为数，愿多种者听。其无地及有疾者不与。所在官司申报不实者，罪之。仍令各社布种苜蓿，以防饥年。近水之家，又许凿池养鱼并鹅鸭之数，及种莳莲藕、鸡头、菱角、蒲苇等，以助衣食。凡荒闲之地，悉以付民，先给贫者，次及余户。每年十月，令州县正官一员，

---

① 科差：各种劳役。 ② 区田：分区耕种的田地，这样有利于蓄水保墒。

巡视境内，有虫蝗遗子之地，多方设法除之。其用心周悉若此，亦仁矣哉。

九年，命劝农官举察勤惰。于是高唐州官以勤升秩，河南陕县尹王仔以惰降职。自是每岁申明其制。十年令探马赤随处入社[①]，与编民等[②]。二十五年，立行大司农司及营田司于江南。二十八年，颁农桑杂令。是年，又以江南长吏劝课扰民，罢其亲行之制，命止移文谕之。二十九年，以劝农司并入各道肃政廉访司，增佥事二员，兼察农事。是年八月，又命提调农桑官帐册有差者，验数罚俸。故终世祖之世，家给人足。天下为户凡一千一百六十三万三千二百八十一，为口凡五千三百六十五万四千三百三十七，此其敦本之明效可睹也已。

成宗大德元年，罢妨农之役。十一年，申扰农之禁，力田者有赏，游惰者有罚，纵畜牧损禾稼桑枣者，责其偿而后罪之。由是大德之治，几于至元。然旱暵霖雨之灾迭见，饥毁荐臻[③]，民之流移失业者亦已多矣。

武宗至大二年，淮西廉访佥事苗好谦献种莳之法[④]。其说分农民为三等，上户地一十亩，中户五亩，下户二亩

① 探马赤：即探马赤军，蒙古和元朝的军种之一，由各部选拣的士兵混合组成，作战时充当先锋，战后即驻扎镇戍于被征服地。 ② 编民：即编入户籍的老百姓。 ③ 荐臻：接连而至。 ④ 苗好谦：元朝大臣、农学家。

或一亩，皆筑垣墙围之，以时收采桑椹，依法种植。武宗善而行之。其法出《齐民要术》等书①，兹不备录。三年，申命大司农总挈天下农政，修明劝课之令，除牧养之地，其余听民秋耕。

仁宗皇庆二年，复申秋耕之令，惟大都等五路许耕其半②。盖秋耕之利，掩阳气于地中，蝗蝻遗种皆为日所曝死，次年所种，必盛于常禾也。延祐三年，以好谦所至，植桑皆有成效，于是风示诸道，命以为式。是年十一月，令各社出地，共莳桑苗，以社长领之，分给各社。四年，又以社桑分给不便，令民各畦种之。法虽屡变，而有司不能悉遵上意，大率视为具文而已。五年，大司农司臣言："廉访司所具栽植之数，书于册者，类多不实。"观此，则惰于劝课者，又不独有司为然也。致和之后，莫不申明农桑之令。天历二年，各道廉访司所察勤官内丘何主簿等凡六人，惰官濮阳裴县尹等凡四人。其可考者，盖止于此云。

——《元史》卷九三

①《齐民要术》：北魏贾思勰所撰的我国最早的有系统的农书。 ② 大都：这里不是指元朝首都，而是路名，管辖京畿地区。

【翻译】

农桑，是君王治国的根本。元太祖兴起于北方，当地的风俗并不依靠桑蚕而穿衣，不依靠农耕而吃饭，所以最初在这方面没有什么成就。世祖忽必烈即位之后，首先诏告天下，宣布国家要以百姓为根本，百姓要以吃饭穿衣为根本，而吃饭穿衣则要以耕地养蚕为根本。所以向全国颁发了《农桑辑要》一书，以使百姓注重根本而轻视枝末。这种远见卓识，与古代圣王相同，不是辽、金两朝的皇帝所能比拟的。

元世祖中统元年，命令各路宣抚司选择精通农事的人，充任各地的劝农官。中统二年，设置了劝农司，任用陈邃、崔斌等八人为使者。至元七年，设置司农司，以左丞相张文谦为主管。司农司的设置，专门用以管理耕织和农田水利方面的事务。同时派劝农官和懂水利的人，到各地巡视，考察勤勉与怠惰。各地方长官领导农事，年终根据成就的大小，报告给司农司和户部，服官任满的时候，在他赴任的证书上加以注明，户部再根据它，考核各地方官的政绩。此外，又让提刑按察司体察考究。这方面的措施可以说是完备至极。

至元七年这一年，还颁布了有关农桑的十四条制度，条目很多不能完全记录，这里只记录下那些后世可以效法的条例：各县所属的村庄，每五十家为社，选择年老并精通耕作的一人为社长。一个村庄达到一百户人家的，就另设一位社长。如果一村没有五十户，就与邻近的村合为一社。那些地旷人少的地区，不便与其他地区相合，就各自为社。那些几个村合为一社的，也要在这些村里，选择一位社长，专门教导并监督农民从事农事。凡是种田的人，都要在自己的田头立一块木牌，并在上面注明这块田地是属于哪一社哪一人的，以便社长能随时检查教导。有不听劝诫的，则要登记其姓名，报告给提点官督责。如果有人不孝敬父母、为恶作害，也这样处理，并将他所犯的罪过写在他家的大门上，直到他改过自新以后才去掉，如果屡教不改，就罚他为本社充任役夫。社里如果有人家因患病或死亡而不能耕种田地，那么社里其他的人就要合力帮助，如果一个社里因受灾或患病的太多，那么邻近的两个社就要帮助。凡是做社长的，要免除他的赋税和差役，郡县官吏不得向他摊派劳役。从事农耕和蚕桑，首先要预防干旱。凡是河道水渠，要交付给一名编制内的官员专门管理，以便能随时疏浚。如果当地农民的人力不够，负责官员要根据问题的轻重，组织人力疏导。地势太高水不能自然流向的地区，就要布置制造水车。贫困没有能力造水车的，公家要提供木料。到秋收以后，根据各家用水的实际情况，让他们平均负担资金。没有水源的田地就打井，打井后仍没有水，就只好用区田法种植旱田。那些有水的田地，则不必种植旱地作物，但仍要将区田法告诉给农民。种植的规定是：每个成年男子每年要种二十棵桑树或枣树。土质不适宜的，就种榆树、柳树之类，也要种二十棵。种植果树的，每个成年男子十棵，这些都要以长成了的树计算，有人如愿意多种，则听其自便。那些没有土地的或残疾人则不必如此。各地官员向上级报告的数字如果不符合实际，就要被治罪。同时命令所有的社都要种植苜蓿，以防止饥荒。离水近的家庭，要求开凿池塘，养鱼及鹅、鸭之类，以及种植莲藕、鸡头、菱角、蒲苇等，以作衣食的补充。凡是闲置荒芜的土地，都要分给老百姓，先分给那些贫穷的人，再分给其他的人。每年十月，各州县要派编制内的一名正式官员，到所管辖的各地视察，见到有虫害的地区，就要想办法治除。有关措施是如此周到详尽，真是仁德啊！

至元九年，命令劝农官考察各地方官的勤勉与怠惰，这样，高唐州的官员因勤勉而升官，河南陕县的县令王仔则因为怠惰被降职。从此以后每年都要这样。至元十年，令探马赤军加入所在的社里，与农民一样耕织。至元二十五年，在江南设置了行大司农司和营田司。至元二十八年，颁布有关农桑的各种条例。这年，又因为江南最高长官的巡行考察妨碍了农事，便罢除了他亲自巡视的制度，规定只下达公文指示。至元二十九年，将劝农司合并到了各道肃政廉访司中，并增加了两名佥事，以兼管农事。这年八月，又发布诏令，如果管理农桑官员的帐目有差错，则要根据数目的多少减罚俸禄。所以在元世祖时代，家家富裕，人人丰足，全国共有11633281户，53654337人，这都是元世祖劝农的明显成就。

元成宗大德元年，罢除了妨碍农事的差役。大德十一年，再度发布禁止扰农的命令，努力耕种的人将获得奖赏，游手好闲的人会受到处罚，放纵牲畜损害他人的庄稼以及桑树、枣树的，除了要求赔偿之外，还要被治罪。因此大德时期治理得好，几乎和至元时期一样。但这时干旱洪涝频繁出现，庄稼连年不熟，流离失所、不能农桑的人已经很多了。

元武宗至大二年，淮西廉访佥事苗好谦贡献了一种新的种植方法，这种方法将农民分为三等，上等户十亩地，中等户五亩地，下等户一亩或二亩地，都用院墙围起来，在收获的时节收采桑实，再按规定的方法种植。元武宗认为很好，便推行这种种植法。这种方法出之于《齐民要术》等书中，这里就不一一加以记述了。至大三年，重申由大司农总管全国的农业政事，监督劝课农桑之令的实施，除牧场之外，其他地区可由百姓在秋天随意耕垦。

元仁宗皇庆二年，再次重申了秋耕的命令。但大都等五路可以只耕垦一半。秋天耕垦的好处，在于能将阳和之气掩覆在地底下，各种害虫的虫卵这时也能被太阳所晒死，第二年播种，必然会比平常的庄稼要好。延祐三年，元仁宗以苗好谦所到之处，种植的桑树都有成效，于是训示各地，都要按苗好谦的办法去做。这年十一月，元仁宗还命令每个社拿出一块地，共同培育桑树苗，由社长亲自领导，再分给社里的各家各户。延祐四年，又因为社里的桑苗分配起来有许多不便，所以命令农家各自培育。法令虽然多次改变，但有关部门不能完全遵循，大都看作是一纸空文而已。延祐五年，大司农司的官员说："廉访司所开具的种植数目，登记在册的，大多数不符实际。"由此可见，怠惰于劝督农桑的，不仅是某些部门而已。泰定帝致和以后各皇帝，也都颁布过劝督农桑的诏令。文宗天历二年，各道廉访司防察得勤勉的官员有内丘的何主簿等六人，怠惰的官员有濮阳的裴县尹等四人。现在还可考见的，就只有这些。

兵志·序

这篇序文，简要地介绍了元朝军事制度的各个方面，包括军队建制和军官的权限、兵种及其来源、军籍和地方军队的情况，为我们了解元朝的军事制度，理出了一个颇为明晰的线索。

兵者，先王所以威天下，而折夺奸宄①、戡定祸乱者也。三代之制远矣②，汉、唐而下，其法变更不一。大抵用得其道，则兵力富，而国势强；用失其道，则兵力耗，而国势弱。故兵制之得失，国势之盛衰系焉。

① 宄(guǐ 轨)：坏人。 ② 三代：指夏、商、周三个朝代。

元之有国，肇基朔漠。虽其兵制简略，然自太祖、太宗，灭夏剪金，霆轰风飞，奄有中土，兵力可谓雄劲者矣。及世祖即位，平川蜀，下荆襄，继命大将帅师渡江，尽取南宋之地，天下遂定于一，岂非盛哉。

考之国初，典兵之官，视兵数多寡，为爵秩崇卑。长万夫者为万户，千夫者为千户，百夫者为百户。世祖时，颇修官制，内立五卫①，以总宿卫诸军②，卫设亲军都指挥使；外则万户之下置总管，千户之下置总把，百户之下置弹压，立枢密院以总之。遇方面有警，则置行枢密院，事已则废，而移都镇抚司属行省。万户、千户、百户分上中下。万户佩金虎符，符趺为伏虎形③，首为明珠，而有三珠、二珠、一珠之别。千户金符，百户银符。万户、千户死阵者，子孙袭爵，死病则降一等，总把、百户老死，万户迁他官，皆不得袭。是法寻废，后无大小，皆世其官，独以罪去者则否。

若夫军士，则初有蒙古军、探马赤军。蒙古军皆国

---

① 五卫：元枢密院所属的京城侍卫军，分左、右、中、前、后五卫。 ② 宿卫诸军：包括在宫廷中分番宿卫的怯薛和诸侍卫亲军。其中诸侍卫亲军在大朝会时充围宿军，祭祀时充仪仗军，巡幸时充扈从军，守护帑藏名为看守军，巡夜为巡逻军，弹压漕运为镇遏军。 ③ 趺(fū 夫)：底座。

人，探马赤军则诸部族也[①]。其法，家有男子，十五以上、七十以下，无众寡尽签为兵。十人为一牌，设牌头，上马则备战斗，下马则屯聚牧养。孩幼稍长，又籍之，曰渐丁军。既平中原，发民为卒，是为汉军。或以贫富为甲乙，户出一人，曰独户军，合二三而出一人，则为正军户，余为贴军户。或以男丁论，尝以二十丁出一卒，至元七年十丁出一卒。或以户论，二十户出一卒，而限年二十以上者充。士卒之家，为富商大贾，则又取一人，曰余丁军，至十五年免。或取匠为军，曰匠军。或取诸侯将校之子弟充军，曰质子军，又曰秃鲁华军。是皆多事之际，一时之制。

天下既平，尝为军者，定入尺籍伍符[②]，不可更易。诈增损丁产者，觉则更籍其实，而以印印之。病死戍所者，百日外役次丁；死阵者，复一年。贫不能役，则聚而一之，曰合并；贫甚者，老无子者，落其籍。户绝者，别以民补之。奴得纵自便者，俾为其主贴军。其户逃而还者，复三年，又逃者杖之，投他役者还籍。其继得宋兵，

---

① 国人：指蒙古族人。诸部族：一般认为这些部族是指兀鲁兀、忙兀、札剌亦儿、弘吉剌和亦乞烈思。 ② 尺籍：汉代将杀敌立功的战绩书写在一尺长的木版上，称尺籍。伍符：古代军中各伍互相作保的符信。后以尺籍伍符泛指军籍或军人。

号新附军。又有辽东之乣军①、契丹军、女直军、高丽军，云南之寸白军②，福建之畲军，则皆不出戍他方者，盖乡兵也。又有以技名者，曰炮军、弩军、水手军。应募而集者，曰答剌罕军。

其名数，则有宪宗二年之籍、世祖至元八年之籍、十一年之籍，而新附军有二十七年之籍。以兵籍系军机重务，汉人不阅其数。虽枢密院近臣职专军旅者，惟长官一二人知之。故有国百年，而内外兵数之多寡，人莫有知之者。

今其典籍可考者，曰兵制，曰宿卫，曰镇戍，而马政、屯田、站赤、弓手、急递铺兵、鹰房捕猎③，非兵而兵者，亦以类附焉。作《兵志》。

——《元史》卷九八

---

① 乣(jiǔ 九)军：辽、金、元时期，由被征服的北方各族人组成的军兵。 ② 寸白军：元云南地方乡兵。又作爨僰军，爨即寸，即今彝族；僰即白，即今白族。 ③ 站赤：蒙古语，意指掌驿站的人。弓手：元代负责巡逻地方、捕捉盗贼、执仗护送官府纲运及流徙各地罪犯的人。急递铺：金、元时期传送公文的邮驿。鹰房捕猎：元代为皇帝及诸王养鹰、供其畋猎之需的人。

【翻译】

军队是先代的帝王用来威震天下，以及打击奸邪、剿平祸乱的。夏、商、周的兵制已是很遥远了，汉唐以后，不断有变化。总的来说，如果用得适宜，则兵力富足，国势强大；如果用得失当，则兵力耗竭，国势弱小。所以兵制的得失，与国势的盛衰密切相关。

元朝建立国家，是从北方沙漠地区开始的。虽然当初兵制简略，但太祖、太宗之时，灭亡西夏，剪除金朝，有如雷霆万钧之力、秋风扫落叶一般，囊括了整个中原地区，其兵力真可谓雄极天下。世祖忽必烈即位以后，平定四川，攻克荆襄，接着又命令大将统帅军队渡过长江，取得了南宋的全部土地，统一了天下，难道不是很强盛吗？

在蒙古人建国之初，带兵的长官，要靠他所带兵员的多少，来确定他官职的大小和爵位的尊卑。统领一万人的为万户，统领一千人的为千户，统领一百人的为百户。元世祖时，比较注重官制，在京城内设有五卫，用以统帅皇帝的禁军，各卫则设有亲军都指挥使。在京城以外，万户之下设有总管，千户之下设有总把，百户之下设有弹压，都由枢密院来管理。遇到什么地方有警报要用兵，则设置行枢密院，事后便撤销，而将都镇抚司移置于行省。万户、千户和百户都分上、中、下三等。万户佩戴金虎符，其下部形状像一只卧虎，虎头有珍珠，但又有三颗、两颗和一颗的差别。千户佩戴一般的金符，百户则佩戴银符。万户、千户如果死于战斗之中，那么子孙可继承爵位，如果死于病，继承人的爵位就要下降一级。总把、百户因老致死，万户改任别官，都不得世袭。这种办法很快被废除了，后来无论官位大小，都是世袭的，只有因为犯罪被贬的才得不到世袭。

至于兵士，最初有蒙古军、探马赤军。蒙古军都是蒙古人，探马赤军则是其他部族的人。组成方法是：所有十五岁以上、七十岁以下的男子，无论家中人口多少，都要作兵士。每十个人为一牌，设有牌头，上马能参加战斗，下马则在一起放牧牲畜，耕种自食。小孩稍大，也要登记在册，称之为渐丁军。平定中原之后，征发老百姓当兵，这便是汉军。有的根据各户的贫富分为甲乙，一户出一人，称独户军，两三户出一人，称正军户，其他的则称贴军户。有的根据成年男子的数量而论，曾有二十名成年男子出一人当兵。至元七年是十名成年男子出一人当兵。有的以户论，每二十户出一人当兵，而要求年龄在二十岁以上的人充任。富商大贾之家，如果已经有一人当兵了，还要出一人当兵，称余丁军，到十五年后才免除。有的以工匠当兵，称匠军。有的以诸侯将官的子弟当兵，称质子军，又称秃鲁华军。这些都是战事频繁时期的暂时规定。

国家统一之后，曾经当兵的人，被编定为军户，不能更改。那些假报人口增减的人家，发觉之后就要改过来，按实际情况登记。如果兵丁在戍守地病死，那么一百天之后，军户就要派出另外一人服役。在战斗中战死，可免服一年的兵役。贫穷不能服役的，则数家联合派出一人，称为合并。故其贫困和年老没有儿子的，就消除军籍。军户子孙断绝的，就以民户补充。奴仆能自己管理自己的，可以作为他主人的贴军。如果军户逃跑后又回来，就要增加三年的服役时期，再逃就处以杖打，投向其他工役的要还其军籍。以后得到的南宋的军队，称为新附军。此外，元朝的军队还有辽东的乣军、契丹军、女真军、高丽军，云南的寸白军，福建的畲军，这些军队都不外出到别的地方戍守，属于乡兵一类。又有根据作战技术而命名的，如炮军、弩军、水手军。响应召募而当兵的，称答剌罕军。

军户的数量，宪宗二年、世祖至元八年以及十一年都曾有过统计，新附军在至元二十七年也进行过一次统计。但因军户有关军机大事，汉族人不知其数。就连枢密院专职管理军队的皇帝亲近的大臣，也只有一两位头头知道，所以元朝一百年，全国共有多少军队，没有人知道。

现在据有关文献可以考见的，有兵制、宿卫、镇戍，至于马政、屯田、站赤、弓手、急递铺兵、鹰房捕猎这类名义上不是兵而实际上是兵的，也依类附记。因此作《兵志》。

丘处机传

丘处机（1148—1227），字通密，号长春子，登州栖霞（今山东栖霞）人。幼亡父母，十九岁入山学道，次年以全真教祖王喆为师。金世宗大定二十八年（1188），应金世宗完颜雍之召至中都（今北京），颇受礼遇。后隐居栖霞山中，金、宋分别来召，不赴。1219年，应成吉思汗召请，率弟子西行，晋见成吉思汗，极受礼遇。1223年东归，住燕京（今北京）太极宫，受命掌天下道门，全真教得以盛行。有《皤溪集》、《鸣道集》、《长春真人西游记》。

丘处机，登州栖霞人①，自号长春子。儿时，有相者谓其异日当为神仙宗伯。年十九，为全真学于宁海之昆嵛山②，与马钰、谭处端、刘处玄、王处一、郝大通、孙不二同师重阳王真人③。重阳一见处机，大器之。金、宋之季，俱遣使来召，不赴。

岁己卯，太祖自乃蛮命近臣札八儿、刘仲禄持诏求之④。处机一日忽语其徒，使促装，曰："天使来召我，我当往。"翌日，二人者至，处机乃与弟子十有八人同往见焉。明年，宿留山北，先驰表谢，拳拳以止杀为劝。又明年，趣使再至，乃发抚州⑤，经数十国，为地万有余里。盖蹀血战场，避寇叛域，绝粮沙漠，自昆嵛历四载而始达雪山⑥。常马行深雪中，马上举策试之，未及积雪之半。既见，太祖大悦，赐食、设庐帐甚饬。

太祖时方西征，日事攻战，处机每言欲一天下者，必

---

① 登州：故治在今山东省牟平县，后迁治蓬莱县。 ② 全真学：即全真道，道教的一派，金代王喆创立。该派旧时盛行于北方，以北京白云观为中心。昆嵛山：在今山东牟平县东南。 ③ 王真人：即王喆，号重阳子，全真派的创始人。 ④ 乃蛮：突厥语族的一部，辽、金时游牧于阿尔泰山一带，后被成吉思汗灭掉。 ⑤ 抚州：金置抚州，元改兴和路，地在今河北省张北县。 ⑥ 雪山：即兴都库什山脉，亚洲中部东西走向的大山脉，东抵帕米尔高原，向西南经巴基斯坦进入阿富汗。

在乎不嗜杀人。及问为治之方，则对以敬天爱民为本。问长生久视之道，则告以清心寡欲为要。太祖深契其言，曰："天锡仙翁，以寤朕志。"命左右书之，且以训诸子焉。于是锡之虎符，副以玺书，不斥其名，惟曰"神仙"。……

岁癸未，太祖大猎于东山，马踣(bó 勃)，处机请曰："天道好生，陛下春秋高，数畋猎，非宜。"太祖为罢猎者久之。时国兵践蹂中原，河南、北尤甚，民罹俘戮，无所逃命。处机还燕，使其徒持牒招求于战伐之余，由是为人奴者得复为良，与滨死而得更生者，毋虑二三万人。中州人至今称道之①。

……六月，浴于东溪，越二日天大雷雨，太液池岸北水入东湖②，声闻数里，鱼鳖尽去，池遂涸，而北口高岸亦崩。处机叹曰："山其摧乎，池其涸乎，吾将与之俱乎！"遂卒，年八十。……

——《元史》卷二〇二

【翻译】

丘处机是登州栖霞县人，自号长春子。儿童时代，

① 中州：泛指黄河中游地区。 ② 太液池：即今北京北海、中南海；东湖：即今北京什刹海之前海。

有个相面的人说他以后会成为神仙大师。十九岁时，他在宁海的昆嵛山学习全真教，与马钰、谭处端、刘处玄、王处一、郝大通、孙不二一同师事王喆——王真人。王真人一见丘处机，就非常器重他。金国、宋朝的末年，都派遣使臣来征召他，他都没有应召。

己卯年(元太祖十四年，1219)，元太祖从乃蛮命令近臣札八儿、刘仲禄拿着诏命来寻找他。有一天丘处机忽然告诉他的徒弟们，要他们急忙打点行装，说："天帝的使者来召我，我应当去。"第二天，札八儿、刘仲禄二人就到了，丘处机与十八位弟子一同去晋见成吉思汗。第二年，住宿停留在山北辽东道，先通过驿站迅速地传递给元太祖一封谢表以表示谢意，恳切地劝告太祖停止杀戮。第三年，太祖催促丘处机赶路的使臣又到了，于是从抚州出发，经过了数十个国家，走过了一万多里路。丘处机一行曾在战场上踏血而行，曾在反叛蒙古统治的土地上躲避敌军，曾在沙漠上断粮，自昆嵛山出发经过了四年才到达雪山。他们常常行进在深深的积雪中，人坐在马上举起马鞭试试雪的深度，马鞭的长度还不到积雪深度的一半。晋见太祖之后，太祖非常高兴，赐给丘处机食物，为他安排的蒙古包非常整洁。

太祖当时正在向西征讨，每天从事攻战。丘处机常说，想要统一天下的人，必然在于不喜欢杀人。等到太祖问他治国的方法时，丘处机则回答应以尊敬上天爱护民众为根本。太祖问他长生不老的方法，丘处机告诉他清心寡欲是最重要的。太祖很同意他的话，说："天赐给我仙翁，使我领悟到我的志向。"命令手下人将丘处机的话记下来，并且用来教导各位王子。当时，太祖赐给丘处机虎符，加上玺书，玺书上不指出他的名字，而称之为"神仙"。……

癸未年（元太祖十八年，1223），太祖在东山举行大规模的狩猎活动，太祖骑的马跌倒了，丘处机向太祖劝告说："天道喜欢生命，陛下您年纪大了，经常打猎是不适宜的。"太祖为此停止打猎很久。当时蒙古军队蹂躏中原地区，河南、河北地区尤其受害严重，人民遭到俘虏、杀戮，无处逃命。丘处机回到燕京后，让他的弟子拿着公文招求在战争中幸存的人们，因此给人家做奴仆的人得以重新成为平民，以及处于死亡边缘而获救的人，至于二三万人。中州人至今赞扬丘处机的这个举动。

……(1227 年)6 月，丘处机在东溪洗浴，过了两天有大雷雨，太液池北岸边的水流入东湖，数里外可以听见水声，鱼鳖都离开了，太液池于是干涸了，而北边湖口高高的湖岸也崩坍了。丘处机叹息道："山峰毁坏了，池水干涸了，我将与它们一起灭亡！"他于是去世了，时年八十岁。

耶律楚材传

蒙古统治者借助征服战争进入中原地区后，逐渐改变了残酷屠杀及大量迁民漠北的做法，转而对被征服人民设官置戍；改变了抢掠和任意勒索的剥削方式，而过渡到采用适应中原生产方式的赋税制度。在这个转变过程中，耶律楚材起了十分重要的作用。耶律楚材(1190—1244)字晋卿，契丹人。蒙古军攻占中都后的第三年，成吉思汗召耶律楚材至漠北。1219年，随成吉思汗西征。窝阔台即位后，日益受到重用，窝阔台三年(1231)，任中书令，在政治、经济和文化等方面，推行了一系列有利于中原文明恢复和发展的政策措施。为后来忽必烈依靠汉人、推行汉法，建立大一统的元朝奠定了基础。

耶律楚材字晋卿，辽东丹王突欲八世孙①。父履②，以学行事金世宗，特见亲任，终尚书右丞。

楚材生三岁而孤，母杨氏教之学。及长，博极群书，旁通天文、地理、律历、术数及释老、医卜之说③，下笔为文，若宿构者。金制，宰相子例试补省掾。楚材欲试进士科，章宗诏如旧制。问以疑狱数事，时同试者十七人，楚材所对独优，遂辟为掾。后仕为开州同知。

贞祐二年，宣宗迁汴，完颜福兴行尚书事④，留守燕，辟为左右司员外郎。太祖定燕，闻其名，召见之。楚材身长八尺，美髯宏声，帝伟之，曰："辽、金世仇，朕为汝雪之。"对曰："臣父祖尝委质事之，既为之臣，敢仇君耶！"帝重其言，处之左右，遂呼楚材曰吾图撒合里而不名。吾图撒合里，盖国语长髯人也。

---

① 突欲：辽太祖长子耶律倍，契丹名突欲，辽灭渤海后，建东丹国，他被封为东丹王，后因遭辽太宗疑忌，逃奔后唐。② 耶律履：字履道，博学多艺，累官尚书右丞。③ 律历：乐律与历法。术数：指用阴阳五行生克制化的数理，来推算人事吉凶。释老：即佛教和道教。④ 完颜福兴：又名完颜承晖，金女真完颜部人。

己卯夏六月，帝西讨回回国。祃旗之日①，雨雪三尺，帝疑之，楚材曰："玄冥之气②，见于盛夏，克敌之征也。"庚辰冬，大雷，复问之，对曰："回回国主当死于野。"后皆验。夏人常八斤，以善造弓，见知于帝，因每自矜曰："国家方用武，耶律儒者何用。"楚材曰："治弓尚须用弓匠，为天下者岂可不用治天下匠耶?"帝闻之甚喜，日见亲用。西域历人奏五月望夜月当蚀，楚材曰否。卒不蚀。明年十月，楚材言月当蚀，西域人曰不蚀，至期果蚀八分。壬午八月，长星见西方，楚材曰："女真将易主矣。"明年，金宣宗果死。帝每征讨，必命楚材卜，帝亦自灼羊胛，以相符应。指楚材谓太宗曰："此人，天赐我家。尔后军国庶政，当悉委之。"甲申，帝至东印度，驻铁门关，有一角兽，形如鹿而马尾，其色绿，作人言，谓侍卫者曰："汝主宜早还。"帝以问楚材，对曰："此瑞兽也，其名角端，能言四方语，好生恶杀，此天降符以告陛下。陛下天之元子，天下之人，皆陛下之子，愿承天心，以全民命。"帝即日班师。

丙戌冬，从下灵武，诸将争取子女金帛，楚材独收遗

① 祃(mà 骂)旗：古代出师前行祭旗之礼。 ② 玄冥：水神，又称雨师。

书及大黄药材①。既而士卒病疫，得大黄辄愈。帝自经营西土，未暇定制，州郡长吏，生杀任情，至孥人妻女，取货财，兼土田。燕蓟留后长官石抹咸得卜尤贪暴②，杀人盈市。楚材闻之泣下，即入奏，请禁州郡，非奉玺书，不得擅征发，囚当大辟者必待报，违者罪死，于是贪暴之风稍戢。燕多剧贼，未夕，辄曳牛车指富家，取其财物，不与则杀之。时睿宗以皇子监国③，事闻，遣中使偕楚材往穷治之④。楚材询察得其姓名，皆留后亲属及势家子，尽捕下狱。其家赂中使，将缓之，楚材示以祸福，中使惧，从其言，狱具，戮十六人于市，燕民始安。

己丑秋，太宗将即位，宗亲咸会，议犹未决。时睿宗为太宗亲弟，故楚材言于睿宗曰："此宗社大计，宜早定。"睿宗曰："事犹未集，别择日可乎？"楚材曰："过是无吉日矣。"遂定策，立仪制，乃告亲王察合台曰⑤："王虽兄，位则臣也，礼当拜。王拜，则莫敢不拜。"王深然之。及即位，王率皇族及臣僚拜帐下，既退，王抚楚材曰："真

---

① 大黄：草药名，根茎入药，其性能攻积导滞，泻火解毒。② 石抹咸得卜：石抹明安长子，袭父职为燕京行省，为人倨傲残暴。曾诬陷耶律楚材。 ③ 睿宗：即成吉思汗幼子拖雷，成吉思汗死后充监国，庙号睿宗。 ④ 中使：帝王宫廷中派出的使者，多由宦官充任，称中使。 ⑤ 察合台：成吉思汗第二子，太宗在位时，极受尊重，重大决策多从其意。

社稷臣也。”[1]国朝尊属有拜礼自此始[2]。时朝集后期应死者众，楚材奏曰：“陛下新即位，宜宥之。”太宗从之。

中原甫定，民多误触禁网[3]，而国法无赦令。楚材议请肆宥，众以云迂，楚材独从容为帝言。诏自庚寅正月朔日前事勿治。且条便宜一十八事颁天下，其略言：“郡宜置长吏牧民，设万户总军，使势均力敌，以遏骄横。中原之地，财用所出，宜存恤其民，州县非奉上命，敢擅行科差者罪之。贸易借贷官物者罪之。蒙古、回鹘、河西诸人，种地不纳税者死。监主自盗官物者死。应犯死罪者，具由申奏待报，然后行刑。贡献礼物，为害非轻，深宜禁断。”帝悉从之，唯贡献一事不允，曰：“彼自愿馈献者，宜听之。”楚材曰：“蠹害之端，必由于此。”帝曰：“凡卿所奏，无不从者，卿不能从朕一事耶？”

太祖之世，岁有事西域，未暇经理中原，官吏多聚敛自私，资至巨万，而官无储偫[4]。近臣别迭等言[5]：“汉人无补于国，可悉空其人以为牧地。”楚材曰：“陛下将南伐，军需宜有所资，诚均定中原地税、商税、盐、酒、铁冶、山泽之利，岁可得银五十万两、帛八万匹、粟四十余万

---

① 社稷臣：关系国家安危的重臣。 ② 尊属：亲属中的长辈。 ③ 禁网：法令。指禁令张布如网。 ④ 偫（zhì 至）：储备。 ⑤ 别迭：又译别帖，蒙古别速氏人，从忽哥赤征大理时战死。

石，足以供给，何谓无补哉？”帝曰：“卿试为朕行之。”乃奏立燕京等十路征收课税使，凡长贰悉用士人[1]，如陈时可、赵昉等皆宽厚长者[2]，极天下之选，参佐皆用省部旧人。辛卯秋，帝至云中，十路咸进廪籍及金帛陈于廷中[3]。帝笑谓楚材曰：“汝不去朕左右，而能使国用充足，南国之臣，复有如卿者乎？”对曰：“在彼者皆贤于臣，臣不才，故留燕，为陛下用。”帝嘉其谦，赐之酒。即日拜中书令，事无巨细，皆先白之。

楚材奏：“凡州郡宜令长吏专理民事，万户总军政，凡所掌课税，权贵不得侵之。”又举镇海、粘合[4]，均与之同事，权贵不能平。咸得卜以旧怨，尤疾之，谮于宗王曰：“耶律中书令率用亲旧，必有二心，宜奏杀之。”宗王遣使以闻，帝察其诬，责使者，罢遣之。属有讼咸得卜不法者，帝命楚材鞫之，奏曰：“此人倨傲，故易招谤。今将有事南方，他日治之未晚也。”帝私谓侍臣曰：“楚材不较

---

① 长贰：这里指长官和副贰，即正副职。 ② 陈时可：宪宗二年初置十路征收课税使时，与赵昉同使燕京，曾受命阅刑名、科差、课税等案，宪宗十年又因诸路旱蝗，建议减免当年田租。赵昉：史传仅见于此。 ③ 廪籍：指向官府交纳税粮人的户籍。 ④ 镇海：蒙古克烈部人，早年从成吉思汗征金、西夏有功，太宗时为中书右丞相，乃马真氏时被罢黜，定宗时复官，宪宗时被处死。粘合：疑即魏国公粘合重山。

私仇，真宽厚长者，汝曹当效之。”中贵可思不花奏采金银役夫及种田西域与栽蒲萄户①，帝令于西京、宣德徙万户充之②。楚材曰：“先帝遗诏，山后民质朴③，无异国人，缓急可用，不宜轻动。今将征河南，请无残民以给此役。”帝可其奏。

壬辰春，帝南征，将涉河，诏逃难之民，来降者免死。或曰：“此辈急则降，缓则走，徒以资敌，不可宥。”楚材请制旗数百，以给降民，使归田里，全活甚众。旧制，凡攻城邑，敌以矢石相加者，即为拒命，即克，必杀之。汴梁将下④，大将速不台遣使来言⑤：“金人抗拒持久，师多死伤，城下之日，宜屠之。”楚材驰入奏曰：“将士暴露数十年，所欲者土地人民耳。得地无民，将焉用之！”帝犹豫未决，楚材曰：“奇巧之工，厚藏之家，皆萃于此，若尽杀之，将无所获。”帝然之，诏罪止完颜氏⑥，余皆勿问。时避兵居汴者得百四十七万人。

① 中贵：帝王所宠信的宦官。可思不花，史无传。 ② 西京：元初沿辽、金旧名，称大同为西京。宣德：今河北宣化。③ 山后：五代时始有此名称，相当于今山西、河北两省内外长城之间地区。 ④ 汴梁：即今河南开封，当时为金朝都城。⑤ 速不台：蒙古兀良哈部人，曾领兵攻金，为西征主帅，屡立战功。 ⑥ 完颜氏：这里指金朝皇族成员。

楚材又请遣人入城，求孔子后，得五十一代孙元措①，奏袭封衍圣公，付以林庙地。命收太常礼乐生②，及召名儒梁陟、王万庆、赵著等③，使直释九经，进讲东宫④。又率大臣子孙，执经解义，俾知圣人之道。置编修所于燕京、经籍所于平阳⑤，由是文治兴焉。

时河南初破，俘获甚众，军还，逃者十七八。有旨：居停逃民及资给者，灭其家，乡社亦连坐⑥。由是逃者莫敢舍，多殍死道路。楚材从容进曰："河南既平，民皆陛下赤子，走复何之！奈何因一俘囚，连死数十百人乎？"帝悟，命除其禁。金之亡也，唯秦、巩二十余州久未下，楚材奏曰："往年吾民逃罪，或萃于此，故以死拒战，若许以不杀，将不攻自下矣。"诏下，诸城皆降。

甲午，议籍中原民，大臣忽都虎等议⑦，以丁为户。楚材曰："不可。丁逃，则赋无所出，当以户定之。"争之再三，卒以户定。时将相大臣有所驱获，往往寄留诸郡，

---

① 元措：孔子第五十一代孙，字梦得，金、元时袭封衍圣公。 ② 太常：古代职掌礼乐郊庙社稷事宜的官，为九卿之一。 ③ 梁陟、王万庆、赵著：均为儒士，太宗时设编修所和经籍所时，以梁陟为长官，王万庆和赵著为副贰。 ④ 东宫：太子所居之宫，多代指太子。 ⑤ 平阳：相传为帝尧之都，在今山西省。 ⑥ 连坐：一人犯法，其他人连带一同受罚。 ⑦ 忽都虎：蒙古大将，后主管民政，曾为中州断事官。

楚材因括户口，并令为民，匿占者死。

乙未，朝议将四征不廷[①]，若遣回回人征江南，汉人征西域，深得制御之术，楚材曰："不可。中原、西域，相去辽远，未至敌境，人马疲乏，兼水土异宜，疾疫将生，宜各从其便。"从之。

丙申春，诸王大集，帝亲执觞赐楚材曰："朕之所以推诚任卿者，先帝之命也。非卿，则中原无今日。朕之所以安枕者，卿之力也。"西域诸国及宋、高丽使者来朝，语多不实，帝指楚材示之曰："汝国有如此人乎？"皆谢曰："无有。殆神人也！"帝曰："汝等惟此言不妄，朕亦度必无此人。"有于元者，奏行交钞[②]，楚材曰："金章宗时初行交钞，与钱通行，有司以出钞为利，收钞为讳，谓之老钞，至以万贯唯易一饼。民力困竭，国用匮乏，当为鉴戒。今印造交钞，宜不过万锭。"从之。

秋七月，忽都虎以民籍至，帝议裂州县赐亲王功臣。楚材曰："裂土分民，易生嫌隙。不如多以金帛与之。"帝曰："已许奈何？"楚材曰："若朝廷置吏，收其贡赋，岁终颁之，使毋擅科征，可也。"帝然其计，遂定天下赋税，每二户出丝一斤，以给国用；五户出丝一斤，以给诸王功臣

---

① 不廷：不服从朝廷的地区。 ② 交钞：金、元两代发行的纸币。

汤沐之资。地税，中田每亩二升又半，上田三升，下田二升，水田每亩五升；商税，三十分而一；盐价，银一两四十斤。既定常赋，朝议以为太轻，楚材曰："作法于凉①，其弊犹贪，后将有以利进者，则今已重矣。"

时工匠制造，糜费官物，十私八九，楚材请皆考核之，以为定制。时侍臣脱欢奏简天下室女②，诏下，楚材尼之不行，帝怒。楚材进曰："向择美女二十有八人，足备使令。今复选拔，臣恐扰民，欲覆奏耳。"帝良久曰："可罢之。"又欲收民牝马，楚材曰："田蚕之地，非马所产，今若行之，后必为人害。"又从之。

丁酉，楚材奏曰："制器者必用良工，守成者必用儒臣。儒臣之事业，非积数十年，殆未易成也。"帝曰："果尔，可官其人。"楚材曰："请校试之。"乃命宣德州宣课使刘中随郡考试，以经义、词赋、论分为三科，儒人被俘为奴者，亦令就试，其主匿弗遣者死。得士凡四千三十人，免为奴者四之一。

先是，州郡长吏，多借贾人银以偿官，息累数倍，曰羊羔儿利，至奴其妻子，犹不足偿。楚材奏令本利相侔而止，求为定制，民间所负者，官为代偿之。至一衡量，

---

① 作法于凉：指赋税从轻。 ② 脱欢：元太宗侍臣，生平不详。室女：没有出嫁的女子。

给符印，立钞法，定均输，布递传，明驿券，庶政略备，民稍苏息焉。

有二道士争长，互立党与，其一诬其仇之党二人为逃军①，结中贵及通事杨惟中②，执而虐杀之。楚材按收惟中。中贵复诉楚材违制，帝怒，系楚材，既而自悔，命释之。楚材不肯解缚，进曰："臣备位公辅，国政所属。陛下初令系臣，以有罪也，当明示百官，罪在不赦。今释臣，是无罪也，岂宜轻易反覆，如戏小儿。国有大事，何以行焉！"众皆失色。帝曰："朕虽为帝，宁无过举耶？"乃温言以慰之。楚材因陈时务十策，曰：信赏罚，正名分，给俸禄，官功臣，考殿最，均科差，选工匠，务农桑，定土贡③，制漕运。皆切于时务，悉施行之。

太原路转运使吕振、副使刘子振，以脏抵罪。帝责楚材曰："卿言孔子之教可行，儒者为好人，何故乃有此辈？"对曰："君父教臣子，亦不欲令陷不义。三纲五常，圣人之名教，有国家者莫不由之，如天之有日月也。岂得缘一夫之失，使万世常行之道独见废于我朝乎！"帝意乃解。

---

① 逃军：擅自离开军队而逃走。 ② 杨惟中：字彦诚，少侍太宗，后继耶律楚材为中书令，因曾出使西域，所以称通事。 ③ 土贡：献给皇帝的地方特产。

富人刘忽笃马、涉猎发丁、刘廷玉等以银一百四十万两扑买天下课税[1]，楚材曰："此贪利之徒，罔上虐下，为害甚大。"奏罢之。常曰："兴一利不如除一害，生一事不如省一事。任尚以班超之言为平平耳[2]，千古之下，自有定论。后之负谴者，方知吾言之不妄也。"帝素嗜酒，日与大臣酣饮，楚材屡谏，不听，乃持酒槽铁口进曰："曲糵能腐物，铁尚如此，况五脏乎！"帝悟，语近臣曰："汝曹爱君忧国之心，岂有如吾图撒合里者耶？"赏以金帛，敕近臣日进酒三钟而止。

自庚寅定课税格，至甲午平河南，岁有增羡，至戊戌课银增至一百一十万两。译史安天合者，谄事镇海，首引奥都剌合蛮扑买课税[3]，又增至二百二十万两。楚材极力辩谏，至声色俱厉，言与涕俱。帝曰："尔欲搏斗耶？"又曰："尔欲为百姓哭耶？姑令试行之。"楚材力不能止，乃叹息曰："民之困穷，将自此始矣！"

楚材尝与诸王宴，醉卧车中，帝临平野见之，直幸其营，登车手撼之。楚材熟睡未醒，方怒其扰己，忽开目

---

① 扑买：又称买扑，即承办包税。 ② 任尚：东汉将领，初为西域戊己校尉，代班超为都尉，因为政严苛，激起西域各族反抗。班超：东汉外交家、军事家，先后在西域活动三十一年，被封为定远侯。 ③ 安天合：史无传。奥都剌合蛮：西域人，受乃马真后命主管汉地财富，后被处死。

视，始知帝至，惊起谢，帝曰："有酒独醉，不与朕同乐耶？"笑而去。楚材不及冠带，驰诣行宫①，帝为置酒，极欢而罢。

楚材当国日久，得禄分其亲族，未尝私以官。行省刘敏从容言之②，楚材曰："睦亲之义，但当资以金帛。若使从政而违法，吾不能循私恩也。"

岁辛丑二月三日，帝疾笃，医言脉已绝。皇后不知所为，召楚材问之，对曰："今任使非人，卖官鬻狱，囚系非辜者多。古人一言而善，荧惑退舍③，请赦天下囚徒。"后即欲行之，楚材曰："非君命不可。"俄顷，帝少苏，因入奏，请肆赦，帝已不能言，首肯之。是夜，医者候脉复生，适宣读赦书时也，翌日而瘳④。冬十一月四日，帝将出猎，楚材以太乙数推之⑤，亟言其不可，左右皆曰："不骑射，无以为乐。"猎五日，帝崩于行在所。皇后乃马真氏称制⑥，崇信奸回，庶政多紊。奥鲁剌合蛮以货得政柄，廷中悉畏附之。楚材面折廷争，言人所难言，人皆危之。

---

① 行宫：京城之外供皇帝出行时居住的处所。 ② 刘敏：字有功，太宗时行尚书省事于中原。定宗、宪宗时也任此职。 ③ 荧惑：火星的别名，因隐现无常，令人迷惑，所以称荧惑。 ④ 瘳（chōu 抽）：病愈。 ⑤ 太乙数：先秦术数七家之一，其法大抵依《易·乾凿度》太乙行九宫法，穿凿附会，以占内外灾福。 ⑥ 乃马真氏：即脱列哥那，元太宗皇后。称制：掌权。

癸卯五月，荧惑犯房[1]，楚材奏曰："当有惊扰，然讫无事。"居无何，朝廷用兵，事起仓卒，后遂令授甲选腹心，至欲西迁以避之。楚材进曰："朝廷天下根本，根本一摇，天下将乱。臣观天道，必无患也。"后数日乃定。后以御宝空纸，付奥都剌合蛮，使自书填行之。楚材曰："天下者，先帝之天下，朝廷自有宪章，今欲紊之，臣不敢奉诏。"事遂止。又有旨："凡奥都剌合蛮所建白，令史不为书者[2]，断其手。"楚材曰："国之典故，先帝悉委老臣，令史何与焉？事若合理，自当奉行，如不可行，死且不避，况截手乎！"后不悦。楚材辩论不已，因大声曰："老臣事太祖、太宗三十余年，无负于国，皇后亦岂能无罪杀臣也。"后虽憾之，亦以先朝旧勋，深敬惮焉。

甲辰夏五月，薨于位，年五十五。皇后哀悼，赙赠甚厚。后有谮楚材者，言其在相位日久，天下贡赋，半入其家。后命近臣麻里扎覆视之，唯琴阮十余，及古今书画、金石、遗文数千卷。至顺元年，赠经国议制寅亮佐运功臣、太师、上柱国，追封广宁王，谥文正。子铉、铸。

——《元史》卷一四六

---

① 房：即房星，二十八宿之一。 ② 令史：官名，京师各有关主管部门职掌文书的低级事务员。

【翻译】

耶律楚材字晋卿，是辽东丹王耶律突欲的第八世孙。他的父亲耶律履，臣事金世宗，因学行优异，很受赏识，最后死在尚书右丞任上。

耶律楚材三岁死了父亲，母亲杨氏教导他学习。长大之后，他博览群书，涉猎所及，包括天文、地理、律历、术数以及佛道、医术、占卜等学说。下笔作文，像是事先构思好了的一样。按照金朝的制度，宰相的儿子通过例行的考试，可以委任为各官署的属官。耶律楚材想通过进士科的考试，金章宗诏谕按照过去的规矩办理。考官向一同考试的十七人问了几件疑难的讼案，耶律楚材的回答最为优异，于是被征召为属官，后来又作了开州知州的副贰。

贞祐二年(1214)，金宣宗迁都开封，完颜福兴为丞相，留守在燕京，征召耶律楚材作了左右司员外郎。铁木真平定燕京之后，听到耶律楚材的大名，召见了他。耶律楚材身高八尺，长须丰美，嗓音宏亮，铁木真颇为欣赏，对他说："辽、金世代为敌，我将为你报仇雪耻。"耶律楚材回答说："我的父祖都臣事过金朝，既然作他们的臣子，又怎么能以之为敌呢？"铁木真认为很有道理，把他安排在自己身边，称之为吾图撒合里而不叫他的名字。吾图撒合里，蒙古语的意思就是胡须很长的人。

铁木真十四年六月，蒙古西向征伐回回国。出征祭旗的那天，雨雪很大，铁木真有所疑虑，耶律楚材说：“水神的气色，在夏季出现，这是战胜敌人的先兆。”十五年冬天，雷声很大，铁木真又询问他，耶律楚材回答说：“回回国的国君要死在郊野。”这些话后来都应验了。西夏人常八斤因善于制造弓矢，为铁木真所赏识，因而时常夸耀说：“国家现在正以武力平天下，耶律楚材一类的文人有什么用呢？”耶律楚材说：“制造弓矢尚且要用工匠，治理天下怎么能不用治国之才呢？”铁木真听说后很高兴，越来越信任他。西域的历学家报告说五月十五日夜会出现月蚀，耶律楚材说不会，最后果然没有月蚀。第二年十月，耶律楚材说会有月蚀，西域人说不会，届时月亮果然缺蚀了八分。十七年八月，彗星之属的长星在西方出现，耶律楚材说：“女真国的君主要换人了。”第二年，金宣宗果然死了。铁木真每当征讨，都要让耶律楚材占卜，他自己也烧灼羊骨头，卜问吉凶，铁木真曾指着耶律楚材对窝阔台说：“上天将这人赏赐给我们，以后的军国事务，你应该都交给他去办理。”十九年，铁木真到达东印度，驻扎在铁门关，有一只一角兽，形状像鹿，尾巴像马，绿颜色，能像人一样说话，对铁木真的侍卫说：“你们的君王应该尽早回去。”铁木真问耶律楚材，他回答说：“这是一种象征祥瑞的兽，名叫角端，能说各种话，喜好全生，厌恶杀生，这是上天降符命给您。您是天之长子，天下的人，都是您的子民，希望您顺承天心，保全百姓的性命。”铁木真当天便班师回还了。

二十一年冬，耶律楚材跟从铁木真攻下灵武，将领们都争着抢取美女钱财，而他只是收取遗留的文书和大黄一类的药材。随后军队里发生了疫疾，靠大黄得以痊愈。铁木真自从西征以来，没有来得及订立制度，以至州郡官吏任意杀戮，并罪及他人妻子儿女，抢夺财宝，兼并土地。燕蓟地方官石抹咸得卜尤其贪婪残暴，杀的人特别多，耶律楚材听说后都哭了。随即报告铁木真，请传令各地，没有皇帝的命令，任何人不得擅自征发百姓，判处死罪的也一定要事先报告，批准之后再执行，不遵守这命令的人要处以死罪，这才使贪暴之风有所收敛。燕地多绿林中人，傍晚时就赶着大车到富豪之家，强取财物，谁不给就杀死谁。当时拖雷以皇子的身份代行处理国政，听说后派了一名宦官和耶律楚材一同前去处理。耶律楚材查访到这些人的姓名，都是前线将领的亲眷家属和权势之家的子弟，把他们都抓了起来。他们的家属贿赂办理此事的宦官，以至于问题得不到处理。耶律楚材向同行的宦官说明了利害关系，他很害怕，就听从了耶律楚材的意见，结果公开处死了十六人，燕地的百姓这才得以安定。

公元1229年秋，窝阔台将即皇帝位，同族的人都聚在一起议论这事，没有决断。拖雷是窝阔台的亲弟弟，所以耶律楚材对拖雷说："这事关国家大计，应该尽早议定。"拖雷说："事情还没有决定，另外选择日期可以吗？"耶律楚材说："过了今天就没有吉利的日子了。"于是谋划策略，订立礼仪，并对察合台亲王说："您虽说是兄长，论地位却是臣属，按礼仪应该跪拜。如果您跪拜，那就没有人敢不拜了。"察合台亲王深以为然，等窝阔台即位时，察合台率领皇族和群臣跪拜于帐下。众人散去后，察合台抚着耶律楚材说："你真是关系国家命运的大臣呀。"蒙元亲属中长辈行跪拜之礼就是由此开始的。当时很多人赴会迟到，应当处死，耶律楚材对窝阔台说："陛下您刚刚即皇位，应该宽赦他们。"窝阔台听从了这一建议。

中原刚刚平定，百姓多有误犯律法的，但国家没有赦免令。耶律楚材建议赦免，大家都认为他这样做太迂腐，耶律楚材只好独自向皇帝说明，建议皇帝下诏，自窝阔台二年正月初一日以前犯罪的不予追究。同时又列举了十八项应办理的事颁行天下，主要内容包括："各郡设置地方官管理百姓，设置万户统帅军队，使二者势均力敌，相互制约，以防止骄横不法。中原是国家财用的供给之地，应该抚恤那里的百姓，各州县如果不是奉上级的命令，擅自摊派，就要治罪。挪用国家的财物私自进行贸易的也要治罪。蒙古、回鹘以及河西地区的人，种地而不纳税的要处死。看管公物而趁机偷盗的要处死。对犯死罪的人，要上报说明原由，等批准之后再执行。向皇帝进献礼品，为害很大，应该坚决禁止。”窝阔台都听从了，只是关于进献之事没有同意，并说：“那些自愿向我进贡礼物的人，应该允许他们。”耶律楚材说：“各种弊害的开始，正在于此。”窝阔台说：“凡是你所建议的，我没有不听从的，难道你就不能顺从我一件事吗？”

铁木真之时，每年都要征伐西域，无力顾及中原，官吏大都趁机积聚私产，至以万计，而国家却没有存储。窝阔台亲近的大臣别迭等人说：“汉人于国家无所裨益，可以将他们撵走，把他们的土地变为牧场。”耶律楚材对窝阔台说：“您即将南下征伐，就要有人供给军需。如果能协调制定中原地区的各种税收，每年可以获得五十万两银、八万匹布帛、四十多万石粟米，足以供给军需，怎么能说无益呢？”窝阔台说：“你为我办办看。”耶律楚材于是建议设置燕京等十路的征收课税使，凡是长官副贰都任用文人，如陈时可、赵昉等人都是极天下之选的忠厚长者，部下僚属则用省部旧人。三年秋，窝阔台到云中，十路都将纳税户籍献上，将征收来的金银布帛放在堂前。窝阔台笑着对耶律楚材说：“你没有用我身边的人，就能使国用充足，金朝的大臣，还有像你这样的吗？”耶律楚材回答：“在那里的人都比我能干，我没有什么才干，所以留在燕地，供您使用。”窝阔台为表彰他的谦逊，赏赐给他酒食，当天就授官中书令，军国事务无论大小，都事先告诉他。

耶律楚材奏报说：“各州郡应该让地方官专门管理民政，让万户主持军事，凡是他们所掌握的赋税，权贵不得侵夺。”他又举荐镇海和粘合，让他们与自己同为中书令，对此权贵们忿忿不平。咸得卜因为过去的怨恨，尤其不满，密告于宗王说：“耶律楚材所任用的人都是自己的亲戚故旧，一定有别的目的，应该奏报皇帝，把他杀了。”宗王派使者告诉了窝阔台，窝阔台察觉到是诬陷之词，责骂了使者，并将他驱逐回去。咸得卜的部下有告他犯法的，窝阔台命耶律楚材审理此事，耶律楚材说：“咸得卜为人傲慢自大，所以容易招致诽谤。现在将要征伐南方，以后处理他也不晚。”窝阔台私下对侍臣说：“耶律楚材不计较私仇，实在是一位宽厚长者，你们应该向他学习。”宦官可思不花奏报需要开采金银的民夫以及在西域耕种土地和栽种葡萄的民户，窝阔台命令从西京、宣德迁徙一万多户充任。耶律楚材说：“成吉思汗皇帝临终前有令，山后的百姓质朴可靠，与蒙古人没有什么不同，危急之时可以为我所用，不要轻易征调。现在就要征伐南方，请不要为此事而役使这些百姓。”窝阔台同意了耶律楚材的这一建议。

窝阔台四年春，蒙古军队南下征伐，将要过黄河，诏告逃难的百姓，来归降的人可以免除一死。有人说：“这些人无路可走时就投降，有机会就逃跑，只是对敌人有利，不应该宽恕他们。”耶律楚材建议制作几百面旗帜，分发给来归降的人，让他们回到故里，这样使许多人得以保全性命。过去的作法是，凡是攻城，敌人以弓箭、石头相抵抗，就是拒绝投降，城攻破之后，就要大肆杀戮。在汴梁将要攻下的时候，大将速不台派使者来报告说：“金人抵抗了很长时间，我军死伤很多，城攻破之后，应该大肆杀戮。”耶律楚材当即入宫报告窝阔台说：“我们的将士们数十年艰苦地征战，所图的正是土地和百姓，有地无人，那有什么用呢？”窝阔台犹豫不决，耶律楚材又说：“能工巧匠，富豪之家，都聚集在这里，如果把他们都杀了，那就什么也得不到。”窝阔台认为有道理，诏令只杀金皇族成员，其他的人则不予治罪。当时为逃避战乱，居住在汴梁的有一百四十七万人之多。

耶律楚材又请求派人进入汴梁，寻找孔子的后裔，找到了第五十一代孙孔元措，耶律楚材建议沿先例封他为衍圣公，并给他以孔林、孔庙之地。又令聚会太常礼乐生，召见有名的儒者梁陟、王万庆、赵著等人，让他们诠解九经，教授皇太子。并引导大臣的子孙们研解经义，以懂得圣人之道。在燕京设置了编修所，在平阳设置了经籍所，从此文教兴盛起来。

当时黄河以南的地区刚刚平定，俘虏的人很多，蒙古军回师之后，这些俘虏逃跑的十有七八。窝阔台下令：如果向这些逃跑的人提供食宿帮助，就要杀其全家，乡社的其他人也要一同治罪。这样逃亡的人不敢停下来食宿，多饿死在路上。耶律楚材从容献议说："河南已经平定，百姓都是您的子民，逃又能逃到哪里呢！怎么能因为一个俘虏，就置数十人乃至上百人于死地呢？"窝阔台觉得有道理，下令解除了禁令。在灭亡金朝的过程中，只有秦、巩等二十多个州许久攻不下来，耶律楚材奏报说："过去我们的百姓犯了罪的，有些就跑到了这里，所以现在拼死抵抗，如果许诺不杀他们，就能不攻自破了。"诏令下达后，所有的州县就都投降了。

窝阔台六年，朝廷商议登记中原的民户，忽都虎等人认为应该以成年男子为单位。耶律楚材说："不行，丁男如果逃跑了，那就没有人交纳租税，应该以一家一户为单位。"再三争论，最终还是以一家一户为单位。当时将相大臣们得到奴隶，往往让他们寄居各地。耶律楚材因为要统计户口，下令让他们都成为平民，谁藏匿占有就要被处死。

窝阔台七年，朝廷讨论征讨不臣服之地，认为如果派回回人征讨江南，汉人征讨西域，那就很符合相互制约的策略。耶律楚材说："不行，中原和西域，两地相隔很远，还没有抵达敌境，就已人困马乏了，加上不服水土，会出现种种疫疾，应该就近出兵征讨。"窝阔台听从了这一建议。

窝阔台八年春，蒙古王公贵族齐集宴会，窝阔台亲自给耶律楚材斟酒，并说："我之所以完全信任你，是因为先帝的遗令。如果不是你，中原地区就不会是现在这个样子。我之所以没有什么忧虑的事，都是你的功劳。"西域各国以及南宋、高丽的使者来朝见，说话多虚伪不实。窝阔台指着耶律楚材问他们说："你们的国家有这样的人吗？"他们辞谢说："这种人差不多是神人，我们国内没有。"窝阔台说："你们只有这话才是实话，我想也没有这样的人。"有一个叫于元的人，建议使用纸币，耶律楚材说："金章宗时最初使用纸币，与钱币一样通行，有关单位以抛出纸币谋利，而拒绝接受纸币，被称之为老钞，以至于一万贯只能换一张饼。因此百姓贫困，国库空虚，应该引以为戒。现在印行纸币，最好不要超过一万锭。"窝阔台采纳了这项建议。

窝阔台八年七月，忽都虎为户籍问题来见皇帝，窝阔台和他讨论分封州县赏赐给亲王功臣。耶律楚材说：

"分封土地和百姓，容易产生种种矛盾，不如多给他们一些钱财。"窝阔台说："已经答应了怎么办？"耶律楚材说："可以由朝廷设置专门官吏，代他们收取贡赋，年终再发给他们，使他们不至于擅自征收租税和分派徭役。"窝阔台赞同这一意见，于是规定天下的赋税为：每二户交纳一斤丝，输入国库，另外每五户交纳一斤丝，以供亲王功臣用作汤沐之资。地租是：中等的田每亩二升半，上等的田三升、下等的二升，水田每亩五升。商税是三十抽一，盐价为一两银购买四十斤。赋税确定后，朝臣们认为太轻了些，耶律楚材说："赋税定得轻，尚且有贪残的弊病，以后肯定会有唯利是图的人，那么现在所定的就很重了。"

当时工匠在制造过程中，浪费公物，又大量私自藏取，耶律楚材建议逐一加以考核，并定为制度。当时侍臣脱欢奏请查验全国没有出嫁的女子，诏令下达后，耶律楚材搁置没有执行，窝阔台十分恼怒。耶律楚材劝他说："过去选择的二十八位美女，已够您用了，现在又要选择，我担心骚扰百姓，正考虑向您奏报。"窝阔台考虑了一会儿后说："这事就算了吧。"朝廷又打算征用百姓的母马，耶律楚材说："水田旱地，并不能生产马，现在如果这样做，以后肯定会有危害。"窝阔台又听从了。

窝阔台九年，耶律楚材上奏说："制造器物一定要用好的工匠，治理天下一定要用儒者。儒者的事业，如果不是积数十年之力，是难以完成的。”窝阔台说：“如果有这样的人，可以授给他官职。”耶律楚材说：“可先考试后再录用。”于是令宣德州的宣课使刘中到各地主持考试，所考的有经义、词赋、策论三种科目。儒者被俘为奴隶的，也要让他们参加考试，如果主人藏匿不让参加考试，就要被处死。这次考试共录取了四千零三十人，其中四分之一的人原来都是奴隶。

起初，州郡官吏，多向商人借钱以向国家交纳，以至于利息超过了本钱的好几倍，称之为羊羔儿利。即使使其妻子儿女为奴隶，也不够偿还。耶律楚材奏请下令，利息与本钱相当了就不再计算利息，并成为永久的制度。百姓所负债的利息，官府代为偿还。耶律楚材又因此统一斗和秤，颁给行商以符印，确定钱币制度，实行统一征收，开辟整顿邮传制度，使用驿站的人马发给凭证，这样国家的各种政务大体齐备，老百姓得以休养生息。

有两位道士互争雄长，各自网罗了一些党徒，其中一位道士诬告另一位的党徒中有两人是逃兵，并勾结宦官和通事杨惟中，捉住这两个人残酷地杀死了。耶律楚材逮捕了杨惟中。宦官又告耶律楚材违反制度，窝阔台很恼怒，将耶律楚材拘禁起来。很快又感到后悔，下令把他放了。耶律楚材不肯解下绑缚的绳索，并对窝阔台说：“我官居三公辅相之位，管理着国家大政。您最初下令抓

史天泽传

金末迁都开封之后，黄河以北广大地区的汉族地主武装，往往纠合乡民，据地自保，形成了此后历时半个世纪的汉人世侯的割据统治。即使在投降蒙古之后，他们也依然割据一方，世袭兵权，有如藩镇。满城张柔、东平严实、济南张宏、真定史天泽等可以看作是他们的代表。史天泽(1202—1275)，字润甫，燕京永清(今河北永清)人，其父秉直，率众降蒙。史天泽曾任河南宣抚使、枢密副使、中书右丞相、中书左丞相等职。由本传我们可以了解汉人世侯的形成与纷争，以及与蒙古统治的关系等复杂情况。

史天泽字润甫，秉直季子也①。身长八尺，音如洪钟，善骑射，勇力绝人，其从兄天倪帅真定②。乙酉，天倪遣护送其母归北京，既而天倪为武仙所害③，府僚王缙、王守道追及天泽于燕④，曰："变起仓猝，部曲散走，多在近郊，公能回辔南行，不招自至矣。"天泽毅然曰："兄弟之仇，义所当复，虽死不避，况未必死耶！"即倾资装，易甲仗，南还，行次满城，得士马甚众。天泽摄行军事，遣监军李伯祐诣国王孛鲁言状⑤，且乞济师。

天泽时为帐前军总领，孛鲁承制命绍兄职为都元帅。俾笑乃解将蒙古军三千人援之⑥，合势进攻庐奴。仙骁将葛铁枪者，拥众万人来拒战，天泽迎击之，身先士卒，勇气百倍。贼退阻泒河，乘夜而遁，天泽追及之，生

---

① 秉直：史秉直字正道，金代土豪，蒙古军南下时，投降木华黎，后任北京路行六部尚书事。 ② 天倪：史天倪字和甫，随父降蒙古后，任右副都元帅、河北西路兵马都元帅，行真定府事。 ③ 武仙：金威州人，封恒山公，降蒙古后为真定元帅史天倪之副，后又以真定降金，曾任参知政事、枢密副使。 ④ 王缙：史天倪府僚。王守道：字仲履，曾为庆源军节度使。 ⑤ 李伯祐：武卫亲军都指挥使，曾率兵屯潮河川。孛鲁：蒙古札剌儿氏，木华黎之子，嗣父国王位，屡立战功。 ⑥ 笑乃解：即肖乃台，蒙古土别燕克烈氏，为木华黎的先锋，曾败宋将彭义斌，在灭金战争中多有战功。

擒葛铁枪①，余众悉溃，获其兵甲辎重，军威大振。遂下中山，略无极，拔赵州，进军野头。会天泽兄天安亦提兵来赴②，击仙败之，仙奔双门，遂复真定。

未几，宋大名总管彭义斌阴与仙合③，欲取真定，天泽同笑乃解扼诸赞皇，仙不得进。义斌势蹙，焚山自守。天泽遣锐卒五十，摧锋而入，自以铁骑继其后，缚义斌斩之。

未几，仙复令谍者，结死士于城中大历寺为内应，夜斩关而入，据其城。天泽引步卒数十，逾城东出，至藁城，求援于董俊④。俊授以锐卒数百，夜赴真定，而笑乃解兵亦至，捕叛者三百余人，仙从数骑，走保西山抱犊寨。笑乃解怒忿民之从贼，驱万余人将杀之，天泽曰："彼皆吾民，但为贼所胁耳，杀之何罪！"力争得释。乃缮城壁，立楼橹，为不可犯之计，招集流散，存恤困穷。以抱犊诸寨，仙之巢穴，不即剪覆，终遗后患，急攻下之，仙乃遁去。继又取蚁尖、马武等寨，而相、卫亦降。

己丑，太宗即位，议立三万户，分统汉兵。天泽适入

① 葛铁枪：武仙的勇将，在新乐为肖乃台和史天泽所生擒。 ② 天安：字全甫，史秉直次子，曾抚治真定，灭金后任权真定五路万户，知中山府事。 ③ 彭义斌：宋人，曾率红袄军起义抗金，后归宋，官至统制，北上抗御蒙古，兵败被擒，不屈而死。 ④ 董俊：金人，后降附蒙古，因追金帝至归德，战死。

觐，命为真定、河间、大名、东平、济南五路万户。庚寅冬，武仙复屯兵于卫，天泽合诸军围之。金将完颜合达以众十万来援①，战不利，诸将皆北，天泽独以千人绕出其后，败一都尉军，与大军合攻之，仙逸去，遂复卫州。

壬辰春，太宗由白坡渡河，诏天泽以兵由孟津会河南，至则睿宗已破合达军于三峰山。乃命略地京东，招降太康、柘县、瓦冈、睢州，追斩金将完颜庆山奴于阳邑②。夏，帝北还，留睿宗总兵围汴。

癸巳春，金主突围而出，令完颜白撒自黄龙冈来袭新卫③。天泽率轻骑驰赴之，比至，围已合，天泽奋戈突至城下，呼守者曰："汝等勉力，援兵且至。"复跃出，其众皆披靡，遂与大军夹击之，白撒等败走蒲城，天泽尾其后，白撒等兵尚八万，俘斩殆尽。金主以单舸东走归德，天泽追至归德，与诸军会。新卫达鲁花赤撒吉思不花④，

---

① 完颜合达：字景山，官至平章政事，封芮国公，后与蒙古军作战，兵败被杀。 ② 完颜庆山奴：金宗室，字献甫，完颜白撒从弟，曾任元帅左都监兼保大军节度使。 ③ 完颜白撒：金末帝完颜承麟兄，兴定时为元帅左都监，行帅府事于凤翔，升为平章政事，后因御元兵失败，下狱死。 ④ 达鲁花赤：蒙古语，蒙元时期官名，监治各地及非蒙古军队。撒吉思不花：蒙古克烈部人，元太宗时，佩金虎符，监真定史天泽军，后遭金忠孝军夜袭被杀。

欲薄城背水而营，天泽曰："此岂驻兵之地乎！彼若来犯，则进退失据矣。"不听，会天泽以事之汴，比还，撒吉思不花全军皆没。金主迁蔡，帝命元帅倴盏率大军围之①。天泽当其北面，结筏潜渡汝水，血战连日。甲午春正月，蔡破，金主自经死，天泽还真定。

时政烦赋重，贷钱于西北贾人以代输，累倍其息，谓之羊羔利，民不能给。天泽奏请官为偿一本息而止。继以岁饥，假贷充贡赋，积银至一万三千锭，天泽倾家资，率族属官吏代偿之。又请以中户为军，上下户为民，著为定籍，境内以宁。

金亡，移军伐宋。乙未，从皇子曲出攻枣阳②，天泽先登，拔之。及攻襄阳，宋兵以舟数千陈于峭石滩，天泽挟二舟载死士，直前捣之，覆溺者万计。丁酉，从宗王口温不花围光州③，天泽先破其外城，攻子城，又破之。师次复州。宋兵以舟三千锁湖面为栅，天泽曰："栅破，则复自溃。"亲执桴鼓，督勇士四十人攻其栅，不逾时，栅破，复人惧，请降。进攻寿春，天泽独当一面，宋兵夜出

① 倴盏：即塔察儿，蒙古许兀慎氏，自幼充成吉思汗的宿卫，曾任燕南大断事官。 ② 曲出：即阔出，元太宗第三子，曾被指定为汗位继承人，太宗七年率军攻南宋，次年死于军中。③ 口温不花：成吉思汗异母弟别里古台次子，善于带兵作战，较少扰民。

所营，天泽手击杀数人，麾下兵继至，悉驱其兵入淮水死，乘胜而南，所向辄克。

壬子，入觐，宪宗赐卫州五城为分邑。世祖时在藩邸，极知汉地不治，河南尤甚，请以天泽为经略使①。至则兴利除害，政无不举，诛郡邑长贰之尤贪横者二人，境内大治。阿蓝答儿钩较诸路财赋②，锻炼罗织，无所不至，天泽以勋旧独见优容，天泽曰："我为经略使，今不我责，而罪余人，我何安乎！"由是得释者甚众。

戊午秋，从宪宗伐宋，由西蜀以入。己未夏，驻台州之钓鱼山，军中大疫，方议班师，宋将吕文德以艨艟千余③，溯嘉陵江而上，北军迎战不利。帝命天泽御之，乃分军为两翼，跨江注射，亲率舟师顺流纵击，三战三捷，夺其战舰百余艘，追至重庆而还。

中统元年，世祖即位，首召天泽，问以治国安民之道，即具疏以对，大略谓："朝廷当先立省部以正纪纲，设监司以督诸路，霈恩泽以安反侧，退贪残以任贤能，颁奉秩以养廉，禁贿赂以防奸，庶能上下丕应，内外休息。"帝

---

① 经略使：官名，元代经略使的职责大略是督察军律及安抚民众。 ② 阿蓝答儿：元宪宗蒙哥的亲信大臣、大必阇赤，因参与谋立阿里不哥，为忽必烈所擒杀。 ③ 吕文德：宋末将领，素有才勇，在抗击蒙古军时，累立战功。历官四川宣抚使等。

嘉纳之。继命往鄂渚撤江上军，还，授河南等路宣抚使，俄兼江淮诸翼军马经略使。

二年夏五月，拜中书右丞相。天泽既秉政，凡前所言治国安民之术，无不次第举行。又定省规十条，以正庶务。宪宗初年，括户余百万①，至是，诸色占役者太半②，天泽悉奏罢之。秋九月，扈从世祖亲征阿里不哥③，次昔木土之地，诏丞相线真将右军④，天泽将左军，合势蹙之，阿里不哥败走。

三年春，李璮阴结宋人⑤，以益都叛，遂据济南，诏亲王哈必赤总兵讨之⑥，凶势甚盛。继命天泽往，天泽闻璮入济南，笑曰："豕突入苙，无能为也。"至则进说于哈必赤曰："璮多谲而兵精，不宜力角，当以岁月毙之。"乃深沟高垒，绝其奔轶。凡四月，城中食尽，军溃出降，生擒璮，斩于军门，诛同恶者数十人，余悉纵归。明日，引军东行，未至益都，城中人已开门迎降。

---

① 括户：又称籍户，即调查登记户口。 ② 诸色：即诸色户计，指元代居民按职业划分为民、军、站、匠、盐、儒、僧、道等若干种户。 ③ 阿里不哥：拖雷幼子，元宪宗死后，他与忽必烈争汗位，后败降。 ④ 线真：蒙古土别燕氏，早年充忽必烈藩王府宿卫，曾任宣徽使、中书右丞相等。 ⑤ 李璮：李全子，元太宗时袭父职治益都行省，专治山东三十年，因举兵反叛，后为蒙古军俘获处死。 ⑥ 哈必赤：生平不详。

初，天泽将行，帝临轩授诏①，责以专征，俾诸将皆听节度。天泽未尝以诏示人，及还，帝慰劳之，悉归功于诸将，其慎密谦退如此。天泽在宪宗时尝奏："臣始摄先兄天倪军民之职，天倪有二子，一子管民政，一子掌兵权，臣复入叨寄遇，一门之内，处三要职，分所当辞，臣可退休矣。"帝曰："卿奕世忠勤，有劳于国，一门三职，何愧何嫌！"竟不许。至是，言者或谓李璮之变，由诸侯权太重。天泽遂奏："兵民之权，不可并于一门，行之请自臣家始。"于是史氏子侄，即日解兵符者十七人。

至元元年，加光禄大夫，右丞相如故。三年，皇太子燕王领中书省②，兼判枢密院事，以天泽为辅国上将军、枢密副使。四年，复授光禄大夫，改中书左丞相。六年，帝以宋未附，议攻襄阳，诏天泽与驸马忽刺出往经画之③，赐白金百锭、楮币万缗④。至则相要害，立城堡，以绝

---

① 临轩：皇帝不坐正殿而至殿前。殿前堂陛之间，近檐处两边有槛楯，如车之轩。 ② 燕王：元诸王最高封号。世祖第二子真金曾被封为燕王，后立为皇太子，参决朝政。因为世祖所疑，忧病而死，成宗时上庙号裕宗。 ③ 驸马：本为官名，魏晋以后，帝婿例加驸马都尉称号，所以后来以驸马指帝婿。忽刺出：蒙古人，曾任湖州路达鲁花赤、淮东宣慰使，官至平章政事。 ④ 楮币：宋、金、元时发行的纸币，因多用楮皮纸做成，所以称楮币。

其声援，为必取之计。七年，以疾还燕。八年，进开府仪同三司、平章军国重事，仍敕右丞相安童谕旨曰①："两省、院、台，或一月、一旬，遇大事，卿可商量，小事不烦卿也。"

十年春，与平章阿术等进攻樊城②，拔之，襄阳降。十一年，诏天泽与丞相伯颜总大军③，自襄阳水陆并进。天泽至郢州遇疾，还襄阳，帝遣侍臣赐以葡萄酒，且谕之曰："卿自朕祖宗以来，躬擐甲胄，跋履山川，宣力多矣。又卿首事南伐，异日功成，皆卿力也。勿以小疾阻行为忧，可且北归，善自调护。"还至真定，帝又遣其子杠与尚医驰视，赐以药饵。天泽因附奏曰："臣大限有终，死不足惜，但愿天兵渡江，慎勿杀掠。"语不及它。以十二年二月七日薨，年七十四。讣闻，帝震悼，遣近臣赙以白金二千五百两。赠太尉，谥忠武。后累赠太师，进封镇阳王。立庙。

天泽平居，未尝自矜其能，及临大节、论大事，毅然以天下之重自任。年四十，始折节读书，尤详于《资治通鉴》，立论多出人意表。拜相之日，门庭悄然，或劝以权自

① 安童：蒙古札剌儿氏，木华黎四世孙，世祖时两度为中书右丞相。 ② 阿术：蒙古兀良合部人，兀良合台子，世祖时，进攻南宋有功，任荆湖行省平章政事、行省左丞相。 ③ 伯颜：蒙古八邻部人，深为忽必烈赏识，历任中书左丞相、同知枢密院事。

张，天泽举唐韦澳告周墀之语曰①："愿相公无权。爵禄刑赏，天子之柄，何以权为！"因以谢之，言者惭服。当金末，名士流寓失所，悉为治其生理而宾礼之，后多致显达。破归德，释李大节不杀②，而送至真定，署为参谋。卫为食邑，命王昌龄治之③，旧人多不平，而莫能间，其知人之明、用人之专如此。是以出入将相五十年，上不疑而下无怨，人以比于郭子仪、曹彬云④。

子格，湖广行省平章政事；樟，真定顺天新军万户；棣，卫辉路转运使；杠，湖广行省右丞；杞，淮东道廉访使；梓，同知澧州；楷，同知南阳府；彬，中书左丞。

——《元史》卷一五五

【翻译】

史天泽字润甫，是史秉直的小儿子。他身材魁梧，

---

① 韦澳：唐朝大臣，字子裴，宣宗时累迁学士承旨，深被礼遇。周墀：唐朝大臣，字德升，历官监察御史、中书侍郎、剑南东川节度使等。 ② 李大节：在金官任补阙，后仕元。 ③ 王昌龄：字显之，沧州人，从蒙古灭金有功，宪宗元年领卫州事，治化大行。 ④ 郭子仪：唐朝大臣，平定安史之乱的主要将领，曾任兵部尚书，同中书门下平章事。曹彬：北宋初大将，因军功授枢密使。

声音宏亮，善于骑射，勇力过人，跟随他的哥哥史天倪带领军队驻扎在真定。铁木真二十年，史天倪派他护送母亲回北京，不久，史天倪被武仙杀害。家臣王缙、王守道在燕地追上了史天泽，并对他说："事变仓卒而起，乡勇溃散，大都在真定近郊，如果您能回马南下，就能把这些人聚集起来。"史天泽毅然说："兄弟的仇，我一定要报，哪怕是要付出生命的代价，何况不一定死呢？"当即变卖家财，改换武器，掉头南返。行抵满城时，已有了很多人马。史天泽代理主持军事，派监军李伯祐到孛鲁国王那里说明情况，并请求支援。

史天泽当时官职为帐前军总领，孛鲁秉承皇帝的旨意令史天泽继承他哥哥的职位为都元帅，并命笑乃解统帅三千蒙古军援助他，合力向庐奴进攻。武仙的勇将葛铁枪率领约一万人来迎战，史天泽领兵攻击，身先士卒，士气倍增。敌人退守沠河，并乘夜逃跑，史天泽领兵追杀，活捉了葛铁枪，葛的部众全部溃散。史天泽的军队获得了很多武器辎重，军威大振，于是乘胜攻下了中山、无极、赵州，进军野头。正好史天泽的哥哥史天安也带兵来助战，合力打败了武仙，武仙逃到双门，于是真定被收复。

不久，南宋大名总管彭义斌暗中与武仙相勾结，准备攻取真定，史天泽与笑乃解据守赞皇，使武仙前进受阻。彭义斌穷途末路，只好放火烧山，以图自守。史天泽选派五十名勇士，强行攻入，自己则带领大队骑兵紧随其后，活捉并杀死了彭义斌。

不久，武仙又派间谍到真定城中，集结敢死之士在大历寺作内应，夜晚夺门而入，占领了真定。史天泽带领几十名步兵，越城东走，到藁城向董俊求援。董俊给了他几百名勇士，连夜赶赴真定，笑乃解也领兵来助战，他们抓到了三百多个叛变的人。武仙和几位亲信骑马逃走，据守西山抱犊寨。笑乃解对百姓顺从敌人极为恼怒，驱赶着万余人准备杀掉，史天泽说："这些人都是我们的百姓，只是为敌人所胁迫才顺从，没有必要杀他们。"据理力争才使这些人得以获释。接着又修砌城墙，建立了望楼，以期坚不可摧，并招集流散的兵士，抚慰穷困的百姓。因为抱犊等营寨是武仙的巢穴，如果不予以铲除，就会留下后患，于是领兵迅速攻克了，武仙逃走。接着又攻克了蚁尖、马武等营寨，相州、卫州也投降了。

太宗元年，窝阔台即皇帝位，打算设立左、中、右三万户，统帅汉族军队。史天泽当时正入朝觐见，被任命为真定、河间、大名、东平、济南五路的万户。二年冬，武仙又在卫州集结军队，史天泽会合各地的军队围困他。金朝将领完颜合达带领十万人来支援武仙，蒙古军失利，各路兵马都失败了，只有史天泽带领一千多人从敌人背后出击，打败了一支都尉军，接着与大队人马合力进击，武仙逃走，于是收复了卫州。

四年春，窝阔台从白坡渡黄河，命令史天泽带兵从孟津渡河并在黄河以南会合。史天泽到达时，拖雷已在三峰山打败了合达的军队。于是受命攻占京东，招降太康、柘县、瓦冈和睢州，在阳邑杀了金朝将领完颜庆山奴。这年夏天，窝阔台北返，留下拖雷统帅军队围困汴京。

窝阔台五年春，金朝皇帝从汴京突围而出，命完颜白撒从黄龙冈起兵来袭击新卫。史天泽带骑兵前往增援，等到达时，敌军包围圈已形成，史天泽挥舞兵器冲到城下，对守城的军兵说："你们勉力抗御，援兵就要到了。"又冲出重围，他的部众也是所向披靡，接着与大部队合力夹击，白撒等失利逃往蒲城，史天泽紧随其后，白撒所剩的八万人马，差不多全被俘虏或杀死。金朝皇帝乘一条船向东逃到归德，史天泽追到归德，与其他部队会合。新卫的镇守者撒吉思不花打算紧靠城背水扎营，史天泽说："这哪是驻扎军队的地方呢？如果敌人来进犯，那就进退两难了。"这一建议没有被采纳，正好史天泽有事要到汴京去，等他回来，撒吉思不花已全军覆没了。金朝皇帝迁居蔡州，窝阔台命倴盏元帅领兵合围，史天泽统军在北面包围，制造木筏偷偷渡过汝水，血战了好几天。六年正月，蔡州被攻破，金朝皇帝上吊自杀，史天泽领兵回到真定。

当时摊派多，赋税重，人们只好向西北的商人借钱交纳，结果利息超过了本钱的好几倍，称为羊羔利，老百姓无力偿还。史天泽请求官府代为偿还，利息最多只与本钱一样而已。随后又因为年岁饥馑，人们只得借贷交纳贡赋，多达一万三千锭银，史天泽倾尽家产，带领亲族和官吏代为偿付。史天泽又请求以上户为军户，以中户和下户为民户，并成为制度，境内因此得以安宁。

金朝灭亡后，蒙古又移军攻伐南宋。窝阔台七年，史天泽随皇子曲出进攻枣阳，史天泽首先登城，攻下了枣阳。在进攻襄阳时，南宋的军队将几千条小船排放在峭石滩，史天泽带领勇士乘两条船，勇往直前，奋力攻打，南宋士兵被杀或溺死的数以万计。九年，史天泽随宗王口温不花围困光州，他先打下了外城，接着又攻克了内城。军队抵达复州，南宋军队将三千条船一字排开，用作栅栏封锁湖面，史天泽说："如果攻破栅栏，就能攻克复州。"于是亲自击鼓，督促四十位勇士攻击栅栏，不一会就攻破了栅栏，复州守军害怕，便请求投降了。进攻寿春时，史天泽独当一面，南宋军兵夜晚来劫营，史天泽亲手杀死了几人，接着他的部众到了，将敌人全都赶进淮河淹死，史天泽乘胜南进，战则必胜。

蒙哥二年，史天泽入朝觐见，蒙哥赐给他卫州五城作为封地。忽必烈当时为皇子，深知汉人居住地难于治理，而黄河以南尤其如此，建议以史天泽为经略使。史天泽到任后兴利除弊，多有建树，他处死了两位最贪暴的官吏，故而所管辖之地得到很好治理。阿蓝答儿核查各地财赋，罗织各种罪名，无所不用其极，只有史天泽因为是功臣受到优礼。史天泽说："我是经略使，现在优礼我，而治我部下的罪，我怎么能心安呢？"因此许多官吏得以获释。

八年秋，史天泽随蒙哥攻伐南宋，从西蜀进入宋境。次年夏，驻军在合州的钓鱼山，军队里发生了疫疾，正商议班师，南宋将领吕文德率千余条战船，沿嘉陵江而上，蒙古军迎战失利。蒙哥命史天泽抵御，史天泽将军兵分为两队，在江两岸射杀，他则带领水军顺流而下，正面迎敌，三战三胜，夺得了一百多艘战船，将敌人追赶到重庆后才回师。

中统元年，忽必烈即皇帝位，首先召见史天泽。向他询问治国安民之道，他准备了奏疏以对答，主要内容包括："朝廷应该首先设立中书省作为中枢机构，设置监察机构以监督各地，施行德政以安定那些反复无常的人，罢黜贪婪残暴的官吏代之以贤能的人，明定俸禄的等级以培养廉洁，禁止贿赂以防止奸邪，只有这样才能上下一心，全国安宁。”忽必烈很赞赏并接受了这些意见。接着命史天泽到鄂渚撤回长江一带军队，回来以后，被任命为河南等路的宣抚使。不久，又兼任江淮诸翼军马经略使。

中统二年五月，史天泽官拜中书右丞。当政后，上述所说的治国安民之道，一一予以施行。又为中书省订立十条规章制度，以使办事有章可循。蒙哥之初，全国有一百多万户没有登记在册，到现在，各种职业户担任了差役的一多半，史天泽都建议罢除了。这年九月，史天泽侍从忽必烈讨伐阿里不哥，军队驻扎在昔木土，忽必烈命丞相线真统帅右军，史天泽统帅左军，联合夹击，阿里不哥失败逃走。

中统三年春，李璮勾结宋人，据益都反叛，并占领了济南。忽必烈命哈必赤亲王领兵讨伐，敌人的气焰更加嚣张。随后忽必烈又命史天泽前往，史天泽听说李璮进驻济南，笑着说：“小猪受惊后狂奔到猪栏中，不会有什么作为。”到达前线后就对哈必赤说：“李璮诡计多端，兵力又精强，不应该与他决战，而要用时间拖垮他。”于是深沟高垒，断了敌人的逃路。四月之后，济南城中粮尽，军兵溃散出城投降，李璮被活捉后在军门处死，几十名首犯也一同被处死，其他的人都放了回去。第二天，史天泽领兵东进，还没有到益都，城里的人已打开城门投降了。

起初，史天泽要上前线时，忽必烈在殿前给了他一道诏令，要他一人全权负责征讨，所有的将领都得听他指挥。史天泽一直没有把这道诏令拿出来给别人看。回师后，忽必烈慰劳他，他将功劳都归于各将领，他办事就是这么慎密谦逊。史天泽在蒙哥时曾经上奏说："我开始是代我哥哥史天倪主持军政民务，天倪有两个儿子，一个管理民政，一个掌握兵权，我又承蒙圣上的知遇，一家人占居三个重要的职位，按理该辞去官位，我应该退休了。"蒙哥说："你家世代忠于王事，勤于职守，有功于国家，一家人任三种职务，又有什么不妥呢？"结果没有同意。到现在，有人说李璮叛乱，是因为各地诸侯的权力太大。史天泽于是上奏说："民政与兵权，不可由一家人掌握，要从我家开始改变这种情况。"于是史家的子侄一天内解除兵权的就有十七人之多。

至元元年，加授史天泽为光禄大夫，仍为右丞相。至元三年，皇太子燕王主持中书省的政务，兼管枢密院的军事，史天泽被任命为辅国上将军、枢密副使。至元四年，又授光禄大夫，改任中书左丞相。至元六年，忽必烈以南宋还没有归附，准备进攻襄阳，让史天泽和驸马忽剌出前去筹划办理，并赐给他一百锭银两，一万缗纸币。史天泽到达后，在要害地区设立城堡，断绝了南宋军队的后援，作最后攻克的准备。至元七年，史天泽因病回到燕京。至元八年，史天泽进封为开府仪同三司、平章军国重事，忽必烈还让右丞相安童向他宣布谕旨，说："两省和各院、台的政务，或者一个月，或者十天，遇到大事，你可以参予讨论，其他的事则不用你费力了。"

至元十年春，史天泽与平章阿术等人领兵攻克了樊城，襄阳守军投降。十一年，忽必烈令史天泽与丞相伯颜统帅大军，从襄阳水陆并进进攻南宋。史天泽到达郢州时患病，又回到襄阳。忽必烈派侍臣给他送去葡萄酒，并告诉他说："你从我先辈以来，执戈带甲，四出征讨，建功很多。你还首倡进攻南宋，以后成功了，都是你的功劳呀。请不要因为病耽搁行动而担忧，可以回到北方，好好地调养调养。"回到真定，忽必烈又派史天泽之子史杠与太医来探视，并赐给他药品。史天泽顺便奏报说："我终归有一死，没有什么可惜的，但愿我军渡过长江之后，一定不要杀戮抢掠。"此外再没有别的话。史天泽在至元十二年二月七日死去，享年七十四岁，忽必烈得知这一消息后，十分悲痛，派人送去二千五百两银子以助丧葬，并追赠太尉，谥号忠武。后来又赠太师，进封镇阳王，并建有祠庙。

史天泽在平时，从不自我炫耀，每到关键时刻或讨论国家大事时，则毅然以天下为己任。四十岁时，才改变志向开始读书，对于《资治通鉴》尤为熟悉，所发议论也多出人意外。官拜丞相的那天，也是门庭冷落，有人劝他以权势自我张扬，他举唐代韦澳对周墀所说的话回答说："愿你不要自以为有权。官位、俸禄和赏罚，都为皇帝所掌握，你又有什么权呢？"并因此推谢了，劝他的人惭愧而又钦敬。金朝末年，许多名士流离失所，史天泽为他们提供生活所需并当作宾客礼待，其中很多人后来都做了大官。攻克归德后，史天泽不杀金朝的守官李大节，并把他带到真定，让他做了自己的参谋。史天泽的封地在卫，他让王昌龄管理，旧时的门客大都愤愤不平，但也不能离间。他知人之明，用人之专，往往如此。正是由于这样，他为将为相五十年，皇上不疑，臣僚无怨，被人们比作唐朝郭子仪和北宋曹彬这样的贤臣。

史天泽的儿子史格，是湖广行省的平章政事。史樟，是真定顺天的新军万户。史棣，是卫辉路的转运使。史杠，是湖广行省的右丞。史杞，是淮东道的廉访使。史梓，是澧州知州的副官。史楷，是南阳知府的副官。史彬，是中书左丞。

姚 枢 传

姚枢(1201—1278)字公茂,号雪斋、敬斋,先世自营州柳城(今辽宁朝阳)入居内地。1235年,蒙古军陷德安,姚枢从俘虏中访得名儒赵复,力劝其北上讲学授徒,此后程朱理学在北方流传开来。在元朝讲习理学的学者中,他也是一位核心人物,因而可以说,他是元朝理学发展过程中的重要人物。1250年,忽必烈召姚枢至漠北。次年忽必烈总理漠南汉地军国庶事,他以藩府旧臣的身份预议朝政,参定一代制度,并向忽必烈陈述帝王之学、治国之道。曾任东平宣抚使、大司农、中书左丞、河南行省佥事、昭文馆大学士、翰林学士承旨等职。还教授太子真金。他在元初汉法与回回法的政治斗争中，起了十分重要的作用。

姚枢字公茂，柳城人，后迁洛阳。少力学，内翰宋九嘉识其有王佐略[①]，杨惟中乃与之偕觐太宗[②]。岁乙未，南伐，诏枢从惟中即军中求儒、道、释、医、卜者。会破枣阳，主将将尽坑之，枢力辨非诏书意，他日何以复命，乃蹩数人逃入篁竹中脱死。拔德安，得名儒赵复[③]，始得程颐、朱熹之书[④]。辛丑，赐金符，为燕京行台郎中。时牙鲁瓦赤行台[⑤]，惟事货赂，以枢幕长，分及之。枢一切拒绝，因弃官去。携家来辉州，作家庙，别为室奉孔子及宋儒周惇颐等像[⑥]，刊诸经，惠学者，读书鸣琴，若将终身。时许衡在魏，至辉，就录程、朱所注书以归，谓其徒曰："曩所授受皆非，今始闻进学之序。"既而尽室依枢

① 宋九嘉：生平不详。 ② 杨惟中：蒙古国大臣，字彦诚，继耶律楚材为中书令。曾于燕京建太极书院，讲授理学。 ③ 赵复：元代理学家，学者称江汉先生。曾讲学于太极书院，杨惟中、姚枢以及许衡、郝经、刘因等皆从其学。 ④ 程颐：北宋理学家，人称伊川先生，与兄颢世称二程，并为理学的奠基人。朱熹：南宋著名学者，理学的集大成者。 ⑤ 牙鲁瓦赤：花剌子模人，早年投附蒙古，曾受命主管中亚不花剌等城行政财赋，后任中州大断事官，在燕京主管汉民公事。 ⑥ 周惇颐：当为北宋哲学家、理学的创始人周敦颐之误。

以居。

世祖在潜邸，遣赵璧召枢至①，大喜，待以客礼。询及治道，乃为书数千言，首陈二帝三王之道②，以治国平天下之大经，汇为八目，曰：修身，力学，尊贤，亲亲，畏天，爱民，好善，远佞。次及救时之弊，为条三十，曰："立省部，则庶政出一，纲举纪张，令不行于朝而变于夕。辟才行，举逸遗，慎铨选，汰职员，则不专世爵而人才出。班俸禄，则赃秽塞而公道开。定法律，审刑狱，则收生杀之权于朝，诸侯不得而专，丘山之罪不致苟免，毫发之过免罹极法，而冤抑有伸。设监司，明黜陟，则善良奸窳可得而举刺③。阁征敛，则部族不横于诛求。简驿传，则州郡不困于需索。修学校，崇经术，旌节孝，以为育人才、厚风俗、美教化之基，使士不媮于文华④。重农桑，宽赋税，省徭役，禁游惰，则民力纾，不趋于浮伪，且免习工技者岁加富溢，勤耕织者日就饥寒。肃军政，使田里不知行营往复之扰攘；周匮乏，恤鳏寡，使颠连无告者有养。

① 赵璧：元初大臣，曾为河南经略使、燕京宣慰使、中书省平章政事、枢密副使、中书右丞。 ② 二帝三王：二帝指尧、舜，三王指夏禹、商汤、周文王和周武王。 ③ 窳（yǔ 宇）：恶劣。 ④ 媮（tōu 偷）：苟且。

布屯田以实边戍①，通漕运以廪京都②。倚债负，则贾胡不得以子为母③，破称贷之家。广储蓄，复常平以待凶荒④，立平准以权物估⑤，却利便以塞幸涂，杜告讦以绝讼源。”各疏施张之方，其下本末兼该，细大不遗。世祖奇其才，动必召问，且使授世子经。

宪宗即位，诏凡军民在赤老温山南者，听世祖总之。世祖既奉诏，宴群下，罢酒将出，遣人止枢，问曰：“顷者诸臣皆贺，汝独默然，何耶？”对曰：“今天下土地之广，人民之殷，财赋之阜，有加汉地者乎？军民吾尽有之，天子何为？异时廷臣间之，必悔而见夺，不若惟持兵权，供亿之需取之有司，则势顺理安。”世祖曰：“虑所不及者。”乃以闻，宪宗从之。枢又请置屯田经略司于汴以图宋，置都运司于卫，转粟于河。宪宗大封同姓，敕世祖于南京、关中自择其一⑥。枢曰：“南京河徙无常，土薄水浅，舄卤

① 屯田：政府利用军队或农民开垦耕种土地，征取收成以充军饷。 ② 漕运：水道运输。特指将东南各地的粮食通过水道运往京城或指定的公仓。 ③ 子母：利息为子，本为母。利滚利，就使子成为母。 ④ 常平：即常平仓，政府设立粮仓，在谷贱时高价买入，在谷贵时低价卖出，以调节粮价，备荒赈恤。 ⑤ 平准：古代政府转输物资平抑物价的措施。 ⑥ 南京：即今河南开封。在宋为汴京，金海陵王改名南京，金宣宗时迁都于此，元代复称汴梁，但有时也沿用南京的旧称。

生之①,不若关中厥田上上,古名天府陆海。”于是世祖愿有关中。

壬子夏,从世祖征大理,至曲先脑儿之地。夜宴,枢陈宋太祖遣曹彬取南唐不杀一人、市不易肆事②。明日,世祖据鞍呼曰:“汝昨夕言曹彬不杀者,吾能为之,吾能为之!”枢马上贺曰:“圣人之心,仁明如此,生民之幸,有国之福也。”明年,师及大理城,饬枢裂帛为旗,书止杀之令,分号街陌,由是民得相完保。

丙辰,枢入见。或谗王府得中土心,宪宗遣阿兰答儿大为钩考③,置局关中,以百四十二条推集经略宣抚官吏,下及征商无遗,曰:“俟终局日,入此罪者惟刘黑马、史天泽以闻④,余悉诛之。”世祖闻之不乐。枢曰:“帝,君也,兄也;大王为皇弟,臣也。事难与较,远将受祸。莫若尽王邸妃主自归朝廷,为久居谋,疑将自释。”及世祖见宪宗,皆泣下,竟不令有所白而止,因罢钩考局。

世祖即位,立十道宣抚使,以枢使东平。既至郡,置

---

① 舄(xì 细)卤:瘠薄的盐碱地。 ② 宋太祖:即宋朝开国皇帝赵匡胤。曹彬:北宋初大将。因率军对南唐用兵有功,为枢密使。 ③ 阿兰答儿:参见《史天泽传》注。钩考:勒索、考校。 ④ 刘黑马:本名嶷,字孟方,小字黑马。太宗时为都总管万户,奉命巡抚天下,宪宗时据成都,管领新旧军民大小诸务,世祖时兼成都路军民经略使。

劝农、检察二人以监之，推物力以均赋役，罢铁官。二年，拜太子太师。枢曰："皇太子未立，安可先有太师？"以所受制还中书，事见《许衡传》。改大司农。枢奏曰："在太宗世，诏孔子五十一代孙元措仍袭封衍圣公，卒，其子与族人争求袭爵，讼之潜藩，帝时曰：'第往力学，俟有成德达才，我则官之。'又曲阜有太常雅乐，宪宗命东平守臣辇具歌工舞郎与乐色俎豆至日月山，帝亲临观，饬东平守臣，员阙充补，无辍肄习。且陛下闵圣贤之后《诗》、《书》不通，与凡庶等，既命洛士杨庸选孔、颜、孟三族诸孙俊秀者教之[1]，乞真授庸教官，以成国家育材待聘风动四方之美。王镛练习故实[2]，宜令提举礼乐，使不致崩坏。"皆从之。诏赴中书议事，及讲定条格，且勉谕曰："姚枢辞避台司，朕甚嘉焉。省中庶务，须赖一二老成同心图赞，其与尚书刘肃往尽乃心，其尚无隐。"及修条格成，与丞相史天泽奏之，帝深嘉纳。

李璮谋叛，帝问："卿料何如？"对曰："使璮乘吾北征之衅，濒海捣燕，闭关居庸，惶骇人心，为上策。与宋连和，负固持久，数扰边，使吾罢于奔救，为中策。如出兵济南，待山东诸侯应援，此成擒耳。"

---

① 杨庸：字子忠，号潜斋，中统时特授孔、颜、孟三氏子孙教授。 ② 王镛：史无传。

帝曰："今贼将安出？"对曰："出下策。"初，帝尝论天下人材，及王文统①，枢曰："此人学术不纯，以游说于诸侯，他日必反。"至是，文统果因璮伏诛。

四年，拜中书左丞，奏罢世侯，置牧守。或言中书政事大坏，帝怒，大臣罪且不测者。枢上言：

太祖开创，跨越前古，施治未遑。自后数朝，官盛刑滥，民困财殚。陛下天资仁圣，自昔在潜，听圣典，访老成，日讲治道。如邢州、河南、陕西，皆不治之甚者，为置安抚、经略、宣抚三使司。其法，选人以居职，颁俸以养廉，去污滥以清政，劝农桑以富民。不及三年，号称大治。诸路之民望陛下之拯己，如赤子之求母。先帝陟遐②，国难并兴，天开圣人，缵承大统③，即用历代遗制，内立省部，外设监司，自中统至今五六年间，外侮内叛继继不绝，然能使官离债负，民安赋役，府库粗实，仓廪粗完，钞法粗行，国用粗足，官吏迁转，政事更新，皆陛下克保祖宗之基、信用先王之法所致。

今创始治道，正宜上答天心，下结民心，睦亲族

① 王文统：元初大臣，曾为李璮幕僚，世祖时为中书平章政事，后因与李璮通谋被杀。 ② 陟遐：指帝王之死。 ③ 大统：指皇位。

以固本，建储副以重祚①，定大臣以当国，开经筵以格心②，修边备以防虞，蓄粮饷以待歉，立学校以育才，劝农桑以厚生。是可以光先烈，成帝德，遗子孙，流远誉。以陛下才略，行此有余。迩者伏闻聪听日烦，朝廷政令日改月异，如木始栽而复移，屋既架而复毁。远近臣民不胜战惧，惟恐大本一废，远业难成，为陛下之后忧，国家之重害。

帝怒为释。

十年，拜昭文馆大学士，详定礼仪事。其年，襄阳下，遂议取宋。枢奏如求大将，非右丞相安童、知枢密院伯颜不可③。十一年，枢言："陛下降不杀人之诏，伯颜济江，兵不逾时，西起蜀川，东薄海隅，降城三十，户逾百万，自古平南，未有如此之神捷者。今自夏徂秋，一城不降，皆由军官不思国之大计，不体陛下之深仁，利财剽杀所致。扬州、焦山、淮安，人殊死战，我虽克胜，所伤亦多。宋之不能为国审矣，而临安未肯轻下，好生恶死，人之常情，盖不敢也，惟惧吾招徕止杀之信不坚耳。宜申止杀之诏，使赏罚必立，恩信必信，圣虑不劳，军力不费

① 储副：即储君，被确认为君位的继承者，意即君主之副，多指太子。祚：封建王朝的国统。 ② 经筵：古代帝王为研读经史而特设的御前讲席。 ③ 安童、伯颜：见《史天泽传》注。

矣。"又请禁宋鞭背、黥面及诸滥刑。十三年，拜翰林学士承旨。十七年，卒，年七十八，谥曰文献。

枢天质含弘而仁恕，恭敏而俭勤，未尝疑人欺己。有负其德，亦不留怨。忧患之来，不见言色。有来即谋，必反复告之。

子炜，仕为平章政事；从子燧，官至翰林学士承旨，以文章大家知名，卒谥曰文。

——《元史》卷一五八

【翻译】

姚枢字公茂，柳城人，后来迁居洛阳。他年轻时学习努力，翰林学士宋九嘉认为他有辅佐帝王的才略，杨惟中于是偕同他觐见了窝阔台。窝阔台七年，蒙古军南下征伐，窝阔台让他跟从杨惟中随军访求儒者、道士、僧人、医生以及卜筮一类的人才。适逢攻克枣阳，蒙古军统帅打算将守城者全部活埋。姚枢极力反对，认为这不符皇帝的旨意，以后难以向皇帝交待，于是设法让一些人逃到竹丛中得以免死。攻下德安后，获得了著名的儒者赵复，这才得见程颐、朱熹的著作。窝阔台十三年，窝阔台赐给他金符，任命他为燕京行台郎中。当时牙鲁瓦赤为行台，好收受贿赂，因为姚枢是幕府的首领，也分一些给他，他一概拒绝，并因此弃官离去。他携带家眷来到辉州，修建了祭祀祖先的家庙，又修建房舍以供奉孔子和宋代儒者周敦颐等人的像，刊刻儒家经典，方便学者，每天读书弹琴，好像要终身如此。当时许衡在魏，到辉州姚枢处，记录程颐和朱熹的著作，回去后对他的学生说："以前所传授和所学的都不对，现在才知道使学业有进益的方法了。"随后把全家搬到姚枢旁边居住。

忽必烈为皇子时，派赵璧召姚枢前往，接谈后非常高兴，以宾客之礼待他。忽必烈向他询问治国之道，他写了几千字的意见呈上，首先陈述尧舜及三代的办法，将治理国家的重大原则，归纳为修身、力学、尊贤、亲亲、畏天、爱民、好善、远佞八条，接着又针对当时的问题，提出了三十条救治的意见："设立中书省，则政令出于一源，纲举目张，不至早晨发布的政令傍晚就有改变。征召有才能的人，推举隐遗之士，慎重选拔官吏，淘汰冗员，官爵不世袭就会人才辈出。规定各级官员的俸禄，就能制止贪赃而发扬公道。制定法律，审查犯罪，就能把生杀予夺之权收归朝廷掌握，各地诸侯不得独断专行，这样大罪不至于因不正当的手段而被赦免，小的过错也不至于被处以极刑，而冤屈就会得到伸张。设立监察机构，明定升降的标准，那么善良的人就会被提升，奸邪的人就会受到惩处。免征赋税，各地豪强就不至于残暴地索求。简化驿传，则各地就不会因供应而困苦。修建学校，推崇经学，表彰忠孝节义，作为培养人才、美化风俗的基础，读书人就不会沉溺于文章的浮华。注重农桑，轻徭薄赋，严禁游手好闲，这样百姓的负担就会减轻，不至于流于浮浪，并且能避免从事工技之人年年富裕，而从事农业生产的人日益贫困。严肃军纪，使农业活动不被军事行动所打扰。救济贫困的人，周恤鳏夫寡妇，使生计无着的人得到赡养。组织屯田以充实边地的防卫，开通漕运以供给京师的粮食。官府开办借贷，则经商的胡人不得放高利贷利滚利，使借债的人家破人亡。多储存粮食，恢复常平仓以防饥荒，实行平准以平抑物价，使利不易得以消除侥幸之心，杜绝攻击揭发以除去诉讼的根源。”各条具体实行的办法，也都本末兼备、细大不遗。忽必烈很欣赏他的才能，有事就召他询问，并让他以经典教授太子。

蒙哥即位之后，诏令凡是在赤老温山以南的军民，都要听忽必烈指挥。忽必烈接到诏令后，宴会部下，散席后部众将告辞出门，忽必烈派人留住姚枢问他说：“刚才大家都庆贺，只有你沉默无言，这是为什么？”姚枢回答说：“现在国家疆域之大、人口之众、财赋之多，还有超过汉人居住地的吗？军队和百姓都听您指挥，那皇帝干什么？以后如有人离间，皇帝就会后悔，您的这一权力就会被剥夺。不如仅仅掌握兵权，军需从有关官署那里获得，这样会更好一些。”忽必烈说：“你的担心是我考虑所不及的。”于是报告了蒙哥，蒙哥接受了。姚枢又建议在汴京设立屯田经略司以作进攻南宋的准备，在卫州设置都运司，利用黄河转运粮食。蒙哥大肆分封同姓，让忽必烈自己选择汴京或关中为封地。姚枢说：“汴京一带黄河时常泛滥，土地贫瘠，一片盐碱，不如关中的上等土地，自古就称为天府陆海。”这样忽必烈选择了关中。

蒙哥二年夏，姚枢随忽必烈征伐大理，到达了曲先脑儿。夜晚宴会时，姚枢向忽必烈陈说宋太祖派曹彬攻取南唐时没有杀一人、市面上的生意也没有变化。第二天，忽必烈靠着马鞍对姚枢说：“你昨晚所说的曹彬不杀人，我能做到，我能做到。”姚枢在马上恭贺说：“您如此仁爱，实在是百姓的幸运、国家的福气。”第二年，军队抵达大理，忽必烈让姚枢把布帛撕开做成旗帜，在上面写上禁止屠杀的命令，插在各个街道，百姓的性命因此得以保全。

蒙哥六年，姚枢入宫觐见蒙哥。有谗言说忽必烈深得中原地区的民心，蒙哥派阿蓝答儿广为调查，在关中设置钩考局，以一百四十二项条款考察各级官吏，还涉及随军贩运的商人，并说：“等调查完之后，有问题的人，除刘黑马和史天泽要奏报外，其他的都杀掉。”忽必烈听说后很不高兴，姚枢说："今皇帝是君上、兄长，您是弟弟、臣下，不便与他辩驳，疏远会有灾祸。不如将您的嫔妃和女儿送回京城，作久居之计，这样今上的疑虑必将自行消解。"后来忽必烈见到蒙哥，两人都哭了，蒙哥竟不让忽必烈说明，就撤销了调查机构。

忽必烈即位之后，设置了十个道的宣抚使，以姚枢为东平道的宣抚使。姚枢上任后，设置了劝农官和检查官以监督，根据资产以平均分担赋役，罢除了铁官。中统二年，任命姚枢为太子太师，姚枢说："皇太子还没有确定，怎么能先有太师呢？"并将所受的诏命退还到了中书省，这事记录在《许衡传》中。于是，重新任命他为大司农。姚枢上奏说："在太宗之时，曾诏令孔子的第五十一代孙孔元措沿袭封号为衍圣公，孔元措死后，他的儿子和族人争着要继承封爵，官司打到皇子您那里，您当时说：'你们只管努力学习，等到有盛德通才之人，我就让他继承封爵。'又曲阜有太常雅乐，宪宗曾命东平的地方官将演习乐舞的人和器具运到日月山，并亲自前去观赏，同时告诫东平的地方官，人才有缺就要及时补充，不要停止练习。您又担心圣贤们的后代不懂《诗》、《书》，与一般的人没有什么不同，令洛阳人杨庸选择孔子、颜回和孟子三族后代中的优秀者加以培养，请授给杨庸教授的官职，以成就国家育才备用、各地响应的良好风气。

王镛指导练习礼仪，应该让他主管礼乐事宜，使之不至于崩坏。”忽必烈都采纳了。并诏令姚枢到中书省讨论政事，并讨论制定条令。忽必烈勉励说：“姚枢因藩府旧臣而辞避台省之职，我很敬重。国家的政务，要靠一两位年高有德的人共同谋划，可以让姚枢和尚书刘肃一同尽心操办，不要有什么顾忌。”条令制定之后，姚枢与丞相史天泽一同奏上，忽必烈颇为欣赏。

李璮发动叛乱，忽必烈问姚枢说：“你估计结果会怎样？”姚枢回答说：“如果让李璮利用我们北上征讨的机会，由海路直攻燕地，占领居庸关，使人心恐慌，这是上策。李璮如与南宋联手，借助险要持久抵抗，频繁地骚扰我们，使我们疲于奔救，这是中策。如李璮从济南出兵，等待山东各地诸侯的声援，就会被我们活捉。”忽必烈又问：“现在敌人会怎么做？”姚枢回答说：“会选择下策。”起初，忽必烈曾谈论国内的人才，论及王文统，姚枢说：“这个人学术不正，靠游说求取于诸侯，以后肯定会反叛。”到现在，王文统果然因与李璮有牵连而被杀。

中统四年，姚枢官拜中书左丞，他建议罢除世袭的诸侯，设立地方官。有人说中书省的政事很糟，忽必烈大怒，一些无辜的大臣也被治罪，人心惶惧。姚枢上奏说：

成吉思皇帝建立国家的规模，超过了以往各个朝代，但未及好好治理。以后几代，官员多，刑法滥，百姓贫困，财用枯竭。您天性仁爱，过去作皇子时，就研读儒家经典，访求年老有德之人，讲究治国之道。如邢州、河南、陕西，都是很难治理的地方，您为之设置了安抚、经略和宣抚三使司。并选择合适的人做长官，颁发俸禄以培养廉洁，去除贪官污吏以肃清政治，奖励耕织以使百姓富裕，不到三年的时间，就使局面出现了重大改观。各地的百姓都盼望您去拯救他们，就如同小孩子需要母亲一样。先皇帝死后，国家多灾多乱，天降圣人，您继承了皇位，即位后即选用历代制度，在朝廷设置了中书省，在地方上设置了监察机构。自中统元年到现在五六年间，虽然内乱外祸不断，但能使官府不再负债，百姓不再为赋税徭役所苦，国库基本殷实，纸币开始通行，国用大体充足，官吏升降有序，政事焕然一新，这都是您保持祖宗的基业、信用先王之道造成的。

现在大好局面刚刚开始，正应该上谢苍天、下结民心、和睦亲族以强固根本，确定皇位继承人以示敬重帝位，选择大臣以处理国事，设置御前讲席以正心术，整顿边防以备不测，积蓄粮食以防饥荒，设立学校以培养人才，奖励耕织以使百姓生活富裕。这样才能光耀祖宗的功业，成就帝王的圣德，并泽及子孙、流芳万古。以您的才能，做到这样并不难。近来听说您逐渐听信流言，以至朝廷的政令不断变化，这就如同刚栽下的树又要移植，刚修好的房屋又要拆毁。无论是大臣还是百姓都很担心，担心根本一旦毁弃，远大的事业难以成就，这实在值得为您感到忧虑，同时也是国家的祸害。

忽必烈的恼怒这才消除。

中统十年，姚枢官拜昭文馆大学士，主持制定礼仪。这年，元军攻下襄阳，于是准备攻伐南宋。姚枢上奏说如果选择大将，非右丞相安童和知枢密院伯颜不可。中统十一年，姚枢又说："您下诏不得滥杀无辜，伯颜过长江时，没费多少时间，西起蜀川，东到海边，攻克了三十座城，取得一百万户人家，自古平定江南，还没有如此迅速的。现在从盛夏到秋天，一座城都没有攻克，这都是指挥官不考虑国家大计，不体谅您的仁爱之心，为抢夺财物滥杀无辜造成的。扬州、焦山和淮安的敌人拼命抵抗，我们虽然取得了胜利，但死伤的也很多。南宋把国家治理得实在太糟了，但临安并不会轻易地攻克，贪生怕死，这是人之常情，他们不敢投降，只是担心我们不杀投降之人的诺言不可靠。应该重申不杀无辜的命令，使得赏罚确立，恩信施行，这样您就不用太劳累，军队也不至于太费力。”姚枢还请求废止南宋鞭打背部、黥面以及其他酷刑。中统十三年，姚枢官拜翰林学士承旨。中统十七年，姚枢逝世，享年七十八岁，谥号文献。

姚枢天性宽宏大量，仁爱宽恕，恭顺聪敏，颇为勤奋。不曾怀疑别人欺骗自己，有人辜负了他的恩德，他也不心存怨恨。面对忧患，并不见于言，形于色。有人来找他计议，他便为之谋划，并反复告诫。

姚枢的儿子姚炜，官至平章政事。侄子姚燧，官至翰林学士承旨，以文章知名于世，死后谥号为文。

赵 复 传

赵复，字仁甫，学者称为江汉先生，元德安（今湖北安陆）人。赵复是宋元之际的理学家。1235年，赵复在故乡被蒙古军俘虏。姚枢奉诏于军中求儒士，赵复得以获释，随姚枢至燕京（今北京），建太极书院，讲学其中，选取二程、朱熹等遗书八千余卷，广为传播，由此北方始知有程朱之学。著作有《传道图》、《伊洛发挥》、《希贤录》等。

赵复字仁甫，德安人也。太宗乙未岁，命太子阔出帅师伐宋，德安以尝逆战，其民数十万，皆俘戮无遗。时杨惟中行中书省军前，姚枢奉诏即军中求儒、道、释、医、卜士，凡儒生挂俘籍者，辄脱之以归，复在其中。枢与之言，信奇士，以九族俱残，不欲北，因与枢诀。枢恐其自裁，留帐中共宿。既觉，月色皓然，惟寝衣在，遽驰马周号积尸间，无有也。行及水际，则见复已被发徒跣（xiǎn显），仰天而号，欲投水而未入。枢晓以徒死无益："汝存，则子孙或可以传绪百世；随吾而北，必可无他。"复强从之。先是，南北道绝，载籍不相通；至是，复以所记程、朱所著诸经传注，尽录以付枢。

自复至燕，学子从者百余人。世祖在潜邸，尝召见，问曰："我欲取宋，卿可导之乎？"对曰："宋，吾父母国也，未有引他人以伐吾父母者①。"世祖悦，因不强之仕。惟中闻复论议，始嗜其学，乃与枢谋建太极书院，立周子祠②，以二程、张、杨、游、朱六君子配食③，选取遗书八千余卷，请复讲授其中。复以周、程而后，其书广博，学者未能贯通，乃原羲、农、尧、舜所以继天立极④，孔子、颜、孟所以垂世立教⑤，周、程、张、朱氏所以发明绍续者，作

---

① 吾：原文疑有误，应为"其"。 ② 周子：周敦颐，北宋理学家。 ③ 张：张载，字子厚，北宋哲学家；杨：杨时，字中立，北宋学者，二程的弟子。游：游酢（zuò坐），字定夫，北宋学者，二程的弟子。配食：以功臣附祭于祖庙或以贤哲附祭于孔庙或其他庙宇。 ④ 羲：伏羲。农：神农。 ⑤ 颜：颜回，字子渊，孔子最得意的门生。

《传道图》，而以书目条列于后；别著《伊洛发挥》，以标其宗旨。朱子门人，散在四方，则以见诸登载与得诸传闻者，共五十有三人，作《师友图》，以寓私淑之志。又取伊尹、颜渊言行①，作《希贤录》，使学者知所向慕，然后求端用力之方备矣。枢既退隐苏门，乃即复传其学，由是许衡、郝经、刘因，皆得其书而尊信之。北方知有程、朱之学，自复始。

复为人，乐易而耿介，虽居燕，不忘故土。与人交，尤笃分谊。元好问文名擅一时②，其南归也，复赠之言，以博溺心、末丧本为戒，以自修读《易》求文王、孔子之用心为勉。其爱人以德类若此。复家江汉之上，以江汉自号，学者称之曰江汉先生。

——《元史》卷一八九

【翻译】

赵复，字仁甫，是德安人。元太宗乙未年(1235)，皇帝命令太子阔出率领部队讨伐宋朝，因为德安县曾经抗

---

① 伊尹：商汤的大臣，曾辅佐汤伐夏桀；颜渊：即颜回。

② 元好问：金代著名文学家，秀容(今山西省忻州市)人，元宪宗七年(1257)卒。

击蒙古军队，德安县的几十万人民都被俘被杀，没有遗留。当时杨惟中在军前兼管行中书省事务，姚枢奉皇帝之命到军队中寻求儒生、道士、僧人、医生、算卦的人，凡是列在俘虏簿籍中的儒生，都释放回家，赵复就在其中。姚枢与赵复谈话，证明赵复确实是出类拔萃之士。赵复因为九族均被残害，不想去北方，因而与姚枢诀别。姚枢恐怕赵复自杀，留他在自己的帐中一起过夜。姚枢一觉醒来，只见月色皎洁，只有赵复的睡衣还在，姚枢立即上马，在死尸堆中间环绕呼喊，没有找到赵复。姚枢走到水边时，看见赵复已经披头散发，光着脚，在仰天大哭，准备投水还没有跳进去。姚枢告诉他白白地死去没有好处："你活下来，则子孙也许可以传宗百代；你跟着我去北方，肯定不会有什么问题。"赵复勉强听从了姚枢的劝告。从前，南方北方之间道路断绝，文献书籍不能交流；至此，赵复把自己所记得的二程、朱熹所写的对于各个儒家经典的注释，都抄录下来交给姚枢。

自从赵复来到燕京，读书人跟随他而来的有一百多人。世祖在当皇太子时曾经召见赵复，问道："我要夺取宋朝，你可以带路吗？"赵复回答说："宋朝是我的父母之邦，没有带领别人去讨伐他父母的人。"世祖很高兴，因此不勉强他做官。杨惟中听到赵复议论学问，开始喜好他的学术，便与姚枢商量建立太极书院，建立周敦颐祠堂，以程颢、程颐、张载、杨时、游酢、朱熹六位君子配祭祠中，选取这些人遗留下来的书籍八千余卷，请赵复在书院中讲授。由于在周敦颐、二程之后，他们的书内容广博，学习者未能融会贯通，赵复便推求伏羲、神农、尧、舜所以能继承天道建立准则的原因，孔子、颜回、孟子所以能立下永世长存的教诲的原因，周敦颐、二程、张载、朱熹所以能发扬、阐明、继承儒学的原因，撰写了《传道图》，将有关的书目分条列在后面；他又著有《伊洛发挥》，以揭示出程颢、程颐思想的主旨。朱熹的学生，分散在四面八方，赵复根据从有关记载中看到的和从传闻中得到的共五十三人的情况，创作了《师友图》，以寄托自己敬仰他们但无法请教的意向。赵复又根据伊尹、颜回的言行，创作《希贤录》，使学习者知道有所向往和敬慕，然后如何求得行为端正和如何继续努力的方法便齐备了。姚枢退隐苏门山后，便是赵复传播他的学问，由此许衡、郝经、刘因，都获得了赵复的著作而且尊崇、相信赵复。北方知道有程朱之学，是从赵复开始的。

赵复为人愉悦和蔼、平易近人，但是很耿直，他虽然住在燕京，但不忘故乡。赵复与人相交，尤其忠实于情谊。元好问的文章一个时期内名声极大，元好问南还回乡，赵复赠言于他，以过于广博会沉迷心智、追逐不重要的事物会丧失掉根本的东西为戒，以自我修养、读《易经》来探求周文王、孔子的用心为勉。他用德行来爱护别人的事情都与此类似。赵复的故居在长江、汉水以北，他以江汉为自己的号，读书人称他为江汉先生。

许衡传

许衡(1209—1281)字仲平,人称鲁斋先生,怀州河内(今河南沁阳)人。1238年,蒙古统治者考试诸路儒生,许衡中选。1254年,征许衡为京兆教授。元世祖中统元年(1260),召许衡北上,次年,授为国子祭酒。凡五召五辞,虽曾官中书左丞,但从政未能得意,最后以集贤大学士兼国子祭酒,奠定元朝国子学基础。他阐扬程朱理学,是元代著名理学家。其著作收入《鲁斋遗书》。

许衡字仲平,怀之河内人也,世为农。父通,避地河南，以泰和九年九月生衡于新郑县①。幼有异质，七岁入学，授章句，问其师曰："读书何为？"师曰："取科第耳。"曰："如斯而已乎？"师大奇之。每授书，又能问其旨义。久之，师谓其父母曰："儿颖悟不凡，他日必有大过人者，吾非其师也。"遂辞去，父母强之不能止。如是者凡更三师。稍长，嗜学如饥渴，然遭世乱，且贫无书。尝从日者家见《书》疏义②，因请寓宿，手抄归。既逃难徂徕山③，始得《易》王辅嗣说④。时兵乱中，衡夜思昼诵，身体而力践之，言动必揆诸义而后发。尝暑中过河阳⑤，渴甚，道有梨，众争取啖之，衡独危坐树下自若。或问之，曰："非其有而取之，不可也。"人曰："世乱，此无主。"曰："梨无主，吾心独无主乎？"

转鲁留魏，人见其有德，稍稍从之。居三年，闻乱且定，乃还怀。往来河洛间，从柳城姚枢得伊洛程氏及新安朱氏书⑥，益大有得。寻居苏门⑦，与枢及窦默相讲

---

① 泰和：金章宗完颜璟年号。 ②《书》：《尚书》的简称。 ③ 徂徕山，在今山东泰安东南。 ④ 王辅嗣：即王弼，三国时代魏国人，著有《道略论》，注释《易》、《老子》。 ⑤ 河阳：县名，故地在今河南省孟州。 ⑥ 伊洛程氏：宋代著名理学家程颢、程颐兄弟，他们是洛阳人，讲学在伊水、洛水之间，故后人以伊洛指二程。新安：郡名，宋宣和三年改称徽州。朱氏：宋代理学家朱熹，因其祖籍为徽州，所以称新安朱氏。 ⑦ 苏门：山名，太行山支脉，在河南省辉县西北。

习。凡经传、子史、礼乐、名物、星历、兵刑、食货、水利之类，无所不讲，而慨然以道为己任。尝语人曰："纲常不可一日而亡于天下，苟在上者无以任之，则在下之任也。"凡丧祭娶嫁，必征于礼，以倡其乡人，学者寖（qìn沁）盛。家贫躬耕，粟熟则食，粟不熟则食糠核菜茹，处之泰然，讴诵之声闻户外如金石。财有余，即以分诸族人及诸生之贫者。人有所遗，一毫弗义弗受也。枢尝被召入京师，以其雪斋居衡，命守者馆之，衡拒不受。庭有果熟烂堕地，童子过之，亦不睨视而去，其家人化之如此。

甲寅，世祖出王秦中①，以姚枢为劝农使②，教民耕植。又思所以化秦人，乃召衡为京兆提学③。秦人新脱于兵，欲学无师，闻衡来，人人莫不喜幸来学。郡县皆建学校，民大化之。世祖南征，乃还怀，学者攀留之不得，从送之临潼而归。

中统元年，世祖即皇帝位，召至京师。时王文统以言利进为平章政事，衡、枢辈入侍，言治乱休戚，必以义为本。文统患之。且窦默日于帝前排其学术，疑衡与之

① 秦：今陕西省一带。 ② 劝农使：管理农业发展的官职。 ③ 京兆：参见《世祖本纪》注。提学：官名，掌一路、州、县学政，每年巡视所部，考查师生勤惰优劣。

为表里，乃奏以枢为太子太师，默为太子太傅，衡为太子太保[1]，阳为尊用之，实不使数侍上也。默以屡攻文统不中，欲因东宫以避祸[2]，与枢拜命，将入谢。衡曰："此不安于义也，姑勿论。礼，师傅与太子位东西乡（xiàng象）[3]，师傅坐，太子乃坐。公等度能复此乎？不能，则师道自我废也。"枢以为然，乃相与怀制立殿下，五辞乃免。改命枢大司农[4]，默翰林侍讲学士，衡国子祭酒。未几，衡亦谢病归。

至元二年，帝以安童为右丞相[5]，欲衡辅之，复召至京师，命议事中书省。

……

阿合马为中书平章政事[6]，领尚书省六部事[7]，因擅权，势倾朝野，一时大臣多阿之，衡每与之议，必正言不

---

① 太子太师，太子太傅，太子太保：都是太子的教师，但往往是虚衔。 ② 东宫：太子所居之宫，也指太子。 ③ 乡：通"向"，东向即面向东方，西向即面向西方；天子面向南而坐，为至尊；太子之师面向东而坐，其尊贵程度仅次于天子。 ④ 大司农：官名，九卿之一，掌管租税钱谷盐铁等事。 ⑤ 右丞相：丞相是古代中央政权的最高行政长官，元代中书省及行中书省设左右丞相。 ⑥ 阿合马：参见《阿合马传》。 ⑦ 尚书省：官署名，下统六部，分管国政。六部：古代中央机构，即吏部、户部、礼部、兵部、刑部和工部。

少让。已而其子又有佥枢密院之命①，衡独执议曰："国家事权，兵民财三者而已。今其父典民与财，子又典兵，不可。"帝曰："卿虑其反邪？"衡对曰："彼虽不反，此反道也。"阿合马由是衔之，亟荐衡宜在中书，欲因以事中之。俄除左丞②，衡屡入辞免，帝命左右掖衡出。衡出及阈(yù玉)，还奏曰："陛下命臣出，岂出省邪？"帝笑曰："出殿门耳。"从幸上京③，乃论列阿合马专权罔(wǎng网)上，蠹政害民若干事，不报。因谢病请解机务。帝恻然，召其子师可入，谕旨，且命举自代者。衡奏曰："用人，天子之大柄也。臣下泛论其贤否(pǐ匹)则可，若授之以位，则当断自宸衷，不可使臣下有市恩之渐也。"

帝久欲开太学④，会衡请罢益力，乃从其请。八年，以为集贤大学士，兼国子祭酒，亲为择蒙古弟子俾(bǐ比)教之。衡闻命，喜曰："此吾事也。国人子大朴未散，视听专一，若置之善类中涵养数年，将必为国用。"

……

国家自得中原，用金《大明历》，自大定是正后六七十年⑤，气朔加时渐差。帝以海宇混一，宜协时正日。十

---

① 佥枢密院：即枢密院之佥院，官名，职位仅次于枢密副使。② 左丞：参见《世祖本纪》注。③ 上京：故地在今黑龙江省哈尔滨市阿城区南。④ 太学：古代中央所办的最高学府，即国学。⑤ 大定：金世宗完颜雍年号。

三年，诏王恂定新历①。恂以为历家知历数而不知历理，宜得衡领之，乃以集贤大学士兼国子祭酒，教领太史院事，召至京。……十七年，历成，奏上之，赐名曰《授时历》，颁之天下。

……十八年，衡病革（jí 及），……已而卒，年七十三。是日，大雷电，风拔木。怀人无贵贱少长，皆哭于门。四方学士闻讣皆聚哭。有数千里来祭哭墓下者。

衡善教，其言煦煦，虽与童子语，如恐伤之。故所至，无贵贱贤不肖皆乐从之，随其才昏明大小皆有所得，可以为世用。所去，人皆哭泣，不忍舍，服念其教如金科玉条，终身不敢忘。或未尝及门，传其绪余，而折节力行为名世者，往往有之。听其言，虽武人俗士异端之徒，无不感悟者。……

——《元史》卷一五八

【翻译】

许衡，字仲平，是怀州河内人，他家世代务农。许衡的父亲许通，避战乱到河南，许衡于泰和九年（1209）出

---

① 王恂：继许衡之后任国子祭酒，后为嘉议大夫、太史令。

生于新郑县。他从小就有特殊的素质，7 岁上学，老师讲授章节与句子，许衡问他的老师说："为什么要读书呢？"老师说："为了参加科举考试，榜上有名啊。"许衡问："如此而已吗？"老师感到非常惊奇。每当老师授书时，许衡还能向老师提问书的主旨大意。时间久了，老师对他的母亲说："您的儿子聪明，不同凡响，将来一定会有远远超过常人的地方，我是不能再作他的老师了。"于是老师辞职而去，许衡的父母强求他留下来，却未能阻止他离去。像这样共换了三次老师。许衡稍稍长大一些后，热爱学习，如饥似渴，然而他正遭到世道混乱，而且贫穷没有书读。他曾经从一位算命的家中看见《尚书》的注释，便请求借宿在他家，抄完了那本书回来。许衡逃难到徂徕山后才得到王弼注释的《易经》。当时正是战乱之中，许衡夜里思考，白天背诵，身体力行，言行必用义的标准加以衡量后才开始实施。许衡曾经在酷暑中路过河阳，感到非常口渴，道旁有梨树，众人争着摘梨吃，许衡独自一人神态自若地端坐在树下。有人问他，他说："不属于自己的而去取用，这是不可以的。"那人说："世道这么乱，这棵树没有主人。"许衡说："梨树没有主人，我的心难道没有主人吗？"

许衡迁移到山东，然后又居留在山西南部一带，人们见他道德高尚，逐渐有人向他学习。居住了三年，他听说战乱即将平定，便回到怀州。他来往于黄河洛水之间，从柳城姚枢那里得到了程颢、程颐以及朱熹的著作，更是大有收获。不久，他居住在苏门山，与姚枢和窦默互相讲解、研习学问。凡是经书及其注释、子书、史书、礼乐、名物、星象历算、军事、刑法、经济、水利之类，没有不讲解的，他慨然以继承道统为自己的任务。许衡曾经对人说："天下不可以一天没有三纲五常，如果地位高的人没有能担负起继承道统的任务的，那么地位低的就应该担负起这个任务。"凡是丧葬、祭祀、娶妻、嫁女，必征引于礼制，以此倡导于他的同乡之人，这样学习的人逐渐多了起来。许衡家境贫寒，他亲自下地耕种，谷子熟了便吃谷子，谷子不熟便吃糠咽菜，处之泰然，歌唱、诵读的声音在门外听起来就像金石的敲击声。许衡有了余钱，便分给各个族人以及各位儒生中的贫穷者。别人馈赠给他的东西，有一丝一毫来路不正他也不接受。姚枢曾经应召去京城，把他的住所雪斋送给许衡居住，命令看守者招待他，许衡拒不接受。院子中有水果成熟之后烂掉在地上，他家的童儿从旁边经过也不斜眼看一看就过去了，他的家人受他教化的影响就是如此之大。

甲寅年(1254)，元世祖去治理秦地，任命姚枢为劝农使，教给老百姓耕田植树的方法。世祖又考虑到如何教化秦地的百姓，便召许衡为京兆提学。秦地的人民刚刚从战火中解脱出来，想要学习而没有教师，听说许衡来，人人都来学习，无不感到快乐和幸运。郡县都建立学校，民风大变。世祖征讨南方，许衡返回怀州，学生们挽留他，但是不行，一直将他送到临潼才回去。

中统元年(1260)，世祖继承皇帝之位，召许衡到京城。当时王文统因为专讲财利而晋升为平章政事，许衡、姚枢等人进入朝廷讲治乱祸福的道理，主张凡事必须以义为根本。王文统对此很忧虑。加之窦默又每天在皇帝面前反对王文统的思想，王文统怀疑许衡与窦默内外勾结，便向皇帝奏请任命姚枢为太子太师，窦默为太子太傅，许衡为太子太保，表面上是重用他们，实际上是不让他们能经常见到皇帝。窦默因为屡次攻击王文统都不能奏效，想要借教导太子以避祸，他便与姚枢感谢皇帝的任命，准备进入皇宫去向皇帝表达谢意。许衡说："且不说这于义是不合适的，就以礼节来说，师傅坐下，太子才能坐下。你们想想，这事能做得到吗？不能的话，那么为师之道就自我作废了。"姚枢同意许衡的看法，于是他们一起怀揣着委任状站在殿阶之下，五次辞职才免除了原来的任命。皇帝改命姚枢为大司农，窦默为翰林侍讲学士，许衡为国子祭酒。没过多久，许衡也托病辞职回到故乡去了。

至元二年(1265)，皇帝任命安童为右丞相，想要许衡辅佐他，又召许衡到京城，命许衡在中书省议事。

……

阿合马官居中书平章政事，管理尚书省及六部事务，因为独霸大权，势力超过在朝在野所有的官僚，一时间，大臣们大多阿谀奉承他。许衡每次与他议事，必定言语严正，一点不让步。不久，阿合马的儿子又得到了升为枢密院佥院的任命，只有许衡持有异议，他说："国家的权力，不过是军队、百姓、财利三者，如今他的父亲主管百姓与财利，儿子又主管军队，不行。"皇帝说："你疑心他造反吗？"许衡回答说："他虽然不反，可这是造反之道。"阿合马由此怀恨在心，急切地向皇帝推荐许衡应该在中书省工作，想因此以某些事情来打击他。不久，许衡被任命为中书左丞，他屡次入宫辞职，皇帝命令手下人将许衡扶出殿外，许衡走到门坎，回来启奏说："陛下命令臣出去，难道是从中书省出去吗？"皇帝笑着说："让你从殿门出去。"许衡跟随皇帝来到上京，便论说列举阿合马专权欺上、侵政害民的若干事情，皇帝没有答复。许衡托病请求解除机要事务。皇帝感到悲伤，召许衡的儿子许师可入宫，皇帝下达文书，命令许衡举荐能代替他的人。许衡上奏说："用人，是天子的大权。臣子一般地谈论某人贤能不贤能是可以的，如果授给某人官位，那就应当由帝王自己的看法来决定，不能让臣下有主动请求恩宠的这种作风。”

皇帝早就想开设太学，恰逢许衡更加坚决地请求辞职，于是便答应了他的请求。至元八年(1271)，任命许衡为集贤大学士，兼国子祭酒，皇帝亲自为许衡选择蒙古族学生使他教导。许衡听到命令，高兴地说：“这才是我应做的事情。蒙古族的孩子原始的朴素的作风还没有散失，目之所视、耳之所闻都很专一，如果把他们放在好的环境中滋润养育几年，将必然成为国家有用的人才。”

……

元朝自从占领了中原，采用的是金朝的《大明历》。自从金大定年间重修《大明历》后六七十年，确定节气安排、一年之始以及闰年等渐渐出现差错。皇帝认为天下已经统一，时间、日期应该协调正确，至元十三年(1276)，命令王恂制定新的历法。王恂认为历法专家知道推算节气之度，但不知道历法的理论，应该由许衡来领导这项工作，于是皇帝任命许衡以集贤大学士兼国子祭酒的身份，领导太史院的工作，召他来到京城。……至元十七年(1280)，新的历法制定完毕，奏报皇帝，皇帝赐名给新历法为《授时历》，颁布于全国。

……至元十八年(1281)，许衡病危，……不久，许衡去世，享年七十三岁。这一天，雷电大作，狂风拔起了树木。怀州人不分贵贱，不分大小，皆在他的门前哭泣。各地的读书人听到他的死讯，都聚在一起痛哭。有从几千里之外到许衡墓前祭奠、痛哭的。

许衡善于教导人，他的话就如和煦的春风，即使是和儿童说话，也恐怕伤害了他们。所以他所到的地方，无论地位高的还是地位低的，无论是贤能的还是不贤的人都喜欢听从他，任凭才智昏聩或是贤明，或大或小都能有所收获，都可以成为对社会有用的人。每当许衡离开时，人人都哭泣，不忍失去他，对于他的教诲就像对待金科玉律一样反复思考，终生不敢忘。有的人并未登门向许衡请教，但间接地学到他的一些思想之后，就屈己下人、身体力行而闻名于世，这种人也经常可以见到。听了许衡的话，虽然是军人、很普通的人和持有非正统思想的人，没有不受到感动而醒悟的。……

阿合马传

阿合马(? —1282),回回人。生于中亚忽毡河(今锡尔河)畔费纳喀忒(今乌兹别克斯坦塔什干西南)。历任中书平章政事、制国用使、平章尚书省事等,掌管财政,子侄均居要职。阿合马专权横暴,打击异己,贪侵财赋,强占民田,屡遭朝官弹劾。元世祖至元十九年(1282)三月,益都千户王著和高和尚假称皇太子真金回都作佛事,诱杀阿合马。元世祖忽必烈追查其罪,惩处其子侄,并抄没家产。

阿合马,回回人也。不知其所由进,世祖中统三年,始命领中书左右部①，兼诸路都转运使，专以财赋任委之。……

是年秋八月，罢领中书左右部，并入中书，超拜阿合马为中书平章政事，进阶荣禄大夫。

三年正月，立制国用使司②，阿合马又以平章政事兼领使职。……

七年正月，立尚书省，罢制国用使司，又以阿合马平章尚书省事。阿合马为人多智巧言，以功利成效自负，众咸称其能。世祖急于富国，试以行事，颇有成绩。又见其与丞相线真、史天泽等争辩，屡有以诎之，由是奇其才，授以政柄，言无不从，而不知其专愎益甚矣。丞相安童含容久之，言于世祖曰："臣近言尚书省、枢密院、御史台，宜各循常制奏事，其大者从臣等议定奏闻，已有旨俞允。今尚书省一切以闻，似违前奏。"世祖曰："汝所言是。岂阿合马以朕颇信用，敢如是耶！其不与卿议非是，宜如卿所言。"又言："阿合马所用部官，左丞许衡以为多非其人，然已得旨咨请宣付，如不与，恐异日有辞。宜试其能否，久当自见。"世祖然之。

---

① 左右部：元世祖中统元年(1260)，设中书省，下分设左、右三部，左三部为吏、户、礼部，右三部为兵、刑、工部。
② 制国用使司：官署名，掌财政。

……

九年，并尚书省入中书省，又以阿合马为中书平章政事。明年，又以其子忽辛为大都路总管，兼大兴府尹。右丞相安童见阿合马擅权日甚，欲救其弊，乃奏大都路总管以次多不称职，乞选人代之。寻又奏："阿合马、张惠①，挟宰相权，为商贾，以网罗天下大利，厚毒黎民，困无所诉。"阿合马曰："谁为此言，臣等当与廷辩。"

……

十五年正月，世祖以西京饥②，发粟万石赈之。又谕阿合马宜广贮积，以备阙乏。阿合马奏："自今御史台非白省，毋擅召仓库吏，亦毋究索钱谷数，及集议中书不至者，罪之。"其沮抑台察如此。四月，中书左丞崔斌奏曰："先以江南官冗，委任非人，遂命阿里等澄汰之③。今已显有征验，蔽不以闻，是为罔上。杭州地大，委寄非轻，阿合马溺于私爱，乃以不肖子抹速忽充达鲁花赤，佩虎符，此岂量才授任之道。"又言："阿合马先自陈乞免其子弟之任，乃今身为平章，而子若侄或为行省参政④，或为礼部尚

---

① 张惠：元成都新繁（今属四川）人，至元间累官中书左、右丞。 ② 西京：今陕西省西安市。 ③ 阿里：元回回人，官至中书省右丞，至元十七年（1280）因得罪阿合马而被杀。 ④ 参政：即参知政事。

书、将作院达鲁花赤、领会同馆①，一门悉处要津，自背前言，有亏公道。”有旨并罢黜之。然终不以是为阿合马罪。

……

时阿合马在位日久，益肆贪横，援引奸党郝祯、耿仁，骤升同列，阴谋交通，专事蒙蔽，逋赋不蠲（juān 捐），众庶流移，京兆等路岁办课至五万四千锭，犹以为未实。民有附郭美田，辄取为己有。内通货贿，外示威刑，廷中相视，无敢论列。有宿卫士秦长卿者，慨然上书发其奸，竟为阿合马所害，毙于狱。事见《长卿传》。

十九年三月，世祖在上都，皇太子从。有益都千户王著者，素志疾恶，因人心愤怨，密铸大铜锤，自誓愿击阿合马首。会妖僧高和尚，以秘术行军中，无验而归，诈称死，杀其徒，以尸欺众，逃去，人亦莫知。著乃与合谋，以戊寅日，诈称皇太子还都作佛事，结八十余人，夜入京城。旦遣二僧诣中书省，令市斋物，省中疑而讯之，不伏。及午，著又遣崔总管矫传令旨，俾枢密副使张易发兵若干，以是夜会东宫前。易莫察其伪，即令指挥使颜义领兵俱往。著自驰见阿合马，诡言太子将至，令省官悉候于宫前。阿合马遣右司郎中脱欢察儿等数骑出关，

① 会同馆：元官署名，掌接待与引见边地诸民族官员及外国使官。

北行十余里，遇其众，伪太子者责以无礼，尽杀之，夺其马，南入健德门①。夜二鼓，莫敢何问，至东宫前，其徒皆下马，独伪太子者立马指挥，呼省官至前，责阿合马数语，著即牵去，以所袖铜锤碎其脑，立毙。继呼左丞郝祯至，杀之。囚右丞张惠。枢密院、御史台、留守司官皆遥望②，莫测其故。尚书张九思自宫中大呼，以为诈，留守司达鲁花赤博敦，遂持梃前，击立马者坠地，弓矢乱发，众奔溃，多就禽。高和尚等逃去，著挺身请囚。

……庚辰，获高和尚于高梁河③。辛巳，孛罗等至都④。壬午，诛王著、高和尚于市，皆醢（hǎi 海）之，并杀张易。著临刑大呼曰："王著为天下除害，今死矣，异日必有为我书其事者！"

阿合马死，世祖犹不浑知其奸，令中书毋问其妻子。及询孛罗，乃尽得其罪恶，始大怒曰："王著杀之，诚是也。"乃命发墓剖棺，戮尸于通玄门外⑤，纵犬啖其肉。百官士庶，聚观称快。子侄皆伏诛，没入其家属财产。……

——《元史》卷二〇五

① 健德门：元大都北城墙西门。 ② 留守司：元官署名，即大都留守司，掌守卫皇宫及京城等。 ③ 高梁河：在今北京西直门外。 ④ 孛罗：蒙古朵鲁班氏，当时任枢密副使。 ⑤ 通玄门：金中都北城墙中门，故址在今北京西便门西。

【翻译】

阿合马是回族人。不知道他是通过什么途径开始做官的。元世祖中统三年(1262),皇帝开始任命阿合马领导中书省的左右部,并兼任诸路都转运使,皇帝专门任用他管理钱财和赋税。……

至元元年(1264)八月,撤销中书省的左右部,将左右部并入中书省,提拔阿合马为中书平章政事,晋升官阶为荣禄大夫。

至元三年,建立制国用使司,阿合马又以平章政事的身份兼任制国用使。……

至元七年,建立尚书省,撤销制国用使司,又让阿合马管理尚书省事务。阿合马为人足智多谋,巧于辞令,他以功利效益而自负,大家都称赞他能干。世祖急于使国家富强起来,试用阿合马办事,颇有成绩。世祖又见阿合马与丞相线真、史天泽等争论,多次有能力使他们折服,因此认为他是奇才,授予他大权,言听计从,而不知他专横、刚愎自用越来越厉害了。丞相安童容忍了很久,于是对世祖说:"我近来说尚书省、枢密院、御史台都应各按常例奏事,大事由我等商议决定后上奏,皇帝您已有圣旨同意。如今尚书省一切事情都直接上奏,似乎是违反了原来你批准的上奏的内容。"世祖说:"你说得对。难道阿合马因为我很信任他,胆敢这样做吗?他不与你商议是不对的，应该像你所说的那样去做。”安童又说：“阿合马所任用的各部的官员，左丞许衡认为大多不是合适的人选，然而阿合马已经得到圣旨，与我商量请求予以宣布执行，如果不批准这些任命，恐怕以后他有怨言。应该试验一下那些官员能胜任与否，时间久了他们自己就会表现出来。”世祖表示同意。

……

至元九年(1272)，将尚书省并入中书省，皇帝又任命阿合马为中书省平章政事。第二年，又任命他的儿子忽辛为大都路总管，兼大兴府尹。右丞相安童见阿合马独霸大权日甚一日，想要挽救阿合马所造成的弊端，便上奏皇帝认为大都路总管及其下级大多不称职，请求挑选人代替。不久安童又上奏：“阿合马、张惠，掌握着宰相的权力，却如商人一样，搜网天下巨大的财利，极大地坑害了平民百姓，百姓们困顿而没有申诉的地方。”阿合马说：“这话是谁说的，我等应当与他在朝廷上辩论。”

……

至元十五年(1278)正月，因长安发生饥荒，世祖发放万石粮食赈济灾民。世祖又告诉阿合马应该多贮存粮食，以防备缺粮。阿合马上奏说：“从今以后，御史台不向中书省打招呼，不得擅自召唤仓库的吏员，也不得查询钱粮的数目。中书省集会议事时不到的，要治罪。”

他阻止压制御史台监察的举动就是如此。四月，中书左丞崔斌上奏说："先前因为江南官员太多，任用的不是恰当的人选，便命令阿里等审查淘汰之。今天这种做法已经明显地有了可以得到证明的效果，阿合马瞒着此事不予上奏，这是欺骗皇上。杭州地方大，任命官员十分重要，阿合马完全出于私爱，于是任用他的品行不好的儿子抹速忽为达鲁花赤，佩戴虎符，这岂是量才任用的方法。"崔斌又说："阿合马先前自己说请求罢免他的儿子和弟兄的官职，可是如今他身为平章政事，他的儿子和侄子有的是行中书省的参知政事，有的是礼部尚书、将作院的达鲁花赤、掌管会同馆，一家人都担任重要职务，自己违背了公道。"皇帝有命令将阿合马的子侄都撤职。但是皇帝始终不认为这是阿合马的罪过。

……

阿合马在位的日子久了，他越来越贪婪横蛮，他提拔奸党郝祯、耿仁，这些人骤然升到与阿合马同等的职位，他们阴谋勾结，专门从事蒙蔽皇帝的事情，百姓拖欠的赋税不予免除，使得众多的百姓背井离乡，京兆等路每年征收赋税至五万四千锭，阿合马还认为数目不实。民众有离城近的好地，他总是据为己有。阿合马暗地里用贿赂打通关节，外面显示威严和刑罚，朝廷中的人看见他，没有人敢和他讨论问题。有一个叫秦长卿的宫廷

刘秉忠传

刘秉忠(1216—1274)字仲晦,邢州(今河北邢台)人。他曾出家为僧,法名子聪,号藏春散人。1242年,被荐为忽必烈幕府。在元朝的创建过程中,刘秉忠是一个有着重大贡献的人物。由于他的建议,元朝才以大元为国号;元朝的首都大都和陪都上都,都是他主持营建的;元朝立国的制度,如章服朝仪、官制俸禄以及以中书省为最高行政机构,建元纪年等,也都是他制定的。由本传可以看出,他的一系列主张,对忽必烈采用汉法,起了有力的推动作用。

刘秉忠字仲晦,初名侃,因从释氏,又名子聪,拜官后始更今名。其先瑞州人也，世仕辽，为官族。曾大父仕金，为邢州节度副使，因家焉，故自大父泽而下，遂为邢人。庚辰岁，木华黎取邢州，立都元帅府，以其父润为都统。事定，改署州录事，历巨鹿、内丘两县提领，所至皆有惠爱。

秉忠生而风骨秀异，志气英爽不羁。八岁入学，日诵数百言。年十三，为质子于帅府①。十七，为邢台节度使府令史，以养其亲。居常郁郁不乐，一日投笔叹曰："吾家累世衣冠②，乃汩没为刀笔吏乎！丈夫不遇于世，当隐居以求志耳。"即弃去，隐武安山中。久之，天宁虚照禅师遣徒招致为僧，以其能文词，使掌书记。后游云中，留居南堂寺。

世祖在潜邸③，海云禅师被召④，过云中，闻其博学多材艺，邀与俱行。既入见，应对称旨，屡承顾问。秉忠于书无所不读，尤邃于《易》及邵氏《经世书》⑤，至于天

---

① 质子：古代人质多以长子充任，所以称人质为质子。② 衣冠：士大夫的穿戴，后多用以指士大夫或官绅。③ 潜邸：皇储在名分没有确定之前所居的宅第。④ 海云禅师：金、元之际禅宗僧人，名印简，俗姓宋，八岁出家，被成吉思汗称为小长老，后曾奉旨主考僧徒及领天下僧事。⑤《经世书》：即《皇极经世书》，北宋邵雍撰，凡十二卷，以《周易》六十四卦的推衍，说明天地万物产生之前即已存在的先天图式，论证天地万物均按这一先天图式体现。

文、地理、律历、三式六壬遁甲之属[1]，无不精通。论天下事如指诸掌。世祖大爱之，海云南还，秉忠遂留藩邸。后数岁，奔父丧，赐金百两为葬具，仍遣使送至邢州。服除，复被召，奉旨还和林[2]。上书数千百言，其略曰：

典章、礼乐、法度、三纲五常之教，备于尧、舜，三王因之，五霸败之[3]。汉兴以来，至于五代，一千三百余年，由此道者，汉文、景、光武，唐太宗、玄宗五君，而玄宗不无疵也。然治乱之道，系乎天而由乎人。天生成吉思皇帝，起一旅，降诸国，不数年而取天下。勤劳忧苦，遗大宝于子孙[4]，庶传万祀，永保无疆之福。

愚闻之曰："以马上取天下，不可以马上治。"昔武王，兄也；周公[5]，弟也。周公思天下善事，夜以继日，每得一事，坐以待旦，以匡周室，以保周天下八

① 在古代以阴阳五行占卜吉凶的方法中，六壬、遁甲和太乙合称三式。 ② 和林：全称哈剌和林，蒙古旧都，元时为岭北行省治所，改名和宁，遗址在今蒙古人民共和国杭爱省厄尔德尼召北。 ③ 三王：指夏禹、商汤、周文王和周武王。五霸：春秋诸侯中势力最大、称霸一时的齐桓公、晋文公、秦穆公、宋襄公和楚庄王。 ④ 大宝：最宝贵的事物，通常指皇位。 ⑤ 周公：周文王之子，名旦，曾摄理政事。因采邑在周，所以称周公。

百余年，周公之力也。君上，兄也；大王，弟也。思周公之故事而行之，在乎今日。千载一时，不可失也。

君之所任，在内莫大乎相，相以领百官，化万民；在外莫大乎将，将以统三军，安四域。内外相济，国之急务，必先之也。然天下之大，非一人之可及；万事之细，非一心之可察。当择开国功臣之子孙，分为京府州郡监守，督责旧官，以遵王法；仍差按察官守，治者升，否者黜。天下不劳力而定也。

天下户过百万，自忽都那演断事之后①，差徭甚大，加以军马调发，使臣烦扰，官吏乞取，民不能当，是以逃窜。宜比旧减半，或三分去一，就见在之民以定差税，招逃者复业，再行定夺。官无定次，清洁者无以迁，污滥者无以降。可比附古例，定百官爵禄仪仗，使家足身贵。有犯于民，设条定罪。威福者君之权，奉命者臣之职。今百官自行威福，进退生杀惟意之从，宜从禁治。

天下之民未闻教化，见在囚人宜从赦免，明施教令，使之知畏，则犯者自少也。教令既设，则不宜繁，因大朝旧例，增益民间所宜设者十数条足矣。

---

① 忽都那演：即忽都虎，参见《耶律楚材传》注。

教令既施，罪不至死者皆提察然后决，犯死刑者覆奏然后听断，不致刑及无辜。

天子以天下为家，兆民为子，国不足，取于民，民不足，取于国，相须如鱼水。有国家者，置府库，设仓廪，亦为助民；民有身者，营产业，辟田野，亦为资国用也。今宜打算官民所欠债负，若实为应当差发所借，宜依合罕皇帝圣旨①，一本一利，官司归还。凡赔偿无名，虚契所负，及还过元本者，并行赦免。

纳粮就远仓，有一废十者，宜从近仓以输为便。当驿路州城，饮食祇待偏重，宜计所费以准差发。关市津梁正税十五分取一，宜从旧制。禁横取，减税法，以利百姓。仓库加耗甚重，宜令权量度均为一法，使锱铢圭撮尺寸皆平，以存信去诈。珍贝金银之所出，淘沙炼石，实不易为。一旦以缠丝缕，饰皮革，涂木石，妆器仗，取一时之华丽，废为尘而无济，甚可惜也，宜从禁治。除帝胄功臣大官以下章服有制外，无职之人不得僭越。今地广民微，赋敛繁重，民不聊生，何力耕耨以厚产业？宜差劝农官一员，率天下百姓务农桑、营产业，实国之大益。

---

① 合罕皇帝：即元太宗窝阔台。1229 年，由蒙古各兀鲁思汗拥戴即位，称合罕。

古者庠序学校未尝废，今郡县虽有学，并非官置。宜从旧制，修建三学[1]，设教授，开选择才，以经义为上，词赋论策次之，兼科举之设，已奉合罕皇帝圣旨，因而言之，易行也。开设学校，宜择开国功臣子孙受教，选达才任用之。

天下莫大于朝省，亲民莫近于县宰。虽朝省有法，县宰宜择，县宰正，民自安矣。关西、河南地广土沃，以军马之所出入，治而未丰。宜设官招抚，不数年民归土辟，以资军马之用，实国之大事。移刺中丞拘榷盐铁诸产、商贾酒醋货殖诸事[2]，以定宣课，虽使从实恢办，不足亦取于民，拖兑不办，已不为轻。奥鲁合蛮奏请于旧额加倍榷之[3]，往往科取民间。科榷并行，民无所措手足。宜从旧例办榷，更或减轻，罢繁碎，止科征，无从献利之徒削民害国。鳏寡孤独废疾者，宜设孤老院，给衣粮以为养。使臣到州郡，宜设馆，不得于官衙民家安下。

孔子为百王师，立万世法，今庙堂虽废，存者尚

---

① 三学：唐代称隶属于国子监的国子学、太学、四门学为三学。不同身份人的子孙入不同的学校。 ② 移刺："耶律"的异译。移刺中丞即耶律楚材。拘榷：总计、估算财产以征税。货殖：居积财货，经营生利，指经商。 ③ 奥鲁合蛮：即奥都剌合蛮，参见《耶律楚材传》注。

多，宜令州郡祭祀，释奠如旧仪①。近代礼乐器具靡散，宜令刷会，征太常旧人教引后学②，使器备人存，渐以修之，实太平之基，王道之本。今天下广远，虽成吉思皇帝威福之致，亦天地神明阴所祐也。宜访名儒，循旧礼，尊祭上下神祇，和天地之气，顺时序之行，使神享民依，德极于幽明，天下赖一人之庆。

见行辽历，日月交食颇差，闻司天台改成新历，未见施行。宜因新君即位，颁历改元。令京府州郡置更漏，使民知时。国灭史存，古之常道，宜撰修《金史》，令一代君臣事业不坠于后世，甚有励也。

国家广大如天，万中取一，以养天下名士宿儒之无营运产业者，使不致困穷。或有营运产业者，会前圣旨，种养应输差税，其余大小杂泛并行蠲免③，使自给养，实国家养才励人之大也。明君用人，如大匠用材，随其巨细长短，以施规矩绳墨。孔子曰："君子不可小知而可大受，小人不可大受而可小知。"盖君子所存者大，不能尽小人之事，或有一短；小人所拘者狭，不能同君子之量，或有一长。尽

① 释奠：以牲牢币帛置爵于神前而祭。 ② 太常：官名，职掌礼乐郊庙社稷事宜，为九卿之一。 ③ 杂泛：正税之外不固定的税收。

其才而用之，成功之道也。

君子不以言废人，不以人废言，大开言路，所以成天下、安兆民也。天地之大，日月之明，而或有所蔽。且蔽天之明者，云雾也；蔽人之明者，私欲佞说也。常人有之，蔽一心也；人君有之，蔽天下也。常选左右谏臣，使讽谕于未形，忖划于至密也。君子之心，一于理义，怀于忠良；小人之心，一于利欲，怀于谗佞。君子得位，有容于小人；小人得势，必排于君子。明君在上，不可不辨也。孔子曰“远佞人”，又曰“恶利口之覆邦家者”，此之谓也。

今言利者众，非图以利国害民，实欲残民而自利也。宜将国中人民必用场冶，付各路课税所，以定榷办①，其余言利者并行罢去。古者明王不宝远物，所宝惟贤，如使贤者在位，能者在职，此皆一人之睿知，贤王之辅成也。古者治世均民产业，自废井田为阡陌②，后世因之不能复。今穷乏者益损，富盛者增加。宜禁行利之人勿恃官势，居官在位者勿侵民利，商贾与民和好交易，不生擅夺欺罔之害，真

---

① 榷办：办理专卖事宜。 ② 井田：相传是古代的一种土地制度，以方九百亩的地，划为九块，其中中间一块为公田，其余八块为八家的私田，八家共同耕种公田。阡陌：田界南北曰阡、东西曰陌。

国家之利也。

答箠之制，宜会古酌今，均为一法，使无敢过越。禁私置牢狱，淫民无辜鞭背之刑宜禁治，以彰爱生之德。立朝省以统百官，分有司以御众事，以至京府州郡亲民之职无不备，纪纲正于上，法度行于下，是故天下不劳而治也。今新君即位之后，可立朝省，以为政本。其余百官，不在员多，惟在得人焉耳。

世祖嘉纳焉。又言："邢州旧万余户，兵兴以来不满数百，凋坏日甚，得良牧守如真定张耕、洛水刘肃者治之[1]，犹可完复。"朝廷即以耕为邢州安抚使，肃为副使。由是流民复业，升邢为顺德府。

癸丑，从世祖征大理[2]。明年，征云南。每赞以天地之好生，王者之神武不杀，故克城之日，不妄戮一人。己未，从伐宋，复以云南所言力赞于上，所至全活不可胜计。

中统元年，世祖即位，问以治天下之大经、养民之良法，秉忠采祖宗旧典，参以古制之宜于今者，条列以闻。

---

① 张耕：元初著名的地方官，曾为邢州安抚使。刘肃：金兴定进士，入元曾为邢州安抚使、真定安抚使，后兼商议中书省事。 ② 大理：云南地方政权，五代后晋时由段思平所建，传二十三王，为忽必烈所灭。

于是下诏建元纪岁，立中书省、宣抚司。朝廷旧臣、山林遗逸之士，咸见录用，文物粲然一新。

秉忠虽居左右，而犹不改旧服，时人称之为聪书记。至元元年，翰林学士承旨王鹗奏言："秉忠久侍藩邸，积有岁年，参帷幄之密谋，定社稷之大计，忠勤劳绩，宜被褒崇。圣明御极[①]，万物惟新，而秉忠犹仍其野服散号[②]，深所未安，宜正其衣冠，崇以显秩。"帝览奏，即日拜光禄大夫，位太保，参领中书省事。诏以翰林侍读学士窦默之女妻之[③]，赐第奉先坊，且以少府宫籍监户给之[④]。秉忠既受命，以天下为己任，事无巨细，凡有关于国家大体者，知无不言，言无不听，帝宠任愈隆。燕闲顾问，辄推荐人物可备器使者，凡所甄拔，后悉为名臣。

初，帝命秉忠相地于桓州东滦水北，建城郭于龙冈，三年而毕，名曰开平。继升为上都，而以燕为中都。四年，又命秉忠筑中都城，始建宗庙宫室。八年，奏建国号曰大元，而以中都为大都。他如颁章服，举朝仪，给俸禄，定官制，皆自秉忠发之，为一代成宪。

---

① 御极：帝王登皇位。 ② 野服：田野之人的衣着。散号：闲散的称号，指无确定的官职。 ③ 窦默：元代名医、理学家，世祖时为翰林侍讲学士、昭文馆大学士。 ④ 少府：官名，职掌宫中服御诸物、宝货珍膳等。宫籍监户：简称监户，为金、元时户类之一，服役于宫内外，地位低于平民而高于奴隶。

十一年，扈从至上都，其地有南屏山，尝筑精舍居之。秋八月，秉忠无疾端坐而卒，年五十九。帝闻惊悼，谓群臣曰："秉忠事朕三十余年，小心慎密，不避艰险，言无隐情，其阴阳术数之精，占事知来，若合符契，惟朕知之，他人莫得闻也。"出内府钱具棺敛①，遣礼部侍郎赵秉温护其丧还葬大都②。十二年，赠太傅，封赵国公，谥文贞。成宗时，赠太师，谥文正。仁宗时，又进封常山王。

秉忠自幼好学，至老不衰，虽位极人臣，而斋居疏食，终日澹然，不异平昔。自号藏春散人。每以吟咏自适，其诗萧散闲淡，类其为人。有文集十卷。无子，以弟秉恕子兰璋后③。

——《元史》卷一五七

【翻译】

刘秉忠字仲晦，起初名侃，因信佛教，又法名子聪，做官之后才取了现在这个名字。他的祖先是瑞州人，世代臣事辽朝，是世宦之家。曾祖父在金朝做官，是邢州

① 内府：皇室的仓库。 ② 赵秉温：刘秉忠的学生，曾佐刘规划建大都，历任礼部侍郎、秘书监少监、昭文馆大学士等。 ③ 秉恕：刘肃的门人，与兄秉忠同事忽必烈，历官礼部侍郎、吏部侍郎、顺德安抚使、礼部尚书、淮西宣慰使等。

节度副使，因此将家迁徙到这里，从祖父之后，就成为邢州人。铁木真十五年，木华黎攻克邢州，设立了都元帅府，任用他的父亲刘润为都统。邢州战事结束后，改任为州录事，后又历任巨鹿和内丘两县的提领，所到之处，都施恩播惠。

刘秉忠生性风骨秀异，志气威武，不拘小节。八岁入学，每天都读很多书。十三岁时，到帅府做人质。十七岁时，为赡养双亲，到邢台节度使府中做了一名低级事务员。平时郁郁寡欢，一天放下手中的笔感叹说："我家世代做官，难道我就一辈子为刀笔吏吗？大丈夫不为世所用，就该隐居以保全气节。"于是弃职离去，隐居于武安山中。过了很长一段时间，天宁寺的虚照禅师派人把他招去做了和尚，因为他善于文词，让他主管文书。后来他云游云中，留居在南堂寺。

忽必烈为皇子时，召见海云禅师，海云禅师经过云中时，听说刘秉忠博学多能，邀他一同前往。见忽必烈时，回答问题让忽必烈很满意，因此受到重视。刘秉忠博览群书，对于《周易》和邵雍的《经世书》尤其精熟，至于天文、地理、律历、术数也颇为精通，谈论天下大事如同指其手掌一般熟悉。忽必烈非常喜爱，海云禅师南回时，他就被留了下来。几年后，刘秉忠父死奔丧，忽必烈赐给他一百两银作为丧葬之资，并派人将他送到邢州。

服丧期满之后，又被召去，奉忽必烈之旨回到和林。他向忽必烈上了一道数千字的书策，大略是说：

典章、礼乐、法度和三纲五常之类的教化，在尧舜时已很完备了，三代因袭不改，但春秋五霸破坏了它。从西汉到五代，一千三百多年间，遵循它的，有汉文帝、汉景帝、汉光武帝、唐太宗和唐玄宗五位君王，而唐玄宗还有一些毛病。国家的治乱兴衰，虽说与天意有关，但还是人决定的。上天降生了成吉思皇帝，带领一队人马，降服了各国，没用几年就打下了天下。靠勤劳辛苦，将皇位传给了子孙，以传千秋万代，永享无尽的福祉。

我听说："可以在马上取得天下，但不能在马上治理天下。"过去的周武王是兄长，周公是弟弟。周公时刻准备着施行善政，白天做不完的事情夜晚接着干，每当考虑好一件事，夜晚也当即起床，以等天一亮就去做。他就是这样辅佐周王室，保证了周朝统治长达八百多年，这些都是周公的功劳。现在的皇帝是兄长，您是弟弟，仿效周公的先例而行，就在今天，这一千载难逢的机会，您可不要失去呀。

君王所任用的人，在朝廷内最重要的是丞相，他的职责在于领导百官，教化万民；在朝廷之外最主要的是将军，他的职责在于统帅三军，维护各地的安宁，两者相互为用。这些国家最切近的事务，要优先考虑好。但是国家太大，事情太多，不是一人所能照顾得到的。所以应该选择那些开国功臣的子孙，把他们分派到各地去监察，敦促督察过去的官员遵守现在的法令，还要派人考核官吏，有政绩的提升，没有政绩的贬黜，这样不费力就能使国家得到治理。

全国的民户超过百万，自从中州断事官忽都那演之后，科差徭役很多，加上征调军马，使臣的烦扰，官吏的索取，百姓难以负担，因此四处逃窜。应该将差役减少一半或三分之一，就现在的民户规定赋税徭役，让逃离家乡的人安居从业之后，再作规定。现在的官吏没有一定的等差，以至清廉的得不到提升，贪污的得不到贬降，可依照旧例，将所有官员的爵位、俸禄、仪仗规定下来，使他们家庭富足，身价高贵。如果有人对百姓犯有罪，就按规定的条例惩处。操纵刑赏是君王的权利，服从命令是臣子的职分，现在有很多官员作威作福，随意决定他人的升降死生，应该加以禁止。

天下的百姓不曾受到教化，所以应该赦免现在的囚犯，再宣布法令，使人们都知道并敬畏，这样犯罪的人自然会减少。法令的制定，不要过于繁难，因袭本朝的旧例，增加民间所应该设置的条款，十几条就够了。法令实施之后，一般的罪要经过核查之后再决断，对犯死刑的，则要奏报上级，听从上级的决断，以避免无辜受刑。

君王以国家为家，以百姓为子，国用不足，就从百姓那里获取，民用不够，就从国家那里得到帮助，国家与民众的关系，有如鱼水。国家设置府库仓廪，是为了救济百姓；百姓经营产业，耕种土地，也是为了向国家提供用度所需。现在应该结算官府和百姓之间的欠债，如的确是为应官府的差遣所借款项，要依照合罕皇帝的圣旨，由官府偿还本钱和利息。凡是没有正当名目的赔偿，虚假的契约所欠的债，以及偿还已超过了本钱的，都要一概免除。

向国家交纳税粮要到很远的地方，得不偿失，应该就近交纳。靠近驿路的各地，承担驿传之人的饮食开支过重，应根据实际需要征调。商业税征收十五分之一，应依照过去的标准，严禁勒索，减少名目，以便利百姓。正税定额之外另加的损耗费太重，应该在度量时有一个统一的标准，使尺寸斤两都公平，以保持信用，去除欺诈。珍珠金银经淘沙炼石而来，很不容易，用作衣履器物的装饰，虽然很华丽，但只能是沦为尘埃而没有什么用，十分可惜，应该加以禁止。除高级官员衣服冠冕的装饰按规定之外,其他的人不得僭越取用。现在地广人少,赋役繁重,老百姓无法生活,怎么能够努力耕种以使财产增加呢?应该派一名劝农官,带领全国的老百姓致力于农桑,经营产业,这才对国家有利。

古代的学校不曾废置过,现在各地虽然有学校,但并不是国家设置的。应该沿用过去的办法,修建三学,设立教授,选择人才,要以儒家经典为主,词赋策论为辅,综合科举考试的办法,现已奉合罕皇帝的名义宣布上述措施,这样就容易实行。设立学校,应该选择那些开国功臣的子孙入学受教,再从中选择贤能的人任用。

国家以朝廷和行省为最重要,但与百姓关系最密切的则是县令。朝廷和行省有什么政策,还要选择县令去具体执行,县令清廉为公,老百姓就会安居乐业。关西、河南一带面积广大、土地肥沃,但因军队时常出入这里,没有能较好地治理。应该设置官员招抚百姓,过不了几年,百姓回到乡里,土地得到开垦,就能够提供军需,这实在是国家的大事。耶律楚材根据盐铁专卖和商业税的数量来制定赋税的标准,即使从实办理,在数额不足时也向百姓征收,百姓拖欠不交,是因为太重了。奥鲁合蛮又建议在过去专卖数额的基础上增加一倍，负担依然落在百姓头上。税收和专卖并行，百姓实在承担不了。应该依照先例实行专卖，或者比过去更轻一些，罢除繁琐的名目，停止派收税捐，不要信从那些唯利是图的人害民误国。对于那些失去配偶的老人以及孤儿和残疾人，应设置孤老院，向他们提供衣食以赡养。朝廷派往各地的使臣，要住在专门的馆舍，不要住在官府和百姓的家中。

孔子是历代帝王之师，为后代制定了礼法。现今寺庙祠堂虽多毁坏，但保存下来的也很多，应令各地祭祀，按旧有的方式举行释奠礼。现在礼乐器具大都失散破碎，应该下令加以收集修整，征召前朝主管礼乐的官员去教育学生，使器物完备，人才得以保存，再逐渐普及，这实在是天下太平的基础、王道的根本。现在国家幅员辽阔，即便是成吉思皇帝的武功，也是大地神明暗中帮助的结果。应该寻访著名的儒者，遵守旧有的礼仪，祭奠所有的神祇，以使天地之气和谐，时序的更代正常，鬼神有祭品享用，百姓有所依靠，仁德波及鬼神，天下都享受着皇上所施的福祉。

现在实行辽代的历法，不大准确，听说司天台已改造成的历法，还没见施行。应该在新皇帝即位时，颁行历法，改用年号。命京城和各府州郡设置计时装置，使民众知道时间。国家灭亡后，把它的历史记录下来，这是过去的通例，应该撰修《金史》，使一代的君臣事业流传于后世，这将是很有意义的。

现在国家很大，万中取一，就能供养那些不从事生产劳动的著名儒士，使他们不至于陷于穷困。有些儒者也从事生产劳动，应根据以往的规定，除应交纳的租税之外，其他各种名目的赋役要一概免除，使他们生活自给，这实在是国家培养人才的重要途径。贤明的君主使用人才，如同能干的工匠使用木料一样，要随其大小长短，合理利用。孔子说："君子可能不知细微但要容纳广大，小人不可能容纳广大但能知道细节。"因为君子注重大事，所以不能穷尽小人所关心的问题，这或许是其一短。小人心胸狭小，不能有君子一样的度量，但或许也有其长处。因人而用，使人尽其才，这才是成功之道。

君子既不因言废人，也不因人废言，而是广开言路，所以能使国家得到治理，百姓安居乐业。天地如此辽阔，日月的光明，有时也会被遮蔽。遮蔽日月光明的是云雾，遮蔽人聪明的则是个人的私欲和各种邪说。一般的人有这问题，受害的只是一人而已，而如果君王有这问题，那么全国都得遭殃受罪。所以要选择劝谏之臣，使他们能在事情刚有苗头时就批评指正，把问题考虑得十分周密。君子的用心，专一于理义，所以归向忠良；小人的用心，专一于利欲，所以走向邪恶。君子做了官，能够容纳小人，但小人得了势，就会排斥君子，贤明的君主对此不能不加以分辨。孔子说"疏远邪恶的人"，又说"讨厌那些犟嘴利舌使国破家亡的人"，就是这个意思。

现在很多人在谈论利，他们不是要使国家获利而是使百姓遭殃，而是想使百姓受罪而自己得利。应该将全国百姓生活必需的盐铁，交付给各地的课税所，以实行专卖，其他言利的各种名目都要罢除。过去贤明的君王不看重稀见之物，只看重贤能的人。如果使贤明的人有官可做，有才能的人得到重用，这都是皇帝的睿智、诸王辅佐的结果。过去治平之世平均百姓的产业，自从废除井田制而互筑田界，后来就因袭而不能复旧。现在穷人的土地逐渐减少，富人的土地日益增加，应该禁止谋利之人依仗权势，当官的不得侵犯百姓的利益，商人与百姓平等交换，不发生抢夺欺诈的弊害，这才是国家之利益所在。

鞭打犯人的办法，要斟酌古今，制定一个统一的办法，严禁肆行无忌。要禁止私设监牢，残害无辜的百姓。鞭打背部的刑法应该禁止，以表彰爱惜生命的美德。设立朝廷和行省以领导各级官吏，设置各个官署以处理各种事务，以使各地为百姓办事的机构完备，纲纪正于上，法度行于下，国家就会不费力而治理好。现在新皇帝即位之后，要设立朝廷和行省，作为政治的根本。其他各级官吏，不在乎人多，只要选择合适的人就行。

忽必烈高兴地接受了上述建议。刘秉忠又说："邢州过去有一万多户，自战乱以来已不足数百，日益凋敝。如果能有好官员如真定人张耕、洛水人刘肃那样的人去治理，还可以恢复旧貌。"朝廷即委任张耕为邢州安抚使，刘肃为副使。从此以后，流离的百姓逐渐定居下来从事农业生产，邢州被升格为顺德府。

蒙哥三年，刘秉忠随忽必烈征伐大理，次年征伐云南。他时常告诫忽必烈，要爱惜物命，人君要神明威武，而不是以杀戮慑服人，所以每攻克一地，都不妄杀一人。蒙哥九年，刘秉忠随忽必烈征伐南宋，又以在云南所说的话劝告忽必烈，这样使得无数人的性命得以保全。

中统元年，忽必烈即皇帝位，向他询问治理国家的大政方针、统治百姓的办法，刘秉忠收集祖宗成宪，参杂古代适宜于现在的制度，分条逐一向忽必烈陈述。于是忽必烈下令用年号纪年，设置了中书省和宣抚司。朝廷过去的大臣和山林中的隐逸之士，都被录用，礼乐典章制度出现了重大改观。

刘秉忠虽然在皇帝身边，但仍没有改换过去的装束，当时的人称他为聪书记。至元元年，翰林学士承旨王鹗上奏说："刘秉忠侍事藩府，已经有好多年，参预军国大事的商议，制定治国安邦的大计，忠诚勤恳，多有建树，应予以奖励。新皇帝即位后，万物一新，但刘秉忠依旧一副乡野之人的装束，没有具体官职，很不合适，应该改换他的装束，授给他显赫的官位。"忽必烈阅览奏章之后，当天就任命刘秉忠为光禄大夫，位居太保，参预主持中书省的政务。并命令以翰林侍读学士窦默的女儿做他的妻子，在奉先坊赐给他一座住宅，还将少府官籍的民户赐给他。刘秉忠接受任命后，以天下为己任，事情无论大小，只要与国家的治乱安危有关，知道了就没有不发表建议的，所建议的没有不被采纳的，这样越来越受忽必烈宠信。宴饮闲居时，就向忽必烈推荐可以任用的人才，凡是他所推荐的人，后来都成了著名的大臣。

起初，忽必烈让刘秉忠在桓州以东和滦水以北之间考察地形，在龙冈修筑一座城，三年建成后，定名为开平。接着升格为上都，而以燕京为中都。至元四年，忽必烈又命刘秉忠修建中都，开始建造皇宫和皇帝祭祀祖先的宗庙。至元八年，刘秉忠奏请建国号为大元，将中都改名大都。其他如颁发给官员以有等级标志的礼服、举行朝廷礼仪、发给官吏以俸钱禄米、制定职官制度，这些都是从刘秉忠规划开始的，并成为整个元代不变的制度。

至元十一年，刘秉忠随忽必烈到上都，这里有一个叫南屏山的地方，他曾在此修炼居住。八月，刘秉忠没有什么病就端直地坐着死了，享年五十九岁。忽必烈听到消息后大为悲痛，对大臣们说："刘秉忠侍事我三十多年，凡事小心谨慎，不怕艰难，直言无讳。他精通阴阳之术，用占卜以推测未来，十分灵验，这事只有我知道，别的人并不晓得。"他下令由内府出钱办理丧葬事宜，并派礼部侍郎赵秉温护送他的灵柩到大都安葬。至元十二年，追赠刘秉忠为太傅，封赵国公，谥号文贞。元成宗时又追赠太师，谥号文正，元仁宗又进一步封他为常山王。

刘秉忠从小好学，至老不衰，虽然官位很高，但依然粗茶淡饭、清心寡欲，与以往没有什么不同。他自号藏春散人，时常吟咏诗歌以自娱，他的诗闲散淡泊，如同他的为人。他有文集十卷。他没有儿子，以弟弟刘秉恕的儿子刘兰璋为后代。

郝 经 传

郝经(1223—1275),字伯常,泽州陵川(今山西陵川)人。幼时遭金末战乱,金亡后迁居河北,居住在蒙古军将领张柔家,得读其藏书。宪宗时,郝经进入忽必烈幕府,受到忽必烈的器重。后随忽必烈进攻鄂州(今湖北武昌),得宪宗死讯,郝经力劝忽必烈北还争夺皇位。元世祖中统元年(1260)出使宋朝,被贾似道扣留于真州(今江苏仪征)。至元十二年(1275)获释,北还后病死。著有《续后汉书》、《陵川集》等。

郝经字伯常，其先潞州人①，徙泽州之陵川②，家世业儒。祖天挺，元裕尝从之学③。金末，父思温辟地河南之鲁山。河南乱，居民匿窖中，乱兵以火熏灼之，民多死，经母许亦死。经以蜜和寒菹(zū 租)汁，决母齿饮之，即苏。时经九岁，人皆异之。金亡，徙顺天④。家贫，昼则负薪米为养，暮则读书。居五年，为守帅张柔、贾辅所知，延为上客。二家藏书皆万卷，经博览无不通。往来燕、赵间⑤，元裕每语之曰："子貌类汝祖，才器非常，勉之。"

宪宗二年，世祖以皇弟开邸金莲川，召经，咨以经国安民之道，条上数十事，大悦，遂留王府。是时，连兵于宋，宪宗入蜀，命世祖总统东师，经从至濮⑥。会有得宋国奏议以献，其言谨边防，守冲要，凡七道，遂下诸将议。经曰："古之一天下者，以德不以力。彼今未有败亡之衅，我乃空国而出，诸侯窥伺于内，小民凋弊于外。经见其危，未见其利也。王不如修德布惠，敦族简贤，绥怀远

① 潞州：州治所在今山西长治。 ② 泽州：治所在今山西晋城。 ③ 元裕：元好问，字裕之，金代著名文学家。 ④ 顺天：府名，治所在今北京。 ⑤ 燕：战国时期燕国旧地，即今河北北部和辽宁西部；赵：战国时期赵国旧地，即今河北南部和山西北部。 ⑥ 濮：濮州。治所在鄄城(今山东菏泽鄄城北旧城)，辖境相当今山东菏泽鄄城及河南濮阳南部地区。

人，控制诸道[①]，结盟饬备，以待西师，上应天心，下系人望，顺时而动，宋不足图也。”世祖以经儒生，愕然曰：“汝与张拔都议邪[②]？”经对曰：“经少馆张柔家，尝闻其论议。此则经臆说耳，柔不知也。”进七道议七千余言。乃以杨惟中为江淮荆湖南北等路宣抚使[③]，经为副，将归德军[④]，先至江上，宣布恩信，纳降附。惟中欲私还汴[⑤]，经曰：“我与公同受命南征，不闻受命还汴也。”惟中怒，弗听。经率麾下扬旌而南，惟中惧谢，乃与经俱行。

……

明年，世祖即位，以经为翰林侍读学士[⑥]，佩金虎符，充国信使使宋，告即位，且定和议，仍敕沿边诸将毋抄掠。经入辞，赐蒲萄酒，诏曰：“朕初即位，庶事草创，卿当远行，凡可辅朕者，亟以闻。”经奏便宜十六事，皆立政大要，辞多不载。

时经有重名，平章王文统忌之[⑦]。既行，文统阴属李

① 道：古代行政区划名，唐代将全国划分为十道。 ② 张拔都：指元帅张柔；拔都：蒙语，勇敢之意。 ③ 江淮荆湖南北：江指长江，淮指淮河，荆指荆州，湖南北指湖南、湖北。 ④ 归德：府名，府治在今河南省商丘市。 ⑤ 汴：汴梁，即今河南开封。 ⑥ 侍读学士：官名，职务是给帝王讲学，备顾问。 ⑦ 平章：官名。元代中书省平章为宰相的副职。

璮潜师侵宋①,欲假手害经。经至济南,璮以书止经,经以璮书闻于朝而行。宋败璮军于淮安,经至宿州②,遣副使刘仁杰、参议高翿(dào 到)请入国日期③,不报。遗书宰相及淮帅李庭芝,庭芝复书果疑经,而贾似道方以却敌为功,恐经至谋泄,竟馆经真州④。……居七年,从者怒斗,死者数人,经独与六人处别馆。又九年,丞相伯颜奉诏南伐,帝遣礼部尚书中都海牙及经弟行枢密院都事郝庸入宋⑤,问执行人之罪,宋惧,遣总管段佑以礼送经归。贾似道之谋既泄,寻亦窜死。经归道病,帝敕枢密院及尚医近侍迎劳,所过父老瞻望流涕。明年夏,至阙,锡燕大庭,咨以政事,赏赉有差。秋七月,卒,年五十三,官为护丧还葬,谥文忠。明年,宋平。

经为人尚气节,为学务有用。及被留,思托言垂后,撰《续后汉书》、《易春秋外传》、《太极演》、《原古录》、《通鉴书法》、《玉衡贞观》等书及文集,凡数百卷。其文丰蔚豪宕,善议论。诗多奇崛。拘宋十六年,从者皆通于学。

——《元史》卷一五七

---

① 李璮:时为江淮大都督。 ② 宿州:治所在今安徽省宿州市。 ③ 参议:中书省的属官。 ④ 真州:即今江苏省仪征市。 ⑤ 行枢密院:元初因征伐之事而设行枢密院;都事:行枢密院的普通官员。

【翻译】

郝经,字伯常,祖先是潞州人,移居到泽州的陵川,他家世代以儒学为业。郝经的祖父叫郝天挺,元好问曾经跟随他学习。金代末年,郝经的父亲郝思温避战乱来到河南鲁山。河南遭受战乱,居民藏身在地窖里,乱兵用火熏烤地窖,大多数人都死了,郝经的母亲也昏死了。郝经用蜂蜜加冷酸菜汤,撬开母亲的牙关后将汤灌入,他的母亲便苏醒了。当时郝经只有九岁,人们都感到惊奇。金朝灭亡以后,郝经移居到顺天。他家境贫寒,白天便为了养家而背柴担米,夜晚便读书。郝经在顺天住了五年,被当地驻军元帅张柔、贾辅所知晓,将他作为座上客。这二人家中的藏书都在万卷以上,郝经对于这些书广泛阅览,没有不通晓的。郝经来往于燕、赵一带,元好问常常对他说:"你长得像你爷爷,才能、度量不同寻常,好好干吧。"

元宪宗二年(1252),元世祖以皇帝弟弟的身份在金莲川建立府第,召郝经来府。元世祖向郝经询问管理国家、安定百姓的方法,郝经分条上奏数十件事,世祖非常高兴,便留郝经在王府中。当时,蒙古军队正在与宋朝交战,元宪宗进入四川,命令世祖全面统帅东路的部队,郝经跟随世祖到达濮州。此时恰巧有人获得宋朝的奏议,献给朝廷,奏议中说要小心防守边境,守住交通要道，奏议共七条。世祖于是将这份奏议下达给各位将领计议。郝经说："古代统一天下的人，依靠的是德，不是依靠的力。它宋朝今天还没有败亡的破绽，我们则是空国而出，诸侯在内部窥测时机，老百姓在外面生活困苦。我看到了征讨宋朝的危险，没有看见这种举动的好处。大王您不如遵循道德的要求，散布恩惠，督促、勉励族人，选拔贤能的人，安抚、关怀远方的人们，控制住各道，与宋缔结和约并整顿战备工作，以等待西路军，上符合天帝的意志，下关系到人民的心愿，顺应时机而行动，宋朝不值得谋取。"世祖因为郝经是儒生，便惊讶地说："你和张柔议论过这件事吗？"郝经回答说："我少年时代寓居在张柔家，曾经听到过他议论政事。这个看法则是我随便说的，张柔不知道。"郝经进上了七条奏议共有七千多字。世祖于是任命杨惟中为江淮荆湖南北等路宣抚使，郝经为副宣抚使，率领归德地区的军队，先来到长江边，宣扬、布施朝廷的恩德和信誉，收留投降和归附的人。杨惟中想要偷偷地撤回到汴梁，郝经说："我和您一起接受命令南征，没有听到返回汴梁的命令。"杨惟中很生气，不听郝经的话。郝经率领部下，旌旗招展地向南挺进，杨惟中害怕了并且向郝经道歉，于是和郝经一起前进。

……

第二年，元世祖忽必烈继承皇位，任命郝经为翰林侍读学士，佩戴金虎符，担任国家的信使出使宋朝，通告宋朝元世祖已经继承皇位，并且与宋朝订立和平协议，仍然命令沿着边界驻守的诸位将领不得掠夺百姓。郝经进入皇宫辞别世祖，世祖赏赐他葡萄酒，皇帝对郝经说："本人刚刚即位，许多事情都在草创，你将要远行，凡是可以辅助我的，尽快上报于我。"郝经上奏了需酌情处理的十六件事，都是施政的关键问题，因文字多而未收入本传。

当时，郝经名气很大，平章王文统忌恨他。郝经出发之后，王文统暗地里托附李璮秘密出兵侵犯宋朝，想以此来加害郝经。郝经到了济南，李璮写信给他，要他不再前进。郝经将李璮的信报告朝廷之后继续前进。宋朝在淮安打败了李璮的军队，郝经到达宿州后，派副手刘仁杰、参议高翱去询问允许进入宋朝境内的日期，宋朝的官员不予回答。郝经写信给宋朝的宰相以及淮河地区的统帅李庭芝，李庭芝回信果然对郝经表示怀疑，而贾似道正以击退敌人为自己的功劳，怕郝经到宋朝朝廷后他的阴谋将败露，居然安排郝经住在真州。……在真州住了七年之后，郝经的随从发生械斗，死了几个人，郝经只与六个人住在另外的馆驿里。又过了九年，元朝丞相伯颜奉元世祖的诏命讨伐南方，皇帝派礼部尚书中都海牙和郝经的弟弟、行枢密院都事郝庸进入宋朝，质问宋朝拘留元朝使者的罪过。宋朝很害怕，派总管段佑以应有的礼节送郝经返回。贾似道的阴谋已经泄露，不久也被流放而死。郝经在返回的路途中生了病，皇帝命令枢密院的官员以及太医、皇帝贴身的侍从去迎接和慰劳郝经。郝经路过的地方，父老乡亲都流着眼泪看望他。第二年夏天，到达皇宫，皇帝在皇宫内赐宴迎接郝经，向他询问国家大事，赏赐给郝经和他的随从多少不等的钱财。秋天的七月，郝经去世，享年五十三岁。官府为他护送灵车返回故里安葬，他被谥为文忠。第二年，宋朝灭亡。

郝经为人崇尚气节，研究学问务求实用。当他被拘留在宋朝时，他考虑要借文字将自己的学问传留后世，撰写了《续后汉书》、《易春秋外传》、《太极演》、《原古录》、《通鉴书法》、《玉衡贞观》等书籍和文集，共数百卷。郝经的文章丰富茂美，豪放而起伏跌宕，善于议论。他的诗多是新奇突兀之作。他被宋朝拘禁十六年，他的随从都成为通于学问的人。

王 恽 传

王恽（1227—1304）字仲谋，号秋涧，卫州汲县（今河南卫辉）人，元世祖中统元年（1260），因姚枢荐，至京师，曾任国史编修、监察御史，又出任平阳路总管、河南北道提刑按察使等职。他刚正不阿，敢于同贪官污吏进行斗争，办事精明果断，建树很多。他向裕宗（忽必烈之子）进有关施政的著作，深得裕宗赏识。王恽学识渊博，是元代著名的文学家。著有《秋涧先生大全文集》。

王恽字仲谋，卫州汲县人①，曾祖经。祖宇，仕金，官

① 卫州：治所在今河南卫辉。

敦武校尉[①]。父天铎，金正大初，以律学中首选，仕至户部主事[②]。

恽有才干，操履端方，好学善属文，与东鲁王博文[③]、渤海王旭齐名[④]。……

至元五年，建御史台[⑤]，首拜监察御史[⑥]，知无不言，论列凡百五十余章。时都水刘晸（zhěng 整）交结权势[⑦]，任用颇专，陷没官粮四十余万石，恽劾之，暴其奸利，权贵侧目。又言："晸监修太庙毕功[⑧]，特转官锡赏，今才数年，梁柱摧朽，事涉不敬，宜论如法。"晸竟以忧卒。秩满，陈天祐、雷膺交荐于朝[⑨]。

九年，授承直郎[⑩]、平阳路总管府判官[⑪]。初，绛之

---

① 敦武校尉：金代武举考试中成绩为下等的授予敦武校尉职务。 ② 户部：朝廷掌管户口、财赋的官署；主事：官名，职位低于户部尚书、侍郎和郎中。 ③ 东鲁：今山东省一带。 ④ 渤海：指从松花江以南到日本海一带。 ⑤ 御史台：官署名，专司监察弹劾之职。 ⑥ 监察御史：官名，掌管分察百官、巡抚州县狱讼、祭祀及监诸军出使等。 ⑦ 都水：官名，主管水利。 ⑧ 太庙：天子的祖庙。 ⑨ 陈天祐：一名陈祐，元赵州宁晋（今河北宁晋）人，当时任山东提刑按察使；雷膺：元浑源（今属山西）人，当时任监察御史。 ⑩ 承直郎：文散官名，正六品。 ⑪ 总管府：官署名，元大都路和上都路置都总管府，其余各路置总管府；判官：官名，协助长官处理部分政务。

太平县民有陈氏者杀其兄①，行赂缓狱，蔓引逮系者三百余人，至五年不决。朝廷委恽鞫（jū 居）之，一讯即得其实，乃尽出所逮系者。时绛久旱，一夕大雨。十三年，奉命试儒人于河南。十四年，除翰林待制②，拜朝列大夫③、河南北道提刑按察副使④，寻改置诸道制下，迁燕南河北道，按部诸郡，赃吏多所罢黜。……

裕宗在东宫⑤，恽进《承华事略》⑥，……裕宗览之，至汉成帝不绝驰道⑦，唐肃宗改服绛纱为朱明服⑧，心甚喜，曰："我若遇是礼，亦当如是。"又至邢峙止齐太子食邪蒿⑨，

① 绛：绛州，治所在今山西省新绛县。 ② 待制：官名，元翰林兼国史院、蒙古翰林院、集贤院的属员，正五品。 ③ 朝列大夫：文散官名，从四品。 ④ 提刑按察副使：提刑按察使的副职，掌狱讼及监察官吏。 ⑤ 裕宗：名真金，元世祖第二子，至元十年（1273）立为皇太子，后为世祖所疑，忧病而死。 ⑥ 承华：太子宫门名，后因用以指太子宫或太子；《承华事略》：六卷，辑记历代太子的事迹。 ⑦ 汉成帝不绝驰道：汉成帝为汉元帝之子，成帝做太子时，有一次元帝召他进见，他因为不敢穿过驰道（天子所行的道路）而绕行。 ⑧ 唐肃宗改服绛纱为朱明服：唐肃宗，唐玄宗之子，他在被册封为太子时，在典礼中本应穿大红色的纱衣，但他认为这是天子的服装，自己不宜穿，大臣们便将绛纱衣改名为朱明服。 ⑨ 邢峙止齐太子食邪蒿：邢峙，南北朝时北齐的国子助教，曾担任皇太子的老师。有一次，厨房上给太子一道菜，名叫"邪蒿"，邢峙命令撤去这道菜，因为他认为这道菜的名字不正。

顾侍臣曰:“一菜之名,遽(jù 具)能邪人耶?”詹事丞张九思从旁对曰①:“正臣防微,理固当然。”太子善其说,赐酒慰喻之。令诸皇孙传观,称其书弘益居多。

十九年春,改山东东西道提刑按察使,在官一年,以疾还卫。二十二年春,以左司郎中召②。时右丞卢世荣以聚敛进用,屡趣之不赴。或问其故,恽曰:“力小任大,剥众利己,未闻能全者。远之尚恐见浼(měi 每),况可近乎!”既而果败,众服其识。

二十六年,授少中大夫③、福建闽海道提刑按察使。黜官吏贪污不法者,凡数十人;察系囚之冤滞者,决而遣之;戒戍兵无得寓民家,而创营屋以居之。每谓为治之本在于得人,……

大德八年六月,卒。赠翰林学士承旨④、资善大夫⑤,追封太原郡公,谥文定。其著述有《相鉴》五十卷、《汲郡志》十五卷、《承华事略》、《中堂事记》、《乌台笔补》、《玉堂嘉话》,并杂著诗文,合为一百卷。

——《元史》卷一六七

① 詹事丞:詹事院的官员;詹事院:官署名,掌管辅佐皇太子之事。 ② 左司:官署名,是中书省的下设机构,郎中为左司的负责人,正五品。 ③ 少中大夫:文散官名,从三品。 ④ 翰林学士承旨:元翰林兼国史院、蒙古翰林院的长官,从一品。 ⑤ 资善大夫:文散官名,正二品。

【翻译】

王恽，字仲谋，卫州汲县人，他的曾祖父是王经。王恽的祖父是王宇，在金朝做过官，官职是敦武校尉。他的父亲是王天铎，金朝正大年代初期，因在讲授刑事法律的学馆中考取第一，官至户部主事。

王恽有才干，操行正直，喜欢学习，善于做文章，他与东鲁的王博文、渤海的王旭齐名。

至元五年(1268)，朝廷设置御史台，首先任命王恽为监察御史，他知无不言，论述、列举共一百五十余条意见。当时担任都水的刘晸结交有权有势的人，任命和使用自己的个别亲信，所管理的官家粮食短缺了四十多万石。王恽弹劾他，揭露他的奸诈和私利，权贵们对王恽都怒目而视。王恽又说："刘晸负责修理太庙，完成任务后，朝廷特别地使他升迁，并给予赏赐。如今才过几年，太庙的大梁与柱子都毁坏腐朽了，这事关系到对皇帝不尊敬，应依法定罪。"刘晸怕因此治罪，忧虑而死。王恽监察御史任期届满后，陈天祐、雷膺都向朝廷举荐他继任。

至元九年(1272)，王恽被任命为承直郎、平阳路总管府判官。原先，绛州太平县百姓中有个姓陈的杀死了他的哥哥，因行贿而使得审判推迟，因此事牵连被捕者达三百多人，以至五年不能解决。朝廷委派王恽审问此案，审讯一次便弄清了事实，于是将所有无辜被捕的人全部释放。当时绛州旱了许久，那天晚上竟然下起了大雨。至元十三年(1276)，王恽奉命在河南对儒生进行考试。至元十四年，王恽被任命为翰林待制、朝列大夫、河南北道提刑按察副使，不久又改任各道的提刑按察副使，又调任燕南河北道的提刑按察副使，他到各郡巡查部属，贪官污吏大多被他撤职。……

裕宗当太子时，王恽呈上《承华事略》……裕宗看这本书时看到汉成帝不穿过天子专用的道路，唐肃宗改称绛纱衣为朱明服时，心中非常高兴，说："我如果遇到这种礼节，也应当这样做。"裕宗又读到邢峙阻止齐太子吃邪蒿，环顾侍臣们说："一种菜的名字就能够使人变邪恶吗?"詹事丞张九思在旁边回答说："正直的臣子防微杜渐，理当如此。"太子喜欢他的说法，赐酒给他并用好话慰解他。太子命令各位皇孙传看这本书，他称王恽书的内容大多能使人得到教益。

至元十九年(1282)春天，王恽改任山东东西道提刑按察使，在职一年，因病回到卫州。至元二十二年(1285)春天，以左司郎中的身份被召到朝廷。当时右丞卢世荣因善于聚敛财富受到重用，卢世荣屡次催促王恽到职，王恽都没去。有人问王恽这是什么缘故，王恽说："能力小而官职大，盘剥众人而使自己得利的人，没有听说过能保全自己的。远离他还怕被他污染了，怎么可以去接近他呢？”不久之后，卢世荣果然遭到惩处，大家都佩服王恽的见识。

至元二十六年(1289)，王恽被任命为少中大夫、福建闽海道提刑按察使。他撤掉贪官污吏横行不法者，共几十人；他考察了关押在狱中的被冤枉而无人过问的犯人，判决后打发他们回去；他命令驻防的士兵不准住在百姓家中，而建造营房让士兵居住。王恽常说，治理国家最根本的是要得到人才。……

大德八年(1304)六月，王恽逝世。朝廷追赠他为翰林学士承旨、资善大夫，追封为太原郡公，给谥号为文定。王恽的著作有《相鉴》五十卷、《汲郡志》十五卷、《承华事略》、《中堂事记》、《乌台笔补》、《玉堂嘉话》，以及杂著、诗歌、散文，共计一百卷。

金履祥传

金履祥(1232—1303),字吉父,学者称仁山先生,婺州兰溪(今浙江兰溪)人。初从王柏、何基学,何基为朱熹的再传弟子,故金履祥得朱熹之传。元军围困襄樊时,他曾上书宋廷,建议由海路直捣燕、蓟,以牵制元军,他的建议未被宋廷采用,但元初的海运路线与他描述的海路完全一致。宋亡后,他在郡治所讲学,门生达数百人。著有《通鉴前编》、《大学章句疏义》、《论语孟子集注考证》等。

金履祥字吉父,婺之兰溪人。其先本刘氏,后避吴越钱武肃王嫌名①,更为金氏。……

履祥幼而敏睿(ruì 瑞),父兄稍授之书,即能记诵。比长,益自策励,凡天文、地形、礼乐、田乘、兵谋、阴阳、律历之书,靡不毕究。及壮,知向濂、洛之学②,事同郡王柏,从登何基之门。基则学于黄榦(gàn 赣),而榦亲承朱熹之传者也。自是讲贯益密,造诣益邃。

时宋之国事已不可为,履祥遂绝意进取。然负经济之略,亦未忍遽忘斯世也。会襄樊之师日急,宋人坐视而不敢救,履祥因进牵制捣虚之策,请以重兵由海道直趋燕、蓟,则襄樊之师,将不攻而自解。且备叙海舶所经,凡州郡县邑,下至巨洋别坞,难易远近,历历可据以行。宋终莫能用。及后朱瑄、张清献海运之利,而所由海道,视履祥先所上书,咫尺无异者,然后人服其精确。……

宋将改物,所在盗起,履祥屏居金华山中,……平居独处,终日俨然,至与物接,则盎然和怿。训迪后学,谆切无倦,而尤笃于分义。有故人子坐事,母子分配为隶,不相知者十年,履祥倾资营购,卒赎以完,其子后贵,履

① 吴越钱武肃王:名钱镠(liú 流)。嫌名:与人姓名字音相近的字。② 濂:指宋代理学家濂溪先生周敦颐。洛:指宋代理学家、洛阳的程颢、程颐兄弟。

祥终不自言，相见劳问辛苦而已。……

履祥尝谓司马文正公光作《资治通鉴》，秘书丞刘恕为《外纪》[①]，以记前事，不本于经，而信百家之说，是非谬于圣人，不足以传信。……乃用邵氏《皇极经世历》、胡氏《皇王大纪》之例[②]，损益折衷，一以《尚书》为主，下及《诗》、《礼》、《春秋》，旁采旧史诸子，表年系事，断自唐尧以下[③]，接于《通鉴》之前，勒为一书，二十卷，名曰《通鉴前编》。凡所引书，辄加训释，以裁正其义，多儒先所未发。……他所著书：曰《大学章句疏义》二卷，《论语孟子集注考证》十七卷，《书表注》四卷。……

初，履祥既见王柏，首问为学之方，柏告以必先立志，且举先儒之言：居敬以持其志，立志以定其本，志立乎事物之表，敬行乎事物之内，此为学之大方也。及见何基，基谓之曰："会之屡言贤者之贤，理欲之分，便当自今始。"会之，盖柏字也。……

履祥居仁山之下，学者因称为仁山先生。大德中卒。……至正中，赐谥文安。

——《元史》卷一八九

① 秘书丞：秘书监的属官。秘书监负责经籍图书等。② 胡氏：胡宏，字仁仲，南宋学者，二程的再传弟子。③ 唐尧：古帝名，封于唐，号陶唐氏。

【翻译】

金履祥，字吉父，婺州兰溪人。他的祖先本姓刘，后来避吴越钱武肃王钱镠姓名字音相近之讳，改为金姓。……

金履祥从小聪明通达，父亲和兄长刚刚教他读书，他就能背诵下来。等到长大之后，他更加自我鞭策和激励，凡天文、地理、礼乐、农牧、军事、阴阳、音律、历法方面的书，金履祥没有不深入钻研的。壮年后，他懂得了向往周敦颐、程颢、程颐的学问，师事同郡的王柏，跟随王柏向何基登门求教。何基学于黄榦，而黄榦是亲自接受朱熹传授的。从此金履祥讲论学问更加细密，学术造诣更加深邃。

当时宋朝的国事已经无法挽救，金履祥便决心不再求取功名。然而他具有经邦济世的宏图大略，故而不忍心立即就放弃对社会的责任。当襄樊军情日益紧急之时，宋朝人坐视而不敢救援，金履祥因此呈上牵制敌军、直接捣毁敌人兵力空虚之地的计策，请求用重兵从海路直趋燕京、蓟州，则包围襄樊的敌军，将不攻而自动瓦解。金履祥并且详细叙述了海船所经过的路线，凡州、郡、县、乡，以至大海中的水路，原先海图未标明的另外的码头，路线的难易远近，都清清楚楚地可以依照实行。宋朝最终没有采用他的建议。等到后来朱瑄、张清向元朝献策陈述海上运输之利时，他们所经由的海路，与金履祥先前所上书指出的路线，咫尺不差，此后人们便佩服他的精确。……

宋朝将要灭亡，到处都出现强盗，金履祥隐居在金华山中，……平时独自居住，整天矜持庄重，至于与人接触，则兴味盎然，温和而欢喜。金履祥教导启迪弟子，恳切、实在而不知疲倦，而且他尤其忠于情义。金履祥有个朋友的儿子因事而被判罪，母子俩被分配给富人家做奴隶，失掉联系十年。金履祥运用全部资财筹措赎买那母子二人，终于将他们赎出，使他们团聚。那位儿子后来成为显贵，金履祥始终自己不说这件事，与那人见面只是寒暄一下而已。……

金履祥曾经说司马光作《资治通鉴》，秘书丞刘恕接着作了《外纪》，刘恕记载从前的事情，不是本之于经书，而是相信诸子百家的学说，对于正确与谬误的看法与圣人不同，所以不值得流传和相信。……金履祥便采用邵雍的《皇极经世历》、胡宏的《皇王大纪》的体例，加以增减，使之适中，他完全以《尚书》为主，以下涉及《诗经》、《礼》、《春秋》，另外采用以往的史书、诸子百家、年表、编年的纪事，断代从唐尧时代以下，接至《资治通鉴》之前，编为一部书，二十卷，名为《通鉴前编》。凡是他所引用的书籍，他都加以解释，以判断、订正其含义，大多是先儒们所未能阐明的。……金履祥其他的著作有:《大学章句疏义》二卷,《论语孟子集注考证》十七卷,《书表注》四卷。……

当初,金履祥见到王柏之后,首先请教学习的方法,王柏告诉他必须首先立下志向,并且举出以往儒者的话:处于慎重严肃的心态以保持自己的志向,立下志向以确定根本,志向树立在事物的表面,慎重严肃的心态运行于事物的内部,这是学习的根本的法则。等到金履祥见到了何基,何基对他说:"会之经常说起贤者的贤能,天理和人欲的分别,你应当从今天起便按着他的要求去做。"会之,是王柏的字。……

金履祥居住在仁山脚下,读书人因此称他为仁山先生。大德年间(1297—1307),金履祥去世。……至正年间(1341—1368),皇帝赐予他"文安"的谥号。

八思巴传

八思巴(1235或1239—1280),又译发思八、八合思巴,本名罗古罗斯坚藏。元乌思藏萨斯迦(今西藏萨迦)人,家族为款氏,号八思巴(意为圣者),是藏传佛教萨迦派第五代祖师。元世祖中统元年(1260),封国师,赐玉印,统领天下佛教。元世祖至元元年(1264),领总制院(后改宣政院),统辖释教僧徒及吐蕃地区军政事务。又受命创制蒙古新字(即八思巴字)。至元十三年(1276),回到故乡。至元十七年(1280)卒,元世祖命令在大都(今北京)建大塔纪念。著作有《彰所知论》等三十余种。

帝师八思巴者，土番（bō 玻）萨斯迦人，族款氏也。相传自其祖朵栗赤，以其法佐国主霸西海者十余世①。八思巴生七岁，诵经数十万言，能约通其大义，国人号之圣童，故名曰八思巴。少长，学富五明②，故又称曰班弥怛③。岁癸丑，年十有五，谒世祖于潜邸，与语大悦，日见亲礼。

中统元年，世祖即位，尊为国师，授以玉印。命制蒙古新字，字成上之。其字仅千余，其母凡四十有一。其相关纽而成字者④，则有韵关之法；其以二合三合四合而成字者，则有语韵之法，而大要则以谐声为宗也。至元六年，诏颁行于天下，诏曰："朕惟字以书言，言以纪事，此古今之通制。我国家肇基朔方，俗尚简古，未遑制作，凡施用文字，因用汉楷及畏吾字，以达本朝之言。考诸辽、金，以及遐方诸国，例各有字，今文治寖兴，而字书有阙，于一代制度，实为未备。故特命国师八思巴创为蒙古新字，译写一切文字，期于顺言达事而已。自今以往，

---

① 西海：郡名，辖境在今青海省青海湖附近一带。 ② 五明：古印度学者通习的五种基本科目：内明、因明、工巧明、医方明、声明。内明为哲理；因明为逻辑；工巧明为工艺技术、天文数学；医方明为医术、药剂、卫生；声明为文法、训诂。③ 班弥怛：梵语，或译作班智达，意为大学者。 ④ 纽：声纽，即拼音中的声母。

凡有玺书颁降者①，并用蒙古新字，仍各以其国字副之。”遂升号八思巴曰大宝法王，更赐玉印。

十一年，请告西还，留之不可，乃以其弟亦怜真嗣焉。十六年，八思巴卒。……

——《元史》卷二〇二

【翻译】

皇帝的教师八思巴，是西藏萨斯迦人，家族为款氏。相传从他的祖先朵栗赤起，用他们的法术辅佐其主称霸西海郡十多代。八思巴七岁时，背诵经文数十万字，能够大略地通晓其中的含意，西藏人称他为圣童，所以取名为八思巴。稍微长大一些之后，八思巴精通五明之学，所以又称他为班弥怛。癸丑年（元宪宗三年，1253年），八思巴拜见元世祖于世祖的府第，世祖与他交谈，大为高兴，对他日益亲近优待。

中统元年（1260），世祖继承皇位，尊八思巴为国师，授给他玉印。皇帝命令他创制蒙古新文字，八思巴创制完成新字后呈交给皇帝。八思巴的蒙古新文字只有一千多个，其字母共有四十一个。用声母相拼而成字的，

① 玺书：古时用印章封记的文书。

有韵关之法；用两个字母、三个字母、四个字母合成文字的，则有语韵之法，主要是以谐音为根本法则。至元六年(1269)，皇帝命令将蒙古新字颁布推行于全国，诏书说："我考虑文字用以书写语言，语言用来记事，这是古今通行的制度。我元朝起源于北方，风俗崇尚简单古朴，没有时间著述，因此凡是使用文字时，便采用汉文的楷体和维吾尔文，以表达我蒙古族的语言。考察于辽国、金国，以及远方的各个国家，都各有文字，如今文化教育渐渐兴起，而文字有所缺少，对于一代的制度来说，实在是没有完备。所以我特地命令国师八思巴创造蒙古新文字，翻译书写一切文字，希望能语言通顺地表达事物，如此而已。从今以后，凡有玺书颁布各地，都要用蒙古文新文字，仍各以其地的民族文字为副本。"于是皇帝升八思巴的称号为大宝法王，又赐给他玉印。

至元十一年(1274)，八思巴向皇帝请求回到西方，皇帝挽留他，他不同意，皇帝便让他的弟弟亦怜真继承他的职位。至元十六年(1279)，八思巴去世。……

姚燧传

姚燧（1239—1314），字端甫，号牧庵，洛阳人。三岁而孤，育于伯父姚枢家，就学于许衡。年三十八岁，始为秦王府文学，后为奉议大夫，兼提举陕西、四川、中兴等路学校，累官至翰林直学士、大司农丞。他曾主修《世祖实录》和修国史。姚燧是元代著名文学家，有《牧庵集》。

姚燧字端甫，……父格，燧生三岁而孤，育于伯父枢。枢隐居苏门，谓燧蒙暗，教督之甚急，燧不能堪，杨奂驰书止之曰①："燧，令器也。长自有成尔，何以急为！"

---

① 杨奂：金乾州奉天（今陕西省乾县）人，元太宗九年（1237），耶律楚材荐为河南路征收课税所长官兼廉访使，任官十年，告老辞职。

且许醮以女。年十三,见许衡于苏门,十八,始受学于长安。时未尝为文,视流辈所作,惟见其不如古人,则心弗是也。二十四,始读韩退之文,试习为之,人谓有作者风。稍就正于衡,衡亦赏其辞。……

至元七年,衡以国子祭酒教贵胄(zhòu 宙),奏召旧弟子十二人,燧自太原驿致馆下。燧年三十八,始为秦王府文学①。未几,授奉议大夫,兼提举陕西、四川、中兴等路学校②。十二年,以秦王命,安辑庸、蜀③。……二十三年,自湖北奉旨趋朝。明年,为翰林直学士。二十七年,授大司农丞④。

元贞元年,以翰林学士召修《世祖实录》。……

至大元年,……起燧为太子宾客⑤。未几,除承旨学士⑥,寻拜太子少傅⑦。武宗面谕燧,燧拜辞,谢曰:"昔臣先伯父枢,尝除是官,尚不敢拜,臣何敢受!"明年,授

---

① 秦王:元诸王封号。至元十一年,世祖子忙哥剌以安西王益封为秦王。 ② 中兴:元设中兴路,包括今湖北省宜都县以东至潜江县一带地区,治所在江陵。 ③ 庸:郡名,治所在上庸(今湖北省竹山县西南)。 ④ 大司农丞:大司农司(管理农政)的官员。 ⑤ 太子宾客:东宫的大臣。 ⑥ 承旨学士:即翰林学士承旨。 ⑦ 太子少傅:官名,太子名义上的师傅之一。

荣禄大夫①、翰林学士承旨②、知制诰兼修国史③。四年，得告南归，中书以承旨召④；明年，复召。燧以病，俱不赴。卒于家，年七十六。谥曰文。

……

燧之学，有得于许衡，由穷理致知，反躬实践，为世名儒。为文闳肆该洽，豪而不宕，刚而不厉，舂容盛大，有西汉风，宋末弊习，为之一变。盖自延祐以前，文章大匠，莫能先之。或谓世无知燧者，曰："岂惟知之，读（dòu豆）而能句⑤，句而得其意者，犹寡。"……当时孝子顺孙，欲发挥其先德，必得燧文，始可传信；其不得者，每为愧耻。故三十年间，国朝名臣世勋，显行盛德，皆燧所书。每来谒文，必其行业可嘉，然后许可，辞无溢美。……

时高丽沈阳王父子⑥，连姻帝室，倾赀结朝臣。一日，欲求燧诗文，燧靳不与，至奉旨，乃与之。王赠谢币帛、金玉、名画五十篚（fěi匪）⑦，盛陈致燧。燧即时分散诸属官及史胥侍从，止留金银，付翰林院为公用器皿，燧

---

① 荣禄大夫：文散官名，从一品。 ② 翰林学士承旨：翰林兼国史院官员，从一品。 ③ 知制诰：官名，负责起草诏诰。 ④ 承旨：即翰林学士承旨。 ⑤ 读：相当于现在的逗号。句：相当于现在的句号。句读即指古代的标点符号。 ⑥ 高丽：古国名，后亦称朝鲜为高丽。 ⑦ 篚：一种盛物的竹器。

一无所取。……然颇恃才，轻视赵孟頫、元明善辈[1]，故君子以是少之。平生所著，有《牧庵文集》五十卷行于世。……

——《元史》卷一七四

【翻译】

姚燧，字端甫，……父亲是姚格，姚燧三岁时父亲去世，被伯父姚枢收养。姚枢隐居在苏门山，认为姚燧愚顽不明，教导督促姚燧非常峻急，姚燧不能忍受。杨奂写信给姚枢，制止他说："姚燧是优秀的人才，长大以后自然有所成就，你何必着急呢！"杨奂并且答应将女许配给姚燧。姚燧十三岁时，在苏门山拜见许衡。十八岁时，开始在长安学习。当时姚燧还没有写过文章，看到同辈人所作的文章，只见到他们不如古人，便心中不以为然。二十四岁时，姚燧开始读韩愈的文章，并试着练习作文，人们说他的文章有韩愈的风格。姚燧逐渐地向许衡请教，许衡也赞赏他的文辞。……

至元七年(1270)，许衡以国子祭酒的身份教导贵族

---

① 元明善：元大名清河(今属河北)人，官至礼部尚书、翰林学士。

子弟,启奏皇帝征召了他以前的学生十二人,姚燧从太原沿驿道驰达许衡门下就学。姚燧三十八岁时,开始当秦王府中的教官。不久,他被任命为奉议大夫,兼掌管陕西、四川、中兴等路的学校。至元十二年(1275),姚燧根据秦王的命令,去安抚庸郡、蜀郡。……至元二十三年(1286),姚燧奉旨从湖北回朝。第二年,他成为翰林直学士。至元二十七年(1290),他被任命为大司农丞。

元贞元年(1295),朝廷征召姚燧以翰林学士的身份编撰《世祖实录》。……

至大元年(1308),……任命姚燧为太子宾客。不久,任命他为承旨学士,不久又任命他为太子少傅。元武宗当面告知姚燧,姚燧跪拜推辞,道歉说:"过去我先伯父姚枢,曾经被任命过这个官职,他尚且不敢接受,我怎敢接受呢!"第二年,任命姚燧为荣禄大夫、翰林学士承旨、知制诰,兼负责撰写元朝历史。至大四年(1311),姚燧请示朝廷之后得以回到南方,中书省以翰林院学士承旨的身份召姚燧进京;第二年,又一次召他进京。姚燧因为有病,两次都没有赴京。他在家中去世,享年七十六岁,朝廷给的谥号为文。

……

姚燧的学问,有些得之于许衡,由穷究事物的义理来获得知识,反过来要求自己加以实践,成为当时的名儒。姚燧写文章闳放恣肆、包罗万象，豪放而不放纵，刚强而不猛烈，和谐而盛大，有西汉文章的风格，宋朝末年的弊病积习，为之一变。元代延祐年间以前，文章高手中没有人能超过姚燧。有人说世上没有懂得姚燧的人，他们说：“岂止是懂得的问题，能将姚燧的文章标点断句而知道大义的人，都很少。”……当时孝顺的子孙们，想要宣扬他们先辈的德行，一定要得到姚燧的文章，才可以传播，令人信服；得不到姚燧文章的人，每每感到羞愧耻辱。所以三十年来，元朝有名的大臣、功臣们显赫的行为、美盛的品德，都是姚燧所描写的。每当有人来拜见求文，必须是他先辈的行为事业值得赞美，然后才答应撰文，文辞中没有吹捧的话。……

当时朝鲜的沈阳王父子，与元朝帝室联姻，倾尽资财来结交元朝朝廷中的大臣。一天，沈阳王父子想要求得姚燧的诗文，姚燧不肯，直到奉了皇帝的旨意，才写了给他们。沈阳王赠送给姚燧表示酬谢的金钱、绸缎、黄金、玉器、名画，共五十箱，隆重地送给姚燧。姚燧当时就把礼物分发给诸位下属官员以及小官吏和仆从，只留下金银器，交给翰林兼国史院作为公用的器皿，姚燧一无所取。……然而姚燧非常恃才自负，轻视赵孟頫、元明善等人，所以品行高尚的人以此看轻他。姚燧一生所著的书有《牧庵文集》五十卷流行于世。……

萧𣂏传

萧𣂏（jū 居）（1241—1318），字惟斗（一作维斗），号勤斋，奉元路咸宁（今陕西西安）人。萧𣂏隐居读书达三十年，大德初，授陕西儒学提举，他未到任，又被任命为集贤直学士、国子司业、集贤侍读学士，都未赴任。后为国子祭酒，不久辞归。萧𣂏平生致力于传授理学，对文字音韵之学钻研尤深。有《勤斋集》。

萧𣂏字惟斗，其先北海人①，父仕秦中②，遂为奉元

① 北海：郡名，辖地相当今山东省益都、寿光、昌乐、潍坊、昌邑、高密等地。 ② 秦中：今陕西省为古代秦国之地，故称秦中，也称关中。

人①。𣂏性至孝，自为儿时，翘楚不凡。稍出为府史②，止官语不合，即引退，读书南山者三十年。制一革衣，由身半以下，及卧，辄倚其榻，玩诵不少置，于是博及群书，天文、地理、律历、算数，靡不研究。侯均谓元有天下百年③，惟萧惟斗为识字人。学者及其门受业者甚众。尝出，遇一妇人，失金钗道旁，疑𣂏拾之，谓曰："殊无他人，独翁居后耳。"𣂏令随至门，取家钗以偿，其妇后得所遗钗，愧谢还之。乡人有自城中暮归者，遇寇，欲加害，诡言"我萧先生也"，寇惊愕释去。

世祖分藩在秦，辟𣂏与杨恭懿、韩择侍秦邸④，𣂏以疾辞，授陕西儒学提举⑤，不赴。省宪大臣即其家具宴为贺⑥，使一从史先诣𣂏舍⑦，𣂏方汲水灌园，从史至，不知其为𣂏也，使饮其马，即应之不拒，及冠带迎宾，从史见𣂏，有惧色，𣂏殊不为意。后累授集贤直学士、国子司

---

① 奉元：地名。元改宋京兆府为奉元路，即今陕西长安县地。② 府史：官府中的低级事务员。③ 侯均：字伯仁，奉元人，著名学者。④ 杨恭懿：奉元高陵（今属陕西）人，官至集贤学士；韩择：字从善，奉元人，著名学者。⑤ 儒学提举：儒学提举司的长官，从五品。儒学提举司：官署名，掌地方儒学。⑥ 宪：封建社会属吏称上司为宪。⑦ 从史：官名，随官僚办事，无专职。

业，改集贤侍读学士，皆不赴。大德十一年，拜太子右谕德①，扶病至京师，入觐东宫，书《酒诰》为献，以朝廷时尚酒故也。寻以病力请去职，人问其故，则曰："在礼，东宫东面，师傅西面②，此礼今可行乎？"俄除集贤学士、国子祭酒，依前右谕德，固辞而归。卒年七十八，赐谥贞敏。

㪺制行甚高，真履实践，其教人，必自小学始。为文辞，立意精深，言近而指远，一以洙、泗为本③，濂、洛、考亭为据④，关辅之士⑤，翕（xī吸）然宗之，称为一代醇儒。所著有《三礼说》、《小学标题驳论》、《九州志》，及《勤斋文集》，行于世。

——《元史》卷一八九

【翻译】

萧㪺，字惟斗，他的祖先是北海人。父亲在陕西做

---

① 右谕德：东宫官员，主管对太子的讽谏规劝。 ② 东面：站在东面，脸朝西面；西面：站在西面，脸朝东面；面朝东地位高于面朝西。 ③ 洙、泗：即洙、泗二水，孔子曾居于洙泗之间，教授弟子，后人因以洙泗作为儒家的代称。 ④ 考亭：地名，在今福建省建阳县西南。宋代朱熹晚年居此，建竹林精舍讲学。因此后人以考亭代指朱熹。 ⑤ 关辅：关，关中。辅，京城周围地区称辅。

官，于是萧𣂏为奉元人。萧𣂏天性非常孝顺，从儿童时代起，便杰出不凡。年龄稍大一些离家在官府中做吏员，与上级官员言语不合，便辞职回家，在南山中读书三十年。萧𣂏缝制了一件皮衣，长度达到腰部以下，等到他躺下的时候，他总是倚靠在床榻上，玩味吟诵图书，一时也不放弃，因此他博览了群书，天文、地理、音律、历法、数学，没有他不研究的。侯均说元朝保有天下一百年，只有萧惟斗算是真正识字的人。求学的人登门接受其教诲的非常多。萧𣂏有一次外出，遇见一位妇人在路边丢失了金钗，她怀疑萧𣂏捡到了，便对萧𣂏说："这里完全没有其他的人，只有老翁你在后面。"萧𣂏让那位妇人随自己来家，取出自己家的金钗还给那妇人。那位妇人后来得到了所丢失的金钗，羞愧地向萧𣂏道歉并且将金钗还给了他。萧𣂏的一位乡亲晚上从城里回来，遇见强盗，强盗想要杀害他，那位乡亲诈称"我是萧先生"，强盗很惊讶，便将那位乡亲释放之后离开了。

世祖被分封在陕西，征召萧𣂏和杨荣懿、韩择来他的府第做侍从官。萧𣂏以有病为理由推辞，又被任命为陕西儒学提举，他也没有赴任。行省的大臣到他家备办酒宴向他祝贺，派一名从史先到萧𣂏家里，萧𣂏正在井边打水浇菜园。从史到他家后，不知道他就是萧𣂏，便让他饮马，萧𣂏便答应了，并不拒绝。等到他穿戴整齐迎接宾客时，从史见到萧𣂏，露出害怕的神色，萧𣂏完全不在意。后来他接连被任命为集贤直学士、国子司业，又改任命为集贤侍读学士，他都没有赴任。大德十一年(1307)，他被任命为太子右谕德，抱病来到京城，入宫拜见太子，他书写了《酒诰》献给太子，因为当时朝廷崇尚饮酒。不久，萧𣂏因病极力请求辞职，别人问他原因，他便说："根据礼仪，太子在东面，老师在西面，这种礼仪今天还能实行吗？"不久，他被任命为集贤学士、国子祭酒，同以前一样仍任右谕德，因为有病，萧𣂏坚决推辞而回到故乡。他去世的时候七十八岁，皇帝赐给他"贞敏"的谥号。

萧𣂏的判断能力和品行很高，他脚踏实地地去实践自己的主张，他教人，必定要从最基础的语言文字之学开始。萧𣂏写文章，立意精当深透，语言浅近而旨意深远，他完全以儒学为根本，以周敦颐、程颢、程颐、朱熹的学术为依据，陕西的读书人都尊崇他，称他为当代最淳粹的儒者。萧𣂏的著作有《三礼说》、《小学标题驳论》、《九州志》，以及有《勤斋文集》流传于世上。

阿尼哥传

阿尼哥(1245—1306),尼波罗国(今尼泊尔)人,出身王族,读佛书,又善画塑和铸金为像。元世祖中统元年(1260),元世祖令八思巴在萨斯迦建黄金塔,他应征来元朝,次年塔成,被八思巴收为弟子,入觐世祖,奉命修葺针灸铜人像,后专任塑造上都、大都的寺院佛像、织造图像及铸造天文仪器。至元十五年(1278)还俗,任大司徒。

阿尼哥,尼波罗国人也,其国人称之曰八鲁布。幼敏悟异凡儿,稍长,诵习佛书,期年能晓其义。同学有为绘画粧塑业者,读《尺寸经》,阿尼哥一闻,即能记。长善画塑,及铸金为像。

中统元年,命帝师八合斯巴建黄金塔于吐蕃,尼波罗国选匠百人往成之,得八十人,求部送之人未得。阿尼哥年十七,请行,众以其幼,难之。对曰:“年幼心不幼也。”乃遣之。帝师一见奇之,命监其役。明年,塔成,请归,帝师勉以入朝,乃祝发受具为弟子,从帝师入见。帝视之久,问曰:“汝来大国,得无惧乎?”对曰:“圣人子育万方,子至父前,何惧之有?”又问:“汝来何为?”对曰:“臣家西域,奉命造塔吐蕃,二载而成。见彼土兵难,民不堪命,愿陛下安辑之,不远万里,为生灵而来耳。”又问:“汝何所能?”对曰:“臣以心为师,颇知画塑铸金之艺。”帝命取明堂针灸铜像示之曰①:“此宣抚王檝(jí 楫)使宋时所进,岁久阙坏,无能修完之者,汝能新之乎?”对曰:“臣虽未尝为此,请试之。”至元二年,新像成,关鬲脉络皆备②,金工叹其天巧,莫不愧服。凡两京寺观之像,多出其手。……

十五年,有诏返初服,授光禄大夫、大司徒,领将作院事③,宠遇赏赐,无与为比。卒,赠太师④、开府仪同三

① 明堂:传说雷公问人的经络血脉,黄帝坐明堂以授之。故后世医家称标明人体经络、针灸穴位之图为明堂图。 ② 鬲:同“膈”,人和动物胸腔与腹腔之间的肌肉结构。 ③ 将作院:官署名。掌管宫廷服装用品、饰物制造。 ④ 太师:古三公之一,即皇帝之师。

司[1]、凉国公、上柱国，谥敏慧。

……

——《元史》卷二〇三

【翻译】

阿尼哥是尼泊尔人，他的国家的人们称他为八鲁布。阿尼哥小时候很聪明，与一般的儿童不一样，长大一些之后，他诵读学习佛经，一年之后就能通晓佛经的旨义。同学中有学绘画、彩绘、塑像的人读《尺寸经》，阿尼哥一听，就能够记住。长大以后，他善于绘画雕塑，以及浇铸金属塑像。

中统元年(1260)，皇帝命令国师八思巴在西藏建造黄金塔，尼泊尔要挑选一百名工匠去造塔，选得八十人，没有找到领队之人。阿尼哥当时十七岁，请求担任领队，众人以其年纪小，拒绝他。他回答说："年纪小心不小。"于是尼泊尔派他去担任领队。八思巴一见到阿尼哥就感到他非同寻常，命令他监管建塔的工程。第二年，塔建成了，阿尼哥请求回国，八思巴劝他来朝见皇帝，于是阿尼哥削发、接受僧人的用具成为八思巴的弟

① 开府仪同三司：文散官名，正一品。

子，跟随八思巴入朝晋见皇帝。皇帝看了他很长时间，问道："你来到大国，难道不害怕吗？"阿尼哥回答说："圣人对待四方的人民就像养育儿子一样，儿子来到父亲面前，有什么可害怕的呢？"皇帝又问："你来干什么？"阿尼哥回答说："臣家住在西域，奉命在西藏造塔，两年而塔造成。臣见西藏当地尚有兵祸，老百姓无法忍受，臣希望陛下安抚平定那个地方，臣不远万里，是为了天下老百姓而来。"皇帝又问："你能干些什么？"阿尼哥回答说："臣以自己的心为导师，知道许多绘画、雕塑、铸造的技艺。"皇帝命令取出明堂针灸铜像给阿尼哥看，说："这是宣抚王檝出使宋朝后带进来的，年久有所损坏，没有人能把它修好，你能新铸一像吗？"阿尼哥说："臣虽然没有做过这种事情，但臣请求试一试。"至元二年(1265)，新的针灸铜像铸成了，铜像的关节、横膈、脉络都很完备，铸造工匠赞叹铜像巧夺天工，没有不愧服的。这以后，凡是上都和大都寺院、道观里的塑像，大多出于阿尼哥之手。……

至元十五年(1278)，皇帝下令让阿尼哥还俗，任命他为光禄大夫、大司徒，管理将作院的事务。阿尼哥所受到的宠爱、知遇和赏赐，没有人能与之相比。阿尼哥去世后，皇帝追封他为太师、开府仪同三司、凉国公、上柱国，谥号为敏慧。

刘 因 传

刘因(1249—1293),字梦吉,号静修,雄州容城(今河北徐水)人。刘因是元代著名的理学家,他以朱熹的学说为正宗,同时吸收了陆九渊的思想,著有《静修集》。元世祖征召他为承德郎、右赞善大夫,未几刘因辞归,以后也拒绝应聘,认为"非如此则道不尊",但又肯定君臣大义为"此理势之必然,亘万古而不可易"。刘因亦能诗词,作品多伤时感事之作。

刘因字梦吉,保定容城人①。世为儒家,……因天资

① 保定:府名,元代为保定路。

绝人，三岁识书，日记千百言，过目即成诵，六岁能诗，七岁能属文，落笔惊人。甫弱冠①，才器超迈，日阅方册，思得如古人者友之，作《希圣解》。国子司业砚弥坚教授真定②，因从之游，同舍生皆莫能及。初为经学，究训诂疏释之说③，辄叹曰："圣人精义，殆不止此。"及得周、程、邵、朱、吕之书④，一见能发其微，曰："我固谓当有是也。"及评其学之所长，而曰："邵，至大也；周，至精也；程，至正也。朱子，极其大，尽其精，而贯之以正也。"其高见远识率类此。

因蚤丧父⑤，事继母孝，有父、祖未葬⑥，投书先友翰林待制杨恕，怜而助之，始克襄事。因性不苟合，不妄交接，家虽甚贫，非其义，一介不取。家居教授，师道尊严，弟子造其门者，随材器教之，皆有成就。公卿过保定者众，闻因名，往往来谒，因多逊避，不与相见，不知者或以为傲，弗恤也。尝爱诸葛孔明静以修身之语，表所居曰

---

① 弱冠，古时男子二十为成人，开始加冠，因当时身体还不十分强壮，故称弱冠。 ② 国子司业：国子监中帮助祭酒教授生徒的教师。 ③ 训诂：解释古书中词语的意义。疏：对古书旧注所作的阐释或发挥。 ④ 周：周敦颐；程：程颢、程颐兄弟；邵：邵雍；朱：朱熹；吕：吕祖谦。以上这些人都是宋代的哲学家。 ⑤ 蚤：同"早"。 ⑥ 未葬：将棺材停放待葬，或浅埋以待正式下葬。

静修。

不忽木以因学行荐于朝①，至元十九年，有诏征因，擢承德郎②、右赞善大夫③。初，裕皇建学宫中，命赞善王恂教近侍子弟，恂卒，乃命因继之。未几，以母疾辞归。明年，丁内艰④。二十八年，诏复遣使者，以集贤学士⑤、嘉议大夫征因⑥，以疾固辞。……

三十年夏四月十有六日卒，年四十五。无子，闻者嗟悼。延祐中，赠翰林学士、资善大夫、上护军⑦，追封容城郡公，谥文靖。

……

因所著有《四书精要》三十卷；诗五卷，号《丁亥集》，因所自选。又有文集十余卷，及《小学四书语录》⑧，皆门生故友所录。惟《易系辞说》⑨，乃因病中亲笔云。

——《元史》卷一七一

① 不忽木，历任中书平章政事、昭文馆大学士、加平章军国事。 ② 承德郎：文散官名，正六品。 ③ 赞善大夫：太子的僚属。 ④ 丁内艰：旧时称父母之丧为丁艰，父丧称“丁外艰”，母丧称“丁内艰”。 ⑤ 集贤学士：集贤院官员，正二品。 ⑥ 嘉议大夫：文散官名，正三品。 ⑦ 上护军：勋阶，正二品，只用于封赠。 ⑧ 小学：中国古代的语言文字学。 ⑨ 系辞：《易经》的篇名；说：解说。

【翻译】

刘因，字梦吉，是保定府容城县人，世代都是读书人，……刘因天资超群，三岁便能读书，一天能记忆千百个字，书看一遍就能背诵，六岁就能作诗，七岁就能写文章，写出的东西令人惊叹。刘因刚满二十岁，才华器宇超人，每天阅读典籍，渴望得到像古人那样的人做朋友，为此而写了《希圣解》。国子司业砚弥坚在真定教学，刘因跟随他学习，他的同学的成绩都赶不上他。刘因开始学习经学时，钻研训诂、注疏的学说，总是慨叹说："圣人思想的精华，恐怕不只是这些。"等到他得到了周敦颐、程颢、程颐兄弟、邵雍、朱熹和吕祖谦的著作后，说："我本来就说应当是这样的。"及至他评论那些人的学说的优长时，他说："邵雍的思想最博大；周敦颐的思想最精深；程颢、程颐的思想最纯正；朱熹的思想，穷尽了邵雍的博大，穷尽了周敦颐的精深，以二程的纯正贯穿始终。"刘因的远见卓识差不多都像这样。

刘因小的时候父亲就去世了，他侍奉继母很孝顺，他的父亲、祖父还没有正式下葬，于是他写信给先辈的朋友翰林待制杨恕，杨恕可怜刘因并帮助他，刘因这才在杨恕的帮助下完成了正式安葬父亲、祖父的任务。刘因的性格是不无原则地附和，不随便与人交朋友，家里虽然很穷，如果不是符合公正、合理的原则，一根草也不去拿。刘因在家中教书,保持着师道尊严,学生们登门求教的,他根据每个学生的资质、才能来教授,这些学生都有成就。朝廷的高级官员路过保定的人很多,听说刘因的名声,常常来拜访,刘因大多回避,不与他们相见。不了解刘因的人有的认为刘因傲慢,因而不去照顾他。他曾因喜欢诸葛亮"静以修身"这句话,为自己的居所取名为"静修"。

不忽木因刘因的学问品行而在朝廷上荐举他,至元十九年(1282),皇帝下令征召刘因,提拔他为承德郎、右赞善大夫。原先,裕宗在皇宫中建立学堂,命令赞善王恂教授裕宗手下人的子弟,王恂去世后,裕宗便命令刘因继续王恂的工作。不久,刘因因为母亲有病而辞职回家。第二年,刘因在家为母亲守孝。至元二十八年(1291),皇帝下令再一次派遣使臣,征召刘因做集贤学士、嘉议大夫,刘因因为有病而坚持要辞去这些职务。……

至元三十年(1293)夏天,四月十六日,刘因去世,时年四十五岁。刘因没有子女,听到他的死讯的人都感叹、哀悼。延祐年间,朝廷追赠刘因为翰林学士、资善大夫、上护军,追封他为容城郡公,给谥号为文靖。

……

刘因著有《四书精要》三十卷;有诗集五卷,名为《丁亥集》，是他自己选编的。又有文集十余卷，和《小学四书语录》一书，都是由学生故友所编。只有《易系辞说》一书，是他在养病时亲手写定的。

程钜夫传

程钜夫(1249—1318),原名文海,因避元武宗海山讳,改名钜夫。建昌(今江西南城)人。南宋末年,程钜夫随叔父程飞卿以建昌降元,被任命为千户。元世祖至元二十年(1283)后,历任翰林集贤直学士、侍御史、集贤学士等职。他奉世祖之命去江南一带访求文士,向朝廷举荐赵孟頫等二十余人。程钜夫与权臣桑哥不合,险遭杀害。至元三十年(1293)后,历任闽海道、山南江北道、浙东海右道肃政廉访使,曾主修成宗、武宗实录。程钜夫善诗文,有《雪楼集》传世。

程钜夫名文海，避武宗庙讳①，以字行。其先，自徽州徙郢州京山②，后家建昌③。叔父飞卿，仕宋，道判建昌④，世祖时，以城降。钜夫入为质子⑤，授宣武将军⑥、管军千户⑦。他日，召见，问贾似道何如人，钜夫条对甚悉，帝悦，给笔札书之，乃书二十余幅以进。帝大奇之，因问今居何官，以千户对，帝谓近臣曰："朕观此人相貌，已应贵显；听其言论，诚聪明有识者也。可置之翰林。"丞相火礼霍孙传旨至翰林，以其年少，奏为应奉翰林文字，帝曰："自今国家政事得失，及朝臣邪正，宜皆为朕言之。"钜夫顿首谢曰："臣本疏远之臣，蒙陛下知遇，敢不竭力以报陛下！"寻进翰林修撰⑧，屡迁集贤直学士，兼秘书少监⑨。……

二十三年，见帝，首陈："兴建国学，乞遣使江南搜访

---

① 庙讳：封建时代称皇帝父祖的名字为"庙讳"。 ② 徽州：元代为徽州路，治所在今安徽省歙（shè 社）县。郢州：元至元十五年升为安陆府，治所在今湖北省钟祥县。 ③ 建昌：宋代为建昌军，元代为建昌路，治所在今江西省南城县。 ④ 道判：官名，与知府、知州共同管理府、州政事。 ⑤ 质子：人质。古代派往别国作抵押的人多为王子或世子，故名质子。 ⑥ 宣武将军：武散官名，从四品。 ⑦ 千户：军官名，又称千夫长，为世袭军职，职位低于万户。 ⑧ 翰林修撰：翰林兼国史院官员，职位低于待制，高于应奉翰林文字、编修官。 ⑨ 秘书少监：秘书监（掌历代图籍）官员。

遣逸;御史台①、按察司②,并宜参用南北之人。"帝嘉纳之。

二十四年,立尚书省③,诏以为参知政事④,钜夫固辞。又命为御史中丞,台臣言:"钜夫南人,且年少。"帝大怒曰:"汝未用南人,何以知南人不可用!自今省部台院⑤,必参用南人。"遂以钜夫仍为集贤直学士,拜侍御史⑥,行御史台事⑦,奉诏求贤于江南。初,书诏令皆用蒙古字,及是,帝特命以汉字书之。帝素闻赵孟荻、叶李名,钜夫临当行,帝密谕必致此二人;钜夫又荐赵孟頫(fǔ府)、余恁、万一鹗、张伯淳、胡梦魁、曾晞颜、孔洙、曾冲子、凌时中、包铸等二十余人,帝皆擢置台宪及文学之职⑧。还朝,陈民间利病五事,拜集贤学士,仍还行台。

二十六年,时相桑哥专政,法令苛急,四方骚动。钜夫入朝,上疏曰:"臣闻天子之职,莫大于择相,宰相之职,莫大于进贤。苟不以进贤为急,而惟以殖货为心,非

---

① 御史台:掌纠察百官善恶、政治得失的官署。 ② 按察司:官署名,掌管断决六品以下官吏轻罪,复审地方案件等。 ③ 尚书省:官署名,与中书省并立,总领六部。 ④ 参知政事:官名,宰相的副职。 ⑤ 省部台院:官署名称,如中书省,六部、御史台、枢密院等。 ⑥ 侍御史:官名,御史台官员。 ⑦ 行御史台:官署名,御史台的分设机构,掌监察弹劾行省以下官吏。 ⑧ 台宪:宪台,御史官职的通称。文学:教官。

为上为德、为下为民之意也。昔文帝以决狱及钱谷问丞相周勃，勃不能对，陈平进曰[①]：'陛下问决狱，责廷尉[②]；问钱谷，责治粟内史[③]。宰相，上理阴阳，下遂万物之宜，外镇抚四夷，内亲附百姓。'观其所言，可以知宰相之职矣。今权奸用事，立尚书钩考钱谷[④]，以剥割生民为务，所委任者，率皆贪饕（tāo 涛）邀利之人，江南盗贼窃发，良以此也。臣窃以为宜清尚书之政，损行省之权[⑤]，罢言利之官，行恤民之事，于国为便。"桑哥大怒，羁留京师不遣，奏请杀之，凡六奏，帝皆不许。……三十年，出为闽海道肃政廉访使，兴学明教，吏民畏爱之。

大德四年，迁江南湖北道肃政廉访使。至官，首治行省平章家奴之为民害者，上下肃然。……

十一年，拜山南江北道肃政廉访使，复留为翰林学士。至大元年，修《成宗实录》。二年，召至上都。三年，复拜山南江北道肃政廉访使。……皇庆元年，修《武宗实录》。二年，旱，钜夫应诏陈桑林六事[⑥]，忤时宰意。明

---

① 陈平：汉初名臣，官至右丞相，曾与太尉周勃合作，诛灭诸吕，迎立汉文帝。 ② 廷尉：官名，九卿之一，掌刑狱。 ③ 治粟内史：官名，掌谷粮钱货。 ④ 尚书：官名，六部的长官，正三品。 ⑤ 行省：行尚书省或行中书省的简称。 ⑥ 桑林：地名。古代传说，汤之时，七年大旱，汤以五事自责，亲自在桑林向上苍祷告，天立刻大雨。

日，帝遣近侍赐上尊，劳之曰："中书集议，惟卿所言甚当，后临事，其极言之。"于是诏夫偕平章政事李孟①、参知政事许师敬议行贡举法②，钜夫建言："经学当主程颐、朱熹传注，文章宜革唐、宋宿弊。"命钜夫草诏行之。

三年，以病乞骸骨归田里，不允，命尚医给药物，……时令近臣抚视，且劳之曰："卿，世祖旧臣，惟忠惟贞，其勉加饘（zhān 沾）粥③，少留京师，以副朕心。"钜夫请益坚，特授光禄大夫④，赐上尊，命廷臣以下饮饯于齐化门外⑤，给驿南还。敕行省及有司常加存问。居三年而卒，年七十。泰定二年，赠大司徒⑥、柱国⑦，追封楚国公，谥文宪。

——《元史》卷一七二

【翻译】

程钜夫本名文海，因为避元武宗（名海山）的讳，所以只用字不用名。他的祖先从徽州迁徙到郢州京山县，

---

① 平章政事：宰相的副职。 ② 贡举：古有乡举里选之制，又谓侯贡士，合称为贡举。 ③ 饘：厚粥。 ④ 光禄大夫：文散官名，从一品。 ⑤ 齐化门：元大都时城门之一，明清时代称朝阳门。 ⑥ 大司徒：官名，三公之一。 ⑦ 柱国：勋阶，从一品，只用于封赠。

后来安家在建昌。程钜夫的叔叔程飞卿在宋朝做官，在建昌做通判，元世祖时，他将建昌城归降了元朝。程钜夫到元朝人那里做人质，被任命为宣武将军、管军千户。后来，世祖召见他，问他贾似道是什么样的人，程钜夫分条回答，非常详尽，皇帝很高兴，给他笔纸书写，他便写了二十多张纸进献给皇帝。皇帝非常惊讶，因而问他现在做什么官，他回答说是千户。皇帝对身边的臣子说："我观察这个人的相貌，已经表现出富贵显达的样子；听他的言论，真是聪明有见识的人，可以安排在翰林院。"丞相火礼霍孙传达圣旨到翰林院，因为程钜夫年纪小，所以翰林院奏请让他担任应奉翰林文字，皇帝说："从今以后，国家政事得当与否，以及大臣们是邪恶还是正直，你都应该告诉我。"程钜夫叩头感谢说："我本来是与朝廷疏远的臣民，承蒙陛下赏识，怎敢不竭尽全力以报答陛下！"不久，他晋升为翰林修撰，屡次升迁成为集贤直学士，兼秘书少监。……

至元二十三年(1286)，程钜夫谒见皇帝，他首先陈述道："兴建国学，请求派使臣去江南搜求、访问遗贤隐逸；御史台、按察司都应该参用南方北方的人。"皇帝高兴地接受了他的意见。

至元二十四年，建立尚书省，皇帝命令程钜夫为参知政事，程钜夫执意推辞。皇帝又任命他为御史中丞，谏官说:“程钜夫是南人,而且年轻。”皇帝大怒,说:“你没有任用过南人,怎么知道南人不可用！从今以后,各省、部、台、院,必须参用南人。”于是,任命程钜夫仍为集贤直学士,侍御史,做行御史台的工作,程钜夫奉皇帝之命在江南访求贤士。当初,书写皇帝的诏令都用蒙文,到此时,皇帝特地命令用汉字书写诏令。皇帝平素听说过赵孟荻、叶李的名声,程钜夫临行前,皇帝悄悄地告诉他一定要得到这两个人;程钜夫又推荐赵孟頫、余恁、万一鹗、张伯淳、胡梦魁、曾晞颜、孔洙、曾冲子、凌时中、包铸等二十多人,皇帝都提拔安置他们担任御史以及教官等职务。程钜夫回到朝廷后,向皇帝陈述民间利弊的五件事,被任命为集贤学士,仍然回到行御史台。

至元二十六年(1289),当时宰相桑哥独揽大权,法令苛酷峻急,各地形势不稳。程钜夫入朝上奏疏说:“我听说天子的职责中,没有大过选择宰相的,宰相的职务中,没有大过提拔贤士的。如果不以提拔贤士为紧迫的任务,却只考虑居积财货,这不是为皇上为德行、为臣下为百姓的心愿。从前,汉文帝问丞相周勃有关审判犯人以及钱财粮食的问题,周勃回答不上来。陈平启奏说:‘陛下问审判犯人,应该责问廷尉;问钱财粮食,应该责问治粟内史。宰相,上调理阴阳,下顺应万物之自然,外镇抚四方的民族,内亲近平民百姓。’从陈平所说的话看，可以知道宰相的职责了。如今权臣奸党掌权，设官只求探取金钱粮谷，以剥夺宰割百姓为主，所任用的人，大都是贪婪而希求私利的人，江南的盗贼人数在悄悄地扩大，就是由此而起。我认为应该清理尚书的政事，削弱行省的权力，罢免贪财利的官员，做体恤百姓的事情，这才于国家有利。”桑哥大怒，将程钜夫扣留在京城，不让他回去，奏请皇帝杀死他，共上奏六次，皇帝都不批准。……至元三十年(1293)，程钜夫被任命为闽海道肃政廉访使，他兴办学校，倡明教化，官吏和平民对他是又怕又爱。

大德四年(1300)，程钜夫改任江南湖北道肃政廉访使。到任后，首先惩治行省平章政事家奴中扰害百姓的人，使得当地上上下下秩序井然。

大德十一年(1307)，程钜夫被任命为山南江北道肃政廉访使，朝廷又留他担任翰林学士。至大元年(1308)，程钜夫撰写《成宗实录》。至大二年(1309)，皇帝召他到上都。至大三年(1310)，又任命他为山南江北道肃政廉访使。……皇庆元年(1312)，程钜夫撰写《武宗实录》。皇庆二年(1313)，天气干旱，程钜夫奉皇帝之命陈述皇帝为求雨而自我责备的六件事，与当朝宰相的意见相冲突。第二天，皇帝派遣贴身的仆人赐给程钜夫皇帝用的酒器，慰劳他说：“中书省的官员议事，只有你说得非常恰当。以后遇到事情，请毫无保留地说出你的意见。”于是程钜夫与平章政事李孟、参知政事许师敬一起商议实行贡举法，程钜夫建议：“经学应当以程颐、程颢和朱熹的传注为主，文章应革除唐、宋长期以来的弊病。”皇帝命令程钜夫起草诏书实行这些主张。

延祐三年(1316)，程钜夫因病请求退职回故乡，皇帝不批准，命令御医送给他药物，……皇帝经常命令身边的臣子去安抚探视，并且慰劳他说：“你是世祖的旧臣，忠诚而又坚定，请尽力多吃些粥饭，稍微多留京城一段时间，以满足我的心愿。”程钜夫请求退职的要求更加坚决了，皇帝特别授予他光禄大夫的职位，赐给他皇帝使用的酒器，命令朝廷大臣以及下级官员在齐化门外为程钜夫饯行，送给他驿车，让他回南方去。皇帝命令行省和有关的官吏经常去慰问他。家居三年，程钜夫去世，享年七十岁。泰定二年(1325)，朝廷追赠程钜夫为大司徒、柱国，追封他为楚国公，谥号为文宪。

胡长孺传

胡长孺(1249—1323),字汲仲,婺州永康(今浙江永康)人,宋末,荆湖制置使任用他为吏,宋亡隐居永康。元世祖至元二十五年(1288),应召至京师,任集贤院修撰,因触怒执朝政者,改任为扬州教授。后任台州路宁海县主簿等,晚年辞官隐居杭州武林山。胡长孺初学朱熹的学术,晚年崇慕陆九渊"宇宙即吾心"的思想。有《石塘文稿》,已佚。

胡长孺字汲仲,婺州永康人。当唐之季,其先自天台来徙,宋南渡后,以进士科发身者十人,持节分符①，先后相望。……至长孺，其学益大振，《九经》②、诸史，下逮百氏，名③、墨④、纵横⑤，旁行敷落⑥，律令章程，无不包罗而揆序之。咸淳中，外舅徐道隆为荆湖四川宣抚参议官，长孺从之入蜀，铨试第一名，授迪功郎⑦、监重庆府酒务。……与高彭、李湜、梅应春等，号南中八士。已而复拜福宁州倅（cuì 翠）之命⑧，会宋亡，退栖永康山中。

至元二十五年，诏下求贤，有司强起之，至京师，待诏集贤院。既而召见内殿，拜集贤修撰，与宰相议不合，改教授扬州。元贞元年，移建昌，适录事阙官⑨，檄长孺摄之。程文海方贵显⑩，其家气焰熏灼，即违法，人不敢何问，其树外门，侵官道，长孺亟命撤之。至大元年，转

① 持节：古使臣出使，必持符节以作凭证，魏晋以后持节为官名，相当于刺史之类。符：古时帝王授予功臣和诸侯的凭证。 ②《九经》：儒家奉为经典的九种古籍的总称。 ③ 名：名家，战国时诸子百家学派之一，以辩论名实为主题。 ④ 墨：墨家，代表人物是墨翟，主张兼爱、非攻、尚贤、尚同。 ⑤ 纵横：纵横家，以审察时势，游说动人为主。 ⑥ 旁行：横行的文字，指少数民族文字。落：古代宫室筑成时举行的祭礼。 ⑦ 迪功郎：即将仕郎，文散官，从九品。 ⑧ 福宁：州名，治所在今福建省霞浦县。 ⑨ 录事：官名，相当于州郡主簿之职。 ⑩ 程文海：即程钜夫。

台州路宁海县主簿①，阶将仕佐郎。

大德丁未，浙东大侵，戊申，复无麦，民相枕死。宣慰同知脱欢察议行赈荒之令②，敛富人钱一百五十万给之，至县，以余钱二十五万属长孺藏去，乃行旁州。长孺察其有干没意，悉散于民。阅月再至，索其钱，长孺抱成案进曰："钱在是矣。"脱欢察怒曰："汝胆如山耶！何所受命，而敢无忌若此！"长孺曰："民一日不食，当有死者，诚不及以闻，然官书具在，可征也。"脱欢察虽怒，不敢问。县有铜岩，恶少年狙伺其间，恒出钞道，为过客患，官不能禁。长孺伪衣商人服，令苍头负货以从，阴戒驺(zōu 邹)卒十人蹑其后，长孺至，岩中人突出要之，长孺方逊辞以谢，驺卒俄集，皆成擒，俾尽逮其党置于法，夜行无虞。民荷溺器粪田，偶触军卒衣，卒抶伤民③，且碎器而去，竟不知主名。民来诉，长孺阳怒其诬，械于市，俾左右潜侦之。向抶者过焉，戟手称快④，执诣所隶，杖而赏其器。群妪聚浮屠庵，诵佛书为禳祈，一妪失其衣，适长孺出乡，妪讼之。长孺以牟麦置群妪合掌中，命绕佛诵书如初，长孺闭目叩齿，作集神状，且曰："吾使神监

---

① 台州路：地名。治今浙江省临海市。主簿：县官的辅佐。 ② 宣慰：即宣慰使司，元地方官署名，掌军民之务。 ③ 抶(chì 翅)：鞭打。 ④ 戟手：徒手屈肘如戟形，指点人或怒骂人时常如此。

之矣，盗衣者行数周，麦当芽。”一妪屡开掌视，长孺指缚之，还所窃衣。……永嘉民有弟质珠步摇于兄者①，赎焉，兄妻爱之，给以亡于盗，屡讼不获直，往告长孺。长孺曰：“尔非吾民也。”叱之去。未几，治盗，长孺嗾盗诬兄受步摇为赃，逮兄赴官，力辨数弗置，长孺嗾曰：“尔家信有是，何谓诬！”兄仓皇曰：“有固有之，乃弟所质者。”趣持至验之，呼其弟示曰：“得非尔家物乎？”弟曰：“然。”遂归焉。其行事多类此，不能尽载。

延祐元年，转两浙都转运盐使司长山场盐司丞，阶将仕郎，未上，以病辞，不复仕，隐杭之虎林山以终。

长孺初师青田余学古，学古师王梦松，梦松亦青田人，传龙泉叶味道之学，味道则朱熹弟子也。渊源既正，长孺益行四方，访求其旨趣，始信涵养用敬为最切，默存静观，超然自得，故其为人，光明宏伟，专务明本心之学，慨然以孟子自许。唯恐斯道之失其传，诱引不倦，一时学者慕之，有如饥渴之于食饮。方岳大臣与郡二千石，聘致庠序，敷绎经义，环听者数百人。长孺为言：“人虽最灵，与物同产，初无二本。”皆跃跃然兴起，至有太息者。为辞章有精魄，金舂玉撞，壹发其和平之音，海内来

① 步摇：妇女首饰的一种，上面有垂珠，走步时垂珠摇动，因名步摇。

求者，如购拱璧，碑版焜煌，照耀四裔，苟非其人，虽一金易一字，毅然不与。乡闱取士，屡司文衡，贵实贱华，文风为之一变。

晚寓武林，病喘上气者颇久。一旦具酒食，与比邻别，云将返故乡。门人有识其微意者，问曰："先生精神不衰，何为遽欲观化乎？"长孺曰："精神与死生，初无相涉也。"就寝，至夜半，喘忽止，其子驹排户视之，则正衣冠坐逝矣。年七十五。所著书有《瓦缶编》、《南昌集》、《宁海漫抄》、《颜乐斋稿》行于世。

……

——《元史》卷一九〇

【翻译】

胡长孺，字汲仲，婺州永康人。唐朝末年时，他的祖先由天台县迁来永康。宋朝南渡后，胡家从进士科立功扬名的有十人之多，当上高官的，前后不断。……到胡长孺时，胡家学问更是大振，《九经》、各种史书，下及诸子、名家、墨家、纵横家、少数民族的文字、祭祀的礼仪、法律、法令、章程、条例，无不包容。宋咸淳年间(1265—1274)，胡长孺的岳父徐道隆任荆湖四川宣抚参议官，胡长孺跟随他进入四川，在吏部选拔官吏的考试中获得第一名，被授予迪功郎的职位，监管重庆府有关酿酒、贩酒的事务。……胡长孺与高彭、李谌、梅应春等，号称西南地区的八位杰出文人。不久，他接受了担任福宁州副职的任命，正好赶上宋朝灭亡，便退隐到永康山中。

至元二十五年(1288)，皇帝下令征召贤人，官吏强求他应召，到达京城后，在集贤院等待诏命。不久，皇帝在内殿召见胡长孺，任命他为集贤修撰，他与宰相意见不合，被调任为扬州教授。元贞元年(1295)，他被调到建昌，恰好录事的职位空缺，上级官府有文书命胡长孺代理。当时程钜夫正处于显赫尊贵的地位，他家气焰熏天，即便犯了法，人们也不敢问什么，程钜夫建立外门，侵占了公共的道路，胡长孺立即命令他拆除。至大元年(1308)，胡长孺转任台州路宁海县主簿，官阶是将仕佐郎。

大德丁未年(1307)，浙江东部闹大灾荒，戊申年(1308)，麦子也没有收成，老百姓处处饿死。宣慰使司同知脱欢察提议颁行赈济灾荒的法令，聚敛富人的钱财一百五十万贯分发给穷人。脱欢察到达宁海县后，把剩余的钱二十五万贯嘱咐胡长孺藏起来，便去巡视邻近的州郡去了。胡长孺察觉脱欢察有侵吞这些钱财的意思，便将这些钱都散发给了老百姓。过了一个月，脱欢察再次来到宁海县，向胡长孺索取那笔钱财，胡长孺抱着已办好的公文案卷送上说："钱在这里呢。"脱欢察大怒，说："你的胆子像山一样吗！你从哪儿得到的命令，而敢如此地放肆！"胡长孺说："百姓一天不吃饭，就会有人死掉，实在是来不及报告，不过公文案卷都在这里，可以证明这一点。"脱欢察虽然生气，也不敢查问。宁海县有个叫铜岩的地方，一些作恶的青年人在岩石间暗中窥伺，经常出来截道，成为过往旅客的祸患，官府无法禁止。胡长孺用商人的服装伪装起来，命令仆人背着货跟随着他，暗地里命令随从士兵十人跟在后面。胡长孺到达铜岩后，岩石中的人冲出来要挟他，胡长孺正在说着谦逊的话来道歉时，士兵很快包围了上来，那些作恶的青年都被抓住了，紧接着又抓住同党，以法处治，人们夜间在这里行走时，再也不用担心了。有一个老百姓挑着装尿的器皿去浇农田，偶然沾了一个士兵的衣服，士兵用鞭子打伤了那个老百姓，并且打碎了装尿的器皿之后离去了，那个老百姓最后也不知道肇事者的姓名。那个老百姓来告状，胡长孺假装恼怒他诬告士兵，将他上了枷锁示众，让手下的人暗地里侦察。先前用鞭子打人的那个人路过这里，戟手称快，胡长孺手下的人立即抓住他到他所隶属的军队，将他杖责后，使他赔偿了那个老百姓的器皿。一群老妇人聚集在尼姑庵，吟诵佛书祈祷消灾，一位老妇人丢了自己的衣服，恰逢胡长孺下乡，老妇人向他告状。胡长孺把大麦粒放在这群老妇人合起来的掌心里，命令她们像原来一样绕着佛像诵读经书。胡长孺闭上眼睛，叩动牙齿，作召集神灵之状，并且说："会让神灵监视着她们，偷衣服的人走几圈后，大麦粒就会发芽。"一个老妇人屡次张开手掌观看，胡长孺手指着她让手下人将她绑起来，追回她所偷走的衣服。……永嘉县有一户平民，弟弟曾将一串步摇珠交给哥哥作为抵押，当弟弟想赎回这串珠子时，他的嫂子喜爱这件首饰，便欺骗他说珠子被盗贼偷走了，屡次讼诉都不能得到公正的解决。弟弟到宁海县向胡长孺告状，胡长孺说："你不是我管辖的百姓。"呵斥他离开。不久，在惩处盗贼时，胡长孺指使盗贼诬告那位哥哥接受步摇珠作为赃物，役卒将哥哥逮捕来到衙门，他极力争辩数次也得不到释放，胡长孺说："你家确实有这件首饰，怎么说是诬告！"那位哥哥惊慌地说："有固然有，是我弟弟所抵押的物品。"胡长孺催促他拿来检验，叫他弟弟来，把步摇珠给他看，说："这不是你家的东西吗？"弟弟说："是。"于是将首饰归还了弟弟。胡长孺办事之精明大都与此类似，不能一一记载。

延祐元年(1314)，胡长孺调任两浙都转运盐使司长山场盐司丞，官阶是将仕郎，他没有上任，因病辞职，从此不再做官，隐居在杭州虎林山直到去世。

胡长孺最初师事青田县的余学古,余学古从师于王梦松,王梦松也是青田人,继承的是龙泉叶味道的学术,叶味道则是朱熹的弟子。学术渊源既然端正,胡长孺更游历四方,访求朱熹之学的旨趣,开始相信涵养和敬肃是最紧要的,他相信形不动而神游,静静地观察世界,超然物外,自得其乐,所以胡长孺为人光明磊落,胸襟广阔,专门研究明辨本心的程朱理学,慨然自许为当时的孟子。胡长孺唯恐儒学失传,对于学生循循善诱,详加指引,不知疲倦,一时间求学者都仰慕他,有如饥渴的人对于食物和饮料一样。不少行省与州郡的长官都聘请胡长孺到学校里,详细讲解经书的含意,围绕着胡长孺而听讲的有好几百人。胡长孺对他们说:"人虽然是最聪明的,但与其他物质一样,开始的时候并没有两个本源。"听讲的人都活跃地有了兴趣,甚至有叹息的人。胡长孺做文章有精神、气魄、像敲铁器、撞玉器一样,均匀地发出平和的声音。天下来求他文章的人,就像购买价值连城的宝玉一样,刻为碑版,光照四方。如果不是正直的人,即使用一两银子换一个字,胡长孺也坚决不给。在乡试中选拔人材时,他多次主持评卷,崇尚朴实,鄙贱浮华,文风为此一变。

胡长孺晚年寓居在武林,得哮喘病时间很久。一天早晨他准备了酒饭,与邻居告别,说将要返回故乡。弟子中有看破他微妙的用意的，问道：“先生的精神并不衰老，为什么急于要观察生死的变化呢?”胡长孺说：“精神和死生，原本没有什么关系。”胡长孺睡觉后，到半夜里，喘息的声音忽然停止了，他的儿子胡驹推开门一看，胡长孺已穿戴得端端正正地坐在那里去世了。时年七十五岁。胡长孺所著的书有《瓦缶编》、《南昌集》、《宁海漫抄》、《颜乐斋稿》，流行于世上。

……

吴澄传

吴澄(1249—1333),字幼清,抚州崇仁(今江西崇仁)人。程钜夫题吴澄所居住的草屋为“草庐”,故学者称他为草庐先生。历任江西儒学副提举、国子监丞、国子监司业、翰林学士,元泰定帝泰定元年(1324)开经筵,为讲官。修《英宗实录》,命总其事。为元代著名的理学家、文学家,他在哲学上主张调和朱熹、陆九渊两派,但他本人在思想上更接近于朱熹。吴澄的著作有《老子注》和诸经《纂言》等。《书纂言》,同意吴棫与朱熹之说,疑《古文尚书》及《孔传》为伪书。《礼记纂言》则将《小戴记》四十九篇割裂颠倒,颇为后人所讥。有《草庐吴文正公全集》。

吴澄字幼清，抚州崇仁人①。……三岁，颖悟日发，教之古诗，随口成诵。五岁，日受千余言，夜读书至旦。母忧其过勤，节膏火，不多与，澄候母寝，燃火复诵习。九岁，从群子弟试乡校②，每中前列。既长，于经传皆习通之，知用力圣贤之学，尝举进士不中。

至元十三年，民初附，盗贼所在蜂起，乐安郑松，招澄居布水谷，乃著《孝经章句》③。校定《易》、《书》、《诗》、《春秋》、《仪礼》及《大、小戴记》④。侍御史程钜夫⑤，奉诏求贤江南，起澄至京师。未几，以母老辞归。钜夫请置澄所著书于国子监，以资学者，朝廷命有司即其家录上。元贞初，游龙兴⑥，按察司经历郝文迎至郡学⑦，日听讲论，录其问答，凡数千言。行省掾（yuàn 院）元明善以文学自负⑧，尝问澄《易》、《诗》、《书》、《春秋》奥义，叹曰："与吴先生言，如探渊海。"遂执子弟礼，终其身。左丞董士选延之于家，亲执馈（kuì 愧）食，曰："吴先生，天

① 抚州：元代为抚州路，旧治在今江西省抚州市。 ② 乡校：乡学，地方所办的学校。 ③ 章句：一种以分章析句来解说经义的著作体裁。 ④《大、小戴记》：即《大戴礼》和《小戴记》。 ⑤ 侍御史：官名，御史台官员，从五品。 ⑥ 龙兴：路名，即今江西省南昌市。 ⑦ 郡学：郡治所在的学校。 ⑧ 行省：行尚书省或行中书省的简称；掾：古代属官的通称。

下士也。"既入朝,荐澄有道,擢应奉翰林文字①。有司敦劝,久之乃至,而代者已到官,澄即日南归。未几,除江西儒学副提举②,居三月,以疾去官。

至大元年,召为国子监丞③。先是,许文正公衡为祭酒,始以《朱子小学》等书授弟子,久之,渐失其旧。澄至,旦燃烛堂上,诸生以次受业,日昃(zè 仄),退燕居之室,执经问难者,接踵而至。澄各因其材质,反复训诱之,每至夜分,虽寒暑不易也。……

又尝为学者言:"朱子于道问学之功居多,而陆子静以尊德性为主④。问学不本于德性,则其敝必偏于言语训释之末,故学必以德性为本,庶几得之。"议者遂以澄为陆氏之学,非许氏尊信朱子本意,然亦莫知朱、陆之为何如也。澄一夕谢去,诸生有不谒告而从之南者。俄拜集贤直学士⑤,特授奉议大夫⑥,俾乘驿至京师,次真州,疾作,不果行。

---

① 应奉翰林文字:翰林兼国史院、蒙古翰林院属官,从七品。 ② 儒学副提举:儒学提举司(管理各级学校)官员,从七品。 ③ 国子监丞:国子监(中央所办的学校)的官员。④ 陆子静:南宋哲学家陆九渊,字子静。 ⑤ 集贤直学士:集贤院中职位仅次于大学士、学士的官员。 ⑥ 奉议大夫:文散官名,正五品。

英宗即位，超迁翰林学士①，进阶太中大夫②。先是，有旨集善书者，粉黄金为泥，写浮屠《藏经》③。帝在上都④，使左丞速速，诏澄为序，澄曰："主上写经，为民祈福，甚盛举也。若用以追荐，臣所未知。盖福田利益⑤，虽人所乐闻，而轮回之事，彼习其学者，犹或不言。不过谓为善之人，死则上通高明，其极品则与日月齐光；为恶之人，死则下沦污秽，其极下则与沙虫同类。其徒遂为荐拔之说，以惑世人。今列圣之福，上同日月，何庸荐拔！且国初以来，凡写经追荐，不知几举。若未效，是无佛法矣；若已效，是诬其祖矣。撰为文辞，不可以示后世，请俟驾还奏之。"会帝崩而止。……

澄身若不胜衣，正坐拱手，气融神迈，答问亹（wěi伟）亹，使人涣若冰释。……故出登朝署，退归于家，与郡邑之所经由，士大夫皆迎请执业，而四方之士不惮数千里，蹻屩（juē 撅）负笈来学山中者，常不下千数百人。少暇，即著书，至将终，犹不置也。于《易》、《春秋》、《礼

---

① 翰林学士：翰林兼国史院、蒙古翰林院的高级官员。 ② 太中大夫：文散官名，从三品。 ③《藏经》：又名《大藏经》，《一切经》，佛教经书的总称。 ④ 上都：元都城，故址在今内蒙古正蓝旗东。至元九年（1272），升中都为大都，上都仍为皇帝夏季驻地。 ⑤ 福田：佛家认为积善行可得福报，犹如播种田地，秋天可以获得果实。

记》，各有纂言，尽破传注穿凿，以发其蕴，条归纪叙，精明简洁，卓然成一家言。作《学基》、《学统》二篇，使人知学之本，与为学之序，尤有得于邵子之学。校定《皇极经世书》，又校正《老子》、《庄子》、《太玄经》、《乐律》及《八阵图》、郭璞《葬书》①。

初，澄所居草屋数间，程钜夫题曰"草庐"，故学者称之为草庐先生。天历三年，朝廷以澄耆（qí齐）老，特命次子京为抚州教授②，以便奉养。明年六月，得疾，有大星坠其舍东北，澄卒，年八十五。赠江西行省左丞、上护军，追封临川郡公，谥文正。

……

——《元史》卷一七一

【翻译】

吴澄，字幼清，抚州崇仁人。……吴澄三岁时，一天天地显示出他的聪明，教他古诗，他随口就能背诵下来。他五岁时，每天学习上千个字，夜里读书到第二天天亮。吴澄的母亲担心他过于勤奋，便缩减了灯油，不多给他，吴澄等母亲睡着了以后，点起灯又诵读学习。吴澄九岁

① 郭璞：晋朝学者。 ② 教授：学官名，从九品至正八品。

时，与一群年轻人在乡学里考试，吴澄每次都名列前茅。长大以后，他对于经书和阐释经书的著作都研习和精通，他懂得在圣贤的学说上下功夫，他曾经参加进士考试，没有考中。

至元十三年(1276)，人民刚刚归顺元朝，盗贼到处出现，乐安的郑松，邀请吴澄居住在布水谷，吴澄于是写了《孝经章句》，校订了《易》、《书》、《诗》、《春秋》、《仪礼》以及《大戴礼》、《小戴礼》。侍御史程钜夫奉皇帝之命在江南访求贤人，动员吴澄到京城。不久，他因母亲年老而辞别归去。程钜夫请求购置吴澄的著作于国子监，以帮助学者，朝廷命令有关的官吏到他家抄录了那些书。元贞初年，吴澄游历龙兴，按察司经历郝文把他迎接到郡学，每日听他讲授、论说，记录学生的提问与他的回答，共几千字。行省掾元明善以自己文章和博学而自负，他曾经向吴澄请教《易》、《诗》、《书》、《春秋》深奥的含义，他慨叹道："同吴先生谈话，就像在探寻深深的大海。"于是他在吴澄面前便执守晚辈的礼节，终生如此。左丞董士选请吴澄到家里来，亲自拿着赠送给吴澄的食物，说："吴先生，真是天下的名士啊。"董士选入朝做官后，举荐吴澄，说他有道德，有才艺，朝廷提拔吴澄为应奉翰林文字。有关的官吏敦促吴澄到任，过了很久他才来到，而代替他的人已经到任了，吴澄当天就返回南方。

不久，吴澄被任命为江西儒学副提举，过了三个月，他因病辞官。

至大元年(1308)，朝廷征召吴澄为国子监丞。原先，许衡任国子监的祭酒，开始用《朱子小学》等书教授学生，时间久了以后，这门学问渐渐地就失去了本来面目。吴澄到任之后，清晨在堂上点起蜡烛，各位弟子按着顺序前来跟着学习，夕阳西下的时候，才回到自己休息时居住的房间，可是拿着经书来与他讨论、辩论的学生仍络绎不绝。吴澄根据他们各个人的才能、气质，反复地教育、诱导，常常到午夜，即使是严冬和酷暑也不改变这种做法。……

吴澄又曾经对学者说："朱熹先生对于道学的贡献，是以解答各种问题的功劳居多，而陆子静先生是以尊崇道德、品性为主。解答问题如果不是以道德、品性为根本，则它的弊端必然是只偏于对语言的阐释这种次要的东西，所以学习必须要以道德、品性为根本，这样才差不多可以得到学问。"评论者便认为吴澄的思想属于陆九渊的学说，不是许衡尊崇朱熹先生的本意，然而这些人也没有知道朱熹、陆九渊是怎么回事的。一天晚上，吴澄辞职离开国子监，学生中有不向国子监官员请假便跟随吴澄到南方的。不久，朝廷任命吴澄为集贤直学士，特地任命他为奉议大夫，让他乘坐驿车到京城，他住在真州的馆驿中，得了病，没有真正到京城赴任。

元英宗继承皇位，破格提拔吴澄为翰林学士，晋升他为太中大夫。原先，皇帝有旨意，征集善于书法的人，用黄金粉书写佛教的《藏经》。皇帝在上都，派左丞速速，命令吴澄为《藏经》作序，吴澄说："皇上书写经文，为百姓祈求幸福，是非常盛大的举动。如果写经是为了为死者祈祷祝福，这是我所不懂的。所谓福田利益，虽然人们都喜欢听这类事情，但是轮回之类的事情，那些研习佛学的人，尚且可能不说。所谓轮回不过是说做善事的人，去世以后便向上到达高而明亮的境界，其中最好的人同太阳、月亮一样发射出光芒；做恶事的人，死后便沦落到污秽之中，其中最坏的人与泥沙、昆虫为同类。这种人的门徒便主张为死者祈祷祝福，以迷惑世上的人们。如今各位圣人之神，在上天如同日月一般，哪里用得着为他们祈祷祝福！而且元朝开国以来，凡是写经为死者祈祷祝福的，不知有多少了。如果这种举动没有效果，那就是没有佛法；如果已经有了效果，那就是诬蔑了他们的祖先。将这些写成文章，是不可以给后代人看的，请等皇帝回来时再奏报。"恰遇皇帝去世，此事便停止了。……

吴澄的身材像是支撑不住身上的衣服，端坐着向人拱手，神气和畅，精神超迈，回答问题娓娓动听，使人的疑难问题像冰一样融化。……所以吴澄无论是进入朝廷,还是退职回家,以及经过的地方,士大夫们都迎接他并捧着书本求教,四面八方的读书人不远千里,足蹬草鞋,背着书箱来到山里学习的,常常不下成百上千人。稍有空闲时间,吴澄便著书立说,一直到去世,仍然没有放弃。他对于《易》、《春秋》、《礼记》,各有著述,完全打破传注体的穿凿附会,以阐发经书的真正含义。他的著作条理清晰,精明简洁,卓然自成一家之言。他著有《学基》、《学统》两篇文章,使人得知学习的最基本的东西,以及学习的顺序,他对于邵雍的学说尤其有心得。吴澄校订了《皇极经世书》,又校正了《老子》、《庄子》、《太玄经》、《乐律》以及《八阵图》、郭璞的《葬书》等。

起初,吴澄居住在几间草屋里,程钜夫将他的住所题为"草庐",所以学者称吴澄为草庐先生。天历三年(1330),朝廷因为吴澄年纪老了,特意任命他的次子吴京为抚州教授,以便侍奉赡养他的父亲。第二年六月,吴澄染病,有一颗大星星坠落在他的住所的东北面,吴澄于是去世了,享年八十五岁。朝廷追赠他为江西行省左丞、上护军,追封他为临川郡公,追加封号为临川郡公,谥号为文正。

……

赵孟頫传

赵孟頫(1254—1322),字子昂,号松雪道人,吴兴(今浙江湖州)人。出身宋朝皇族,曾任宋真州司户参军。程钜夫将他推荐给元世祖,世祖很赏识他。他曾任兵部郎中、翰林学士承旨。赵孟頫是元代著名的书画家,书法兼善篆、隶、行、草,绘画兼善山水、竹石、人物、鞍马、花鸟。他传世的书画作品之多,为元代之冠。赵孟頫亦善诗文,著有《松雪斋集》。

赵孟頫字子昂,宋太祖子秦王德芳之后也。五世祖秀安僖王子偁(chēng 撑),四世祖崇宪靖王伯圭。高宗无子,立子偁之子,是为孝宗,伯圭,其兄也,赐第于湖州，故孟頫为湖州人。……

孟頫幼聪敏，读书过目辄成诵，为文操笔立就。年十四，用父荫补官①，试中吏部铨法②，调真州司户参军③。宋亡，家居，益自力于学。

至元二十三年，行台侍御史程钜夫，奉诏搜访遗逸于江南，得孟頫，以之入见。孟頫才气英迈，神采焕发，如神仙中人，世祖顾之喜，使坐右丞叶李上，或言孟頫宋宗室子，不宜使近左右，帝不听。时方立尚书省，命孟頫草诏颁天下，帝览之，喜曰："得朕心之所欲言者矣。"……帝初欲大用孟頫，议者难之。

二十四年六月，授兵部郎中④。兵部总天下诸驿，时使客饮食之费，几十倍于前，吏无以供给，强取于民，不胜其扰，遂请于中书，增钞给之。至元钞法滞涩不能行⑤，诏遣尚书刘宣与孟頫驰驿至江南，问行省丞相慢令之罪⑥，凡左右司官及诸路官⑦，则径笞之。孟頫受命而行，比

① 荫：封建官僚的子孙以先代官爵而受封。 ② 吏部：官署名，掌管官吏的任用升迁；铨法：选授官职的标准。 ③ 司户参军：一种地方的下级官员。 ④ 兵部：官署名，掌全国军务及邮驿屯牧有关事宜。郎中：官名，掌各司事务，职位仅次于尚书、侍郎。 ⑤ 至元钞法：元代至元年间发行一种新的纸币，以取代中统年间的旧纸币。 ⑥ 行省丞相：地方行中书省的长官。 ⑦ 左右司：左司、右司皆为中书省所属的管理机构。

还，不笞一人，丞相桑哥大以为谴。

时有王虎臣者，言平江略总管赵全不法[1]，帝即命虎臣往按之。叶李执奏不宜遣虎臣[2]，帝不听，孟頫进曰："赵全固当问，然虎臣前守此郡，多强买人田，纵宾客为奸利，全数与争，虎臣怨之。虎臣往，必将陷全，事纵得实，人亦不能无疑。"帝悟，乃遣他使。桑哥钟初鸣时即坐省中，六曹官后至者，则笞之，孟頫偶后至，断事官遽引孟頫受笞[3]，孟頫入诉于都堂右丞叶李曰[4]："古者，刑不上大夫，所以养其廉耻，敦之节义，且辱士大夫，是辱朝廷也。"桑哥亟慰孟頫使出，自是所笞，唯曹史以下[5]。他日，行东御墙外，道险，孟頫马跌堕于河。桑哥闻之，言于帝，移筑御墙稍西二丈许。帝闻孟頫素贫，赐钞五十锭[6]。……

孟頫退谓奉御彻里曰："帝论贾似道误国，责留梦炎不言[7]，桑哥罪甚于似道，而我等不言，他日何以辞其责！然我疏远之臣，言必不听，侍臣中读书知义理、慷慨有大

---

① 平江：今江苏省苏州市。总管：元代各路设总管府，总管为总管府长官。 ② 叶李：杭州人，世祖时任尚书右丞。 ③ 断事官：官职名，隶属于枢密院，掌管裁决军府刑政狱讼的事务。 ④ 都堂：即尚书省。 ⑤ 曹史：下级官吏。 ⑥ 锭：截成块状的金银，重五两或十两。 ⑦ 留梦炎：南宋时状元，位至丞相。

节、又为上所亲信，无逾公者。夫捐一旦之命，为万姓除残贼，仁者之事也。公必勉之！”既而彻里至帝前，数桑哥罪恶，帝怒，命卫士批其颊，血涌口鼻，委顿地上。少间，复呼而问之，对如初。时大臣亦有继言者，帝遂按诛桑哥，罢尚书省，大臣多以罪去。

帝欲使孟頫与闻中书政事，孟頫固辞，有旨令出入宫门无禁。每见，必从容语及治道，多所裨益。帝问：“汝赵太祖孙耶①？太宗孙耶②？”对曰：“臣太祖十一世孙。”帝曰：“太祖行事，汝知之乎？”孟頫谢不知，帝曰：“太祖行事，多可取者，朕皆知之。”孟頫自念，久在上侧，必为人所忌，力请补外。二十九年，出同知济南路总管府事。时总管阙（quē 缺），孟頫独署府事，官事清简。有元掀儿者，役于盐场，不胜艰苦，因逃去。其父求得他人尸，遂诬告同役者杀掀儿，既诬服。孟頫疑其冤，留弗决，逾月，掀儿自归，郡中称为神明。……

仁宗在东宫，素知其名，及即位，召除集贤侍讲学士③、中奉大夫④。……帝眷之甚厚，以字呼之而不名⑤。帝尝与侍臣论文学之士，以孟頫比唐李白、宋苏子瞻。又

---

① 赵太祖：宋太祖赵匡胤。 ② 太宗：宋太宗赵匡义（后改名为赵光义）。 ③ 侍讲学士：集贤院的官员，职位次于大学士、学士和侍读学士。 ④ 中奉大夫：文散官名，从二品。 ⑤ 以字呼之而不名：古人称呼别人的字表示尊敬。

尝称孟頫操履纯正，博学多闻，书画绝伦，旁通佛老之旨，皆人所不及。……

初，孟頫以程钜夫荐，起家为郎①。及钜夫为翰林学士承旨，求致仕去，孟頫代之，先往拜其门，而后入院，时人以为衣冠盛事。六年，得请南归。帝遣使赐衣币趣之还朝，以疾，不果行。至治元年，英宗遣使即其家，俾书《孝经》。二年，赐上尊及衣二袭。是岁六月卒，年六十九。追封魏国公，谥文敏。

孟頫所著，有《尚书注》，有《琴原》、《乐原》，得律吕不传之妙②。诗文清邃（suì 碎）奇逸，读之，使人有飘飘出尘之想。篆、籀（zhòu 宙）③、分④、隶、真⑤、行、草书，无不冠绝古今，遂以书名天下。天竺有僧⑥，数万里来求其书归，国中宝之。其画山水、木石、花竹、人马，尤精致。前史官杨载称孟頫之才颇为书画所掩⑦，知其书画者，不知其文章，知其文章者，不知其经济之学。人以为知言云。

——《元史》卷一七二

---

① 郎：郎中、员外郎通称为郎，又文散官亦称郎。 ② 律吕：乐律。 ③ 籀：籀文，古代的一种字体，即大篆。 ④ 分：分书，即八分书，字体似隶书而多波折。 ⑤ 真：真书，即楷书。 ⑥ 天竺：中国古代称印度为天竺。 ⑦ 杨载：元浦城人，后居杭州，以布衣召为翰林院编修官，后登进士第。

【翻译】

赵孟頫，字子昂，他是宋太祖的儿子秦王赵德芳的后代。赵孟頫的五世祖是秀安僖王赵子偁，四世祖是崇宪靖王赵伯圭。宋高宗赵构没有儿子，便立赵子偁的儿子为皇太子，这就是宋孝宗，赵伯圭就是宋孝宗的哥哥。孝宗在湖州赐给赵伯圭府第，所以赵孟頫是湖州人。……

赵孟頫自幼聪明，读书看一遍就能背诵，写文章提笔就可以完成。他14岁的时候，因父亲的官爵而被封官，他通过了吏部选授官职的考试，被任命为真州司户参军。宋朝灭亡以后，他居住在家中，更加努力于钻研学问。

至元二十三年(1286)，行御史台侍御史程钜夫奉皇帝之命在江南搜求寻访遗贤隐逸，得到赵孟頫，带他入朝廷进见皇帝。赵孟頫才华横溢，神采飞扬，宛如仙人一样，世祖看见之后很高兴，让赵孟頫的坐次位于右丞叶李之上。有人说赵孟頫是宋朝的皇族，不适合让他接近皇帝，皇帝不听。当时刚刚设立尚书省，世祖命令赵孟頫起草诏书颁行于全国。皇帝看了之后，高兴地说："你说出了我心里想说的话。"……皇帝开始想重用赵孟頫，可持异议的人却阻挠这项任命。

二十四年(1287)六月，任命赵孟頫为兵部郎中。兵部管理全国各地的驿站，当时使者饮食的费用，几乎是以前的十倍，驿站的官吏无法供给，便从老百姓那里强夺，百姓忍受不了他们的滋扰，赵孟頫便向中书省请求给驿站增加经费。至元年间发行的纸币滞涩不能流行，皇帝命令派遣兵部尚书刘宣和赵孟頫乘驿车到江南，质问行省丞相怠慢朝廷法令的罪过，凡是左右司官员以及各路的官员，都可以直接鞭打。赵孟頫接受命令而去，等到返回朝廷，他没有鞭打一个人，丞相桑哥为此大为责备他。

当时有个叫王虎臣的人，说平江路总管赵全违法，皇帝便命令王虎臣去平江审察赵全。叶李启奏认为不宜于派遣王虎臣去，皇帝不听。赵孟頫进言说："赵全固然应当查问，然而王虎臣先前曾管理这个郡，常强行购买别人的田产，纵容食客做奸恶贪利之事，赵全多次与他争执，王虎臣怨恨赵全。王虎臣去，必将陷害赵全，赵全的事情纵然是真的，别人也不能不怀疑。"皇帝醒悟了，于是派遣了另外的使臣。桑哥每当晨钟第一次敲响时便坐在了中书省中，六部的官员比他晚到的，便鞭打。赵孟頫偶然后到，断事官立即拉着赵孟頫去接受鞭打。赵孟頫上诉于尚书省右丞叶李，他说："古时候，刑法不施于士大夫，为的是培养他们的廉耻之心，教育他们守节义，而且，侮辱士大夫，就是侮辱朝廷。"桑哥急忙安慰赵孟頫，使他从尚书省出来，从此以后所鞭打的，只是曹史以下的小官吏。后来，赵孟頫在皇宫东墙外行走，道路危险，赵孟頫的马跌倒掉下护城河中。桑哥听说了这件事，告诉了皇帝，并且将皇宫的城墙稍微向西移二丈重新建造。皇帝听说赵孟頫一直贫穷，赐给他五十锭钱。……

赵孟頫退朝之后对侍奉皇帝的彻里说：“皇帝评论贾似道误国，责备留梦炎没有提醒宋朝的皇帝，其实桑哥的罪行比贾似道更严重，而我们不说话，以后怎么能推卸责任！可是我不是皇帝亲近的臣子，说了他一定不听。侍臣中喜欢读书而又懂得义理、慷慨有大节、又为皇帝所亲近信任的，没有超过您的。一时献出生命，为百姓除掉残忍的国贼，是仁者的事情。您务必要努力做到！”不久之后彻里到皇帝面前，历数桑哥的罪恶，皇帝大怒，命令卫兵打他的嘴巴，彻里口鼻出血，倒在地上。过了一会儿，皇帝又叫他，再次问他问题，他仍像开始一样回答。当时大臣中也有跟随彻里数说桑哥之罪的，皇帝便诛杀了桑哥，撤销了尚书省，大臣中多数因为依附桑哥之罪而被罢免。

皇帝想让赵孟頫参预中书省的政事，赵孟頫坚决推辞，皇帝有旨意命令侍卫不得禁止赵孟頫出入宫门。皇帝每次接见赵孟頫，他总是从容地向皇帝谈及治理国家的道理，皇帝从他那里得到很多的益处。皇帝问："你是宋太祖的子孙呢，还是宋太宗的子孙?"赵孟頫回答说："我是宋太祖的十一世孙。"皇帝说："太祖做的事，你知道吗?"赵孟頫道歉说不知道，皇帝说："太祖做的事情，有很多是可取的，我都知道。"赵孟頫自己考虑，长期在皇帝身边，必然被别人忌恨，竭力请求皇帝任命自己到外面做官。至元二十九年(1292)，赵孟頫出任济南路总管府同知，当时总管的职位空缺，赵孟頫独自在府中处理政务，官府之事清明简洁。有一个叫元掀儿的人，在盐场服劳役，忍受不了艰苦，因而逃走了。元掀儿的父亲设法弄到别人的尸首，于是诬告与其子同服劳役的人杀了元掀儿，同服劳役的人已经无辜服罪了。赵孟頫怀疑同服劳役的人是冤枉的，便留下其性命不让处决，一个月后，元掀儿自己回来了，郡中人称赵孟頫为神明。……

元仁宗做太子时，素来知道赵孟頫的名声，等到他继承了皇位，征召赵孟頫，任命他为集贤侍讲学士、中奉大夫。……皇帝极为器重他，称呼他的字而不称呼他的名。皇帝曾经与侍臣议论古代的文学名家，把赵孟頫比作唐朝的李白、宋朝的苏轼。皇帝又曾经称赵孟頫操行纯正，博学多闻，书法和绘画无与伦比，另外还旁通佛学、老庄思想的旨义，都是其他人所达不到的。……

当初，赵孟頫因程钜夫的推荐，离家担任郎中。等到程钜夫担任翰林学士承旨，请求退职回乡时，赵孟頫代替他的职务，先去程钜夫府上拜访，然后才进入翰林兼国史院，当时人认为这是士大夫中值得称颂的事。延祐六年(1319)，赵孟頫得以申请返回南方。皇帝派使臣赐给他衣服、钱币，催促他返回朝廷，因为生病，赵孟頫没有能够上路。至治元年(1321)，元英宗派遣使者到他家，让他书写《孝经》。至治二年(1322)，赐给他皇帝使用的酒器和两套衣服。这年的六月，赵孟頫去世，享年六十九岁。朝廷追封他为魏国公，谥号为文敏。

赵孟頫的著作，有《尚书注》，有《琴原》、《乐原》，在他的这两本书中有已经失传了的乐律的精妙论述。赵孟頫的诗文清新、深远、奇妙、飘逸，读他的诗文，使人有飘飘然离开尘世的想法。他的篆书、籀书、分书、隶书、楷书、行书、草书，无不冠绝古今，于是以书法之名闻于天下。印度有一位僧人，不远万里来求得赵孟頫的书法作品，回去后，他的国家将赵孟頫的书法作品，奉为珍宝。赵孟頫画山水、树木、山石、花草、翠竹、人物、骏马，尤其精致。从前史官杨载说赵孟頫的才华在很大程度上被他的书画成就所掩盖，了解他的书画的人，不了解他的文章，了解他的文章的人，不了解他的经邦济世的学问。人们认为这是最了解赵孟頫的论断。

张养浩传

张养浩(1270—1329),字希孟,号云庄,山东济南人。张养浩博通经史,先任御史台掾,复任堂邑县尹,在官十年,有政绩。元武宗时,任监察御史,因批评时政而为权贵所忌,免官。延祐初,以礼部侍郎知贡举,又升礼部尚书。元英宗时他参议中书省事,后辞职归隐,屡召不赴。天历二年(1329),陕西大旱,出任陕西行台中丞,出赈饥民,积劳病逝。张养浩是元代著名的散曲家,其散曲多写弃官后的归隐生活,有的流露出对官场的不满。他也能诗,有《云庄休居自适小乐府》、《云庄类稿》。

张养浩字希孟，济南人。幼有行义，尝出，遇人有遗楮（chǔ 楚）币于途者①，其人已去，追而还之。年方十岁，读书不辍，父母忧其过勤而止之，养浩昼则默诵，夜则闭户，张灯窃读。山东按察使焦遂闻之，荐为东平学正②。游京师，献书于平章不忽木，大奇之，辟为礼部令史③，仍荐入御史台。一日病，不忽木亲至其家问疾，四顾壁立，叹曰："此真台掾也。"及为丞相掾，选授堂邑县尹④。人言官舍不利，居无免者，竟居之。首毁淫祠三十余所，罢旧盗之朔望参者，曰："彼皆良民，饥寒所迫，不得已而为盗耳。既加之以刑，犹以盗目之，是绝其自新之路也。"众盗感泣，互相戒曰："毋负张公。"有李虎者，尝杀人，其党暴戾为害，民不堪命，旧尹莫敢诘问。养浩至，尽置诸法，民甚快之。去官十年，犹为立碑颂德。……

初，议立尚书省，养浩言其不便；既立，又言变法乱政，将祸天下。台臣抑而不闻，乃扬言曰："昔桑哥用事，台臣不言，后几不免。今御史既言⑤，又不以闻，台将安

① 楮币：宋金元时发行的纸币，多用楮皮纸做成，故称"楮币"。 ② 学正：学官名，为地方儒学官员。 ③ 令史：官名，掌文书案牍之事。 ④ 堂邑：县名，治所在今山东聊城市西北。县尹：官名，为一县之长。 ⑤ 御史：张养浩当时任监察御史。

用!”时武宗将亲祀南郊,不豫,遣大臣代祀,风忽大起,人多冻死。养浩于祀所扬言曰:“代祀非人,故天示之变。”大违时相意。

时省臣奏用台臣,养浩叹曰:“尉专捕盗①,纵不称职,使盗自选可乎?”遂疏时政万余言:一曰赏赐太侈,二曰刑禁太疏,三曰名爵太轻,四曰台纲太弱,五曰土木太盛,六曰号令太浮,七曰倖门太多,八曰风俗太靡,九曰异端太横,十曰取相之术太宽。言皆切直,当国者不能容。遂除翰林待制。复构以罪罢之,戒省台勿复用。养浩恐及祸,乃变姓名遁去。……

英宗即位,命参议中书省事。会元夕,帝欲于内庭张灯为鳌山②,即上疏于左丞相拜住。拜住袖其疏入谏,其略曰:“世祖临御三十余年,每值元夕,闾阎之间,灯火亦禁;况阙庭之严,宫掖之邃,尤当戒慎。今灯山之构,臣以为所玩者小,所系者大;所乐者浅,所患者深。伏愿以崇俭虑远为法,以喜奢乐近为戒。”帝大怒,既览而喜曰:“非张希孟不敢言。”即罢之。……

天历二年,关中大旱③,饥民相食,特拜陕西行台中

① 尉:武官名,朝廷设有太尉,郡有都尉,县有县尉。② 鳌山:宋时于元宵节夜,放花灯庆祝,堆叠彩灯为山形,称为鳌山。③ 关中:地名,相当于今陕西省。

丞[1]。既闻命，即散其家之所有与乡里贫乏者，登车就道，遇饿者则赈之，死者则葬之。道经华山，祷雨于岳祠，泣拜不能起，天忽阴翳（yì 易），一雨二日。及到官，复祷于社坛，大雨如注，水三尺乃止，禾黍自生，秦人大喜。时斗米直十三缗（mín 民），民持钞出籴，稍昏即不用，诣库换易，则豪猾党蔽，易十与五，累日不可得，民大困。乃检库中未毁昏钞文可验者，得一千八十五万五千余缗，悉以印记其背，又刻十贯、五贯为券，给散贫乏，命米商视印记出粜，诣库验数以易之，于是吏弊不敢行。又率富民出粟，因上章请行纳粟补官之令。闻民间有杀子以奉母者，为之大恸，出私钱以济之。

到官四月，未尝家居，止宿公署，夜则祷于天，昼则出赈饥民，终日无少怠。每一念至，即抚膺痛苦，遂得疾不起，卒年六十。关中之人，哀之如失父母。至顺二年，赠摅（shū 书）诚宣惠功臣[2]、荣禄大夫、陕西等处行中书省平章政事、柱国，追封滨国公[3]，谥文忠。

——《元史》卷一七五

① 中丞：即御史中丞，官名，御史台的佐贰长官。 ② 摅诚宣惠：摅，散布、抒发；宣，显示，摅诚宣惠意为抒发自己的忠诚，显示朝廷的恩惠。 ③ 滨：滨州，故治在今山东滨州。

【翻译】

张养浩，字希孟，济南人。张养浩从小就有德行和节义，他曾经出门时遇见有人将楮币遗失在路上，那个人已经走了，张养浩追上去把钱还给他。他年仅十岁，便不停地读书，父母担心他过于劳累，便制止他读书，张养浩白天便默默地记诵，夜里则关上房门，点上灯偷偷地读书。山东按察使焦遂听说张养浩好学的故事，举荐他为东平县学正。张养浩游学于京城，他向平章政事不忽木献上自己的著作，不忽木非常惊讶，任命他为礼部令史，并因此推荐他进入御史台。一天，张养浩生病，不忽木亲自到他家中问候，不忽木见他家家徒四壁，慨叹道："这才是真正的御史台的属官。"后来他成为丞相的属官，被选拔任命为堂邑县尹。有人说堂邑县供官吏居住的馆舍对人不吉利，住在那里的人没有能免除灾难的，张养浩竟然住在了那里。他上任后首先拆毁了滥设的祠庙三十多所，免除曾经做过盗贼的人初一、十五参见县尹的规定，张养浩说："他们都是老百姓，因为饥寒所逼迫，不得已而做了盗贼。既然已经施以刑法，而依然把他们看做盗贼，这是断绝了他们悔过自新的道路。"盗贼们感动得哭了，他们互相告诫说："不要对不起张公。"有一个叫李虎的人，曾经杀过人，他的党羽凶恶残暴，为害百姓，人民无法忍受这种痛苦，原先的县尹没有一个敢于追查的。张养浩来到之后，将李虎及其党羽都以法处治，老百姓非常高兴。张养浩调离堂邑十年之后，那里仍然为他立碑，歌颂他的恩德。……

当初，朝廷讨论设立尚书省，张养浩说尚书省不便于朝政；尚书省设立之后，他又说尚书省改变成法搞乱时政，将危害天下。谏官压制他，不将他的意见转奏皇帝，张养浩便对外宣扬说："过去桑哥掌权，谏官不说话，后来几乎都不敢说话。今天监察御史既然发表了看法，又不让皇上得知，要御史台有什么用！"当时武宗将要亲自到南郊祭祀，身体不舒服，便派遣大臣代替自己祭祀，忽然刮起大风，许多人被冻死。张养浩在祭祀场所宣扬说："代替皇上祭祀的人选不适合，所以天帝以气候变化来表示他的不满。"张养浩的话大大违反了当朝丞相的意见。

当时，中书省负责奏请皇帝任命御史台官员，张养浩慨叹道："县尉专管捉拿盗贼，纵然不称职，让盗贼自己选县尉，行吗？"于是他上疏万言议论时政：一是赏赐太滥，二是刑法禁令太松，三是名誉、爵位太轻，四是御史台的纲纪太柔弱，五是土木工程太多，六是号令太空虚不实，七是权贵亲幸之门太多，八是风俗太萎靡，九是异端邪说太猖獗，十是选拔人才的方法太宽大。张养浩的话都很实在、直率，掌握朝廷大权的人不能容忍他。

于是他们任命张养浩为翰林待制，又捏造罪行将他罢免，命令中书省和御史台不要再任用他。张养浩恐怕遇祸，便改变姓名逃走了。……

元英宗继承皇位后，命令张养浩参与中书省的工作。适逢元宵节，皇帝打算在宫禁之内张挂花灯做成鳌山，张养浩便上疏给左丞相拜住。拜住将张养浩的奏疏放在袖子里入宫谏阻，张养浩奏疏的大意是："世祖皇帝在位三十多年，每到元宵节，民间连灯火都禁止；何况宫禁之森严，后宫之深邃，更应该戒备当心。如今建造灯山，我认为所赏玩的东西小，所关系的事情大；所带来的欢乐浅，所引起的祸患深。我愿陛下以崇尚节俭、考虑深远为原则，以喜欢奢华、享乐眼前为禁忌。"皇帝大怒，看过奏疏之后又高兴地说："不是张希孟不敢这样说。"于是取消了燃点花灯的计划。……

天历二年(1329)，陕西大旱，饥饿的老百姓人吃人，皇帝特地任命张养浩为陕西行御史台中丞。张养浩接到任命后，便将家中财产分给村中的穷人，登车上路，遇到饥饿的人便送粮给他们，遇到死人便加以埋葬。路经华山时，他在华山祠庙求雨，他哭泣着跪拜在那里，不能站起身来，天空忽然阴云密布，一场雨下了两天。等到张养浩到了任所，又在祭祀土地神的祭坛求雨，大雨如瓢泼一般，水深三尺雨才停息，庄稼自己便长了起来，陕西人民大喜。当时一斗米值十三贯钱，老百姓拿着钞票支付买粮的钱，钞票稍微有些不清便不能用，到府库去兑换，那些强豪狡猾的官吏偏心骗人，换十贯钱他们给五贯，许多天得不到，老百姓处境非常艰难。于是张养浩便检查府库中没有损毁和不清、文字清楚可以检验的钞票，共得到10855000多贯，在钞票的背后都加盖官印，又刻十贯、五贯的小钞，发给穷人，命令米商凭钞票背后的印记出售粮食，去府库验明数目以换取银两，于是官吏不敢再舞弊了。张养浩又带领富人拿出粮食，他因此上书朝廷请求颁行缴纳粮食可以得官的法令。张养浩听说民间有为了奉养母亲而杀死自己儿子的人，他为此大为悲痛，拿出自己个人的钱接济那个人。

张养浩到任四个月，没有在家里住过，只在衙门里歇宿，夜晚便向上天祷告，白天便出外赈济饥民，一天到晚没有稍微的懈怠。每想起一件牵挂的事情，他便按着胸口感到痛苦，于是卧病不起，去世时六十岁。陕西人悲哀得像失去了父母。至顺二年(1331)，追赠他为摅诚宣惠功臣、荣禄大夫、陕西等处行中书省平章政事、柱国，追封为滨国公，谥号为文忠。

虞集传

虞集(1272—1348),字伯生,人称邵庵先生,祖籍仁寿(今四川仁寿),生于湖南衡阳,后随其父迁崇仁(今江西崇仁)。元代著名学者。先后供职于国子学、翰林院、集贤院、奎章阁等。泰定帝时升任翰林直学士兼国子祭酒,建议以京东沿海土地听富民集众开垦,筑堤以捍海潮。事虽不成,但其后设立海口万户,便是在一定程度上采用了他的建议。文宗时参预编纂《经世大典》,对此书编成有很大贡献。晚年告病回江西,卒谥文靖。在延祐、至顺间,他是最负盛名的诗文作家,朝廷诏告典册,四方碑文,多出其手。他和范梈、揭傒斯、杨载,合称元代四大家。

有《道园学古录》、《道国遗稿》。

虞集字伯生，宋丞相允文五世孙也。……父汲，黄冈尉。……娶杨氏，国子祭酒文仲女。……

集三岁即知读书，岁乙亥，汲挈家趋岭外[1]，干戈中无书册可携，杨氏口授《论语》、《孟子》、《左氏传》、欧、苏文，闻聊成诵。比还长沙，就外傅，始得刻本，则已尽读诸经，通其大义矣。……

左丞董士选自江西除南行台中丞[2]，延集家塾。大德初，始至京师。以大臣荐，授大都路儒学教授[3]，虽以训迪为职，而益自充广，不少暇佚。除国子助教[4]，即以师道自任，诸生时其退，每挟策趋门下卒业，他馆生多相率诣集请益。丁内艰，服除[5]，再为助教，除博士[6]。监祭殿上，有刘生者，被酒失礼俎豆间，集言诸监，请削其籍。大臣有为刘生谢者，集持不可，曰："国学，礼义之所出，此而不治，何以为教！"仁宗在东宫，传旨谕集，勿竟

① 岭外：即岭南，指五岭山脉以南的地区，包括广东、广西地区。 ② 南行台：江南诸道行御史台的简称。 ③ 教授：学官名，路儒学教授正九品。 ④ 国子助教：学官名，与教授分掌教诲学生，正八品。 ⑤ 服：旧时丧礼规定穿戴的丧服。 ⑥ 博士：学官，掌教授生徒等，正七品。

其事，集以刘生失礼状上之，移詹事院①，竟黜刘生，仁宗更以集为贤。……

朝廷方以科举取士，说者谓治平可力致，集独以谓当治其源。迁集贤修撰，因会议学校，乃上议曰："师道立则善人多，学校者，士之所受教，以至于成德达材者也。……"六年，除翰林待制，兼国史院编修官②，仁宗尝对左右叹曰："儒者皆用矣，惟虞伯生未显擢尔。"会晏驾，不及用。……

文宗在潜邸，已知集名，既即位，命集仍兼经筵③。尝以先世坟墓在吴、越者，岁久湮没，乞一郡自便。帝曰："尔材何不堪，顾今未可去尔。"除奎章阁侍读学士④。时关中大饥，民枕籍而死，有方数百里无孑遗者，帝问集何以救关中，对曰："承平日久，人情宴安，有志之士，急于近效，则怨讟（dú 毒）兴焉。不幸大灾之余，正君子为治作新之机也，若遣一二有仁术⑤、知民事者，稍宽其禁令，使得有所为，随郡县择可用之人，因旧民所在，定城郭，修闾里，治沟洫，限畎（quǎn 犬）亩，薄征敛，……"帝

---

① 詹事院：官署名，掌辅翼皇太子之事。 ② 编修官：翰林兼国史院属官，正八品。 ③ 经筵：古代帝王为研读经史而特设的御前讲席。 ④ 奎章阁：元殿阁名，文宗天历二年（1329）立奎章阁学士院，掌收藏、鉴赏文籍，兼备皇帝咨询。 ⑤ 仁术：孟子所宣扬的用来实现"仁政"的策略。

称善。因进曰:“幸假臣一郡,试以此法行之,三五年间,必有以报朝廷者。”左右有曰:“虞伯生欲以此去尔。”遂罢其议。……

有旨采辑本朝典故,仿唐、宋《会要》①,修《经世大典》,命集与中书平章政事赵世延,同任总裁。……俄世延归,集专领其事,再阅岁,书乃成,凡八百帙(zhì 至)。既上进,以目疾丐解职,不允,乃举治书侍御史马祖常自代②,不报。

御史中丞赵世安乘间为集请曰:“虞伯生久居京师,甚贫,又病目,幸假一外任,便医。”帝怒曰:“一虞伯生,汝辈不容耶!”帝方响用文学,以集弘才博识,无施不宜,一时大典册咸出其手,故重听其去。集每承诏有所述作,必以帝王之道、治忽之故,从容讽切,冀有所感悟。承顾问及古今政治得失,尤委曲尽言,或随事规谏,出不语人。谏或不入,归家悒悒不乐。家人见其然,不敢问其故也。时世家子孙以才名进用者众,患其知遇日隆,每思有以间之。既不效,则相与摘集文辞,指为讥讪,赖天子察知有自,故不能中伤,然集遇其人,未尝少变。……

---

①《会要》:分门别类,记一代典章制度、文物、故实之书。

②治书侍御史:官名,御史台官员,当时为正三品。

至正八年五月己未，以病卒，年七十有七。官自将仕郎①，十二转为通奉大夫②。赠江西行中书省参知政事、护军，封仁寿郡公。……

家素贫，归老后食指益众，登门之士相望于道，好事争起邸舍以待之。然碑板之文，未尝苟作。南昌富民有伍真父者，资产甲一方，娶诸王女为妻，充本位下郡总管。既卒，其子属丰城士甘悫（què 确）求集文铭父墓，奉中统钞五百锭准礼物，集不许，悫愧叹而去。……

平生为文万篇，稿存者十二三。早岁与弟槃同辟书舍为二室，左室书陶渊明诗于壁，题曰陶庵，右室书邵尧夫诗③，题曰邵庵，故世称邵庵先生。

……

——《元史》卷一八一

【翻译】

虞集，字伯生，是宋朝丞相虞允文的五世孙。……虞集的父亲是虞汲，曾任黄冈县尉。……虞汲娶杨氏，杨氏是国子祭酒杨文仲的女儿。……

---

① 将仕郎：文散官名，正八品。 ② 通奉大夫：文散官名，从二品。 ③ 邵尧夫：邵雍，字尧夫，北宋哲学家。

虞集三岁时便知道读书，乙亥年（至元十二年，1275年）时，虞汲带着家眷奔向两广一带，战乱中没有什么书籍可携带，杨氏便口授《论语》、《孟子》、《左传》和欧阳修、苏轼的文章给虞集，他听了以后总能背诵下来。等回到长沙，向外面的教师请教，才开始得到刻本的图书，此时虞集已经读完了各种经书，了解了那些书的大意了。……

左丞董士选从江西调任南行台中丞，邀请虞集在自己家中教私塾。大德初年，虞集才初次来到京城。由于大臣的推荐，虞集被任命为大都路儒学教授，他虽然以教诲启迪他人为职业，而自己也更加自我充实，不敢有稍微的闲暇和安逸。虞集被任命为国子助教，便以师道为己任，各位学生回家之后，常常是带着策论到他的门下请教以完成学业，其他学馆的学生也多来向虞集登门请教。他母亲去世了，虞集守孝完毕之后，再次担任助教，又被任命为博士。他在殿上监督祭祀，有一位姓刘的学生，因醉酒在祭祀过程中失礼，虞集将这件事告诉诸位学监，请求开除刘生的学籍。大臣中有为刘生说情的，虞集坚持不同意宽恕，说："国学，是礼义所产生的地方，这里不能治理，用什么来教育大众！"仁宗在东宫，传旨意告诉虞集，不要深究此事。虞集把刘生失礼的表现上奏，交由詹事院处理，詹事院终于开除了刘生。仁宗更认为虞集是贤人。……

朝廷刚刚以科举取士，有人说可以用武力得到安定和太平，只有虞集认为应当治理事物的根源。虞集升任为集贤院修撰，因集众商议学校之事，虞集上奏说："师道确定则善人就会多起来，学校，是读书人接受教育以使之具有道德成为人才的地方。……"延祐六年(1319)，虞集被任命为翰林待制，兼国史院编修官，仁宗曾经对左右的人慨叹道："儒家的学者都得到了任用，只有虞伯生没有明显地提拔重用。"恰逢仁宗去世，没有来得及任用虞集。……

文宗在未做太子时，已经知道了虞集的声名，即皇帝位后，任命虞集仍然兼任经筵。虞集曾经因先辈的坟墓在江苏、浙江一带，年代久了已被埋没，请求在那个地区的某一郡做地方官以便自己解决这件事情。皇帝说："凭你的才能，有什么不能胜任的，但现在你还不可以离开朝廷。"任命他为奎章阁侍读学士。当时陕西一带闹大饥荒，老百姓纵横相枕而死，有的地方方圆几百里没有一个幸存者，皇帝问虞集如何才能救陕西。虞集回答说："和平的日子久了，人情耽于安乐，有志之士，急于做立即见效的事情，因此人民痛恨而有怨言的情况便发展了起来。在不幸的大灾害之后，正是君子治理图新的机会，如果派一两位有仁术、懂得民间之事的官员，稍微放宽对他们的禁令，使他们有所作为，根据郡县的具体情况选择可以任用的人，根据原来老百姓所居住的地方，选定城池地点，整修民间的房屋，治理沟渠，划定田亩的界限，少收租税，……"皇帝认为很好。虞集借此进言说："如果有幸给我一郡，尝试采用这种方法，三五年内，必然会有成效向朝廷汇报。"皇帝左右的臣子有人说："虞伯生想借此离开朝廷。"皇帝于是取消了对于此事的商议。……

皇帝有命令，收集整理本朝的典制和掌故，仿照唐朝、宋朝《会要》，编纂《经世大典》，命令虞集和中书省平章政事赵世延，同任总裁。……不久赵世延回乡，虞集独自领导这件事，又过了一年，书编纂完成，共八百函，将书呈献给皇帝。他以眼睛有病为理由请求辞职，皇帝不批准，于是虞集推荐治书御史马祖常代替自己，皇帝没有答复他。

御史中丞赵世安乘机为虞集向皇帝请求说："虞伯生长期居住在京城，非常贫穷，眼睛又有病，有幸得到一个到外省做官的机会，便于他治病。"皇帝发怒说："一个虞伯生，你们这些人都不能容吗！"皇帝正准备任用文章博学之士，因为虞集才高博学，做什么事情没有不合宜的，一时间记载典章制度等的重要的大部头的书籍，都出自虞集之手，所以皇帝不愿意听说他离去。虞集每逢按照皇帝的命令有所著述，必用帝王治国的方法、国家安定与荒乱的原因，来从容、委婉地劝告、批评皇帝，希望他有所觉悟。虞集接受皇帝顾视询问关于古今政治得失时，尤其曲折婉转地完全表达出自己的意见，或者是根据事物的具体情况规劝讽谏皇帝，出朝廷后不将这些情况告诉别人。虞集对皇帝的劝谏有时不被皇帝接受，他回家后闷闷不乐，家里人见他这样，不敢问是什么缘故。当时世家贵族的子孙因才华名声而被提拔任用者很多，怕虞集一天比一天受到皇帝的赏识，常常想有什么可以挑拨他和皇帝的关系。这些想法失灵后，他们便一起摘录虞集的文辞，指责他讥笑皇帝，幸亏皇帝察知事出有因，因此他们的诬陷不能得逞，可是虞集遇到那些人，未尝有一点变化。……

至正八年(1348)五月二十三日，他因病去世，享年七十七岁。他从将仕郎开始做官，升迁十二次成为通奉大夫。死后朝廷追赠他为江西行中书省参知政事、护军、封为仁寿郡公。

……

虞集家中历来贫穷，告老还乡后家庭人口更多了，登门拜访的读书人络绎不绝，关心他的人争相建造府第以接待他。然而对于墓志铭文，虞集从来没有随便写过。南昌有个叫伍真父的富人，资财为当地之首，娶诸侯王的女儿为妻，担任品级较低的郡的总管。伍真父死后，他的儿子托丰城文人甘悫求虞集为其父撰写墓志铭，送给虞集价值大约五百锭中统钞的礼物，虞集不答应，甘悫羞愧叹息地走了。……

虞集一生写文章万篇，手稿留下来的有十分之二三。早年他与弟弟虞槃同将书房开辟为两个房间，左边的房间在墙壁上书写陶渊明的诗，题名为陶庵，右边的房间书写邵雍的诗，题名为邵庵，所以人们称虞集为邵庵先生。

……

黄溍传

黄溍(jìn 进)(1277—1357),婺州义乌(今浙江义乌)人。字文晋、晋卿。延祐进士,曾任台州宁海县丞、诸暨州判官。他压制豪强,平反冤狱,颇有政绩,后调任应奉文字、同知制诰,兼国史院编修官,升翰林直学士、翰林侍讲学士。有《黄金华集》。

黄溍字晋卿,婺(wù 务)州义乌人①。溍生而俊异,比成童,授以《书》、《诗》,不一月成诵。迨长,以文名于四方。

① 婺州:州名,治所在今浙江省金华市。

中延祐二年进士第，授台州宁海丞①。县地濒盐场，亭户恃其不统于有司②，肆毒害民。编户隶漕司及财赋府者③，亦谓各有所凭，横暴尤甚。溍皆痛绳以法，吏以利害白，弗顾也。民有后母与僧通而酖杀其父者，反诬民所为，狱将成，溍变衣冠阴察之，具知其奸伪，卒直其冤。恶少年名在盗籍者，而谋为劫夺，未行，邑大姓执之，图中赏格，初无获财左验，事久不决，溍为之疏剔，以其狱上，论之如本条，免死者十余人。

迁两浙都转运盐使司石堰西场盐运④，改诸暨州判官⑤。巡海官舸，例以三载一新，费出于官，而责足于民。有余，则总其事者私焉。溍撙节浮蠹，以余钱还民，欢呼而去。奸民以伪钞钩结党与，胁攘人财，官若吏听其谋，挟往新昌、天台、宁海、东阳诸县，诛连所及数百家，民受祸至惨。郡府下溍鞫治，溍一问，皆引伏，官吏除名，同

---

① 台州：州名，治所在今浙江临海。县丞：地方官名，协助县令主持政务，正八品。 ② 亭户：盐户。古代煮盐的地方称亭场，故名。 ③ 编户：编入户籍的平民。漕司：官名，管催征税赋及漕运等。 ④ 两浙：宋置两浙路，有今江苏长江以南及浙江全境。都转运盐使司：掌管盐税。盐运：应为运判，都转运盐使司官员，正六品。 ⑤ 诸暨州：应为诸暨县，属浙江省。判官：官名，协助长官处理部分政务。

谋者各杖遣之。有盗系于钱唐县狱①，游民赂狱吏私纵之，假署文牒，发其来为向导，逮捕二十余家。溍访得其情，以正盗宜傅重议，持伪文书来者又非州民，俱械还钱唐，诬者自明。

入为应奉翰林文字②、同知制诰，兼国史院编修官，转国子博士，视弟子如朋友，未始以师道自尊，轻纳人拜，而来学者滋益恭，业成而仕，皆有闻于世。……

阶自将仕郎七转至中奉大夫。洊（jiàn 见）上章求归，不俟报而行。帝闻之，遣使者追还京师，复为前官。久之，始得谢南还，优游田里间，凡七年，卒于绣湖之私第，年八十一。赠中奉大夫、江西等处行中书省参知政事、护军，追封江夏郡公③，谥曰文献。

溍天资介特，在州县唯以清白为治，月俸弗给，每鬻（yù 育）产以佐其费。及升朝行，挺立无所附，足不登巨公势人之门，君子称其清风高节，如冰壶玉尺，纤尘弗污。然刚中少容，触物或弦急霆震，若未易涯涘，一旋踵间，煦如阳春。溍之学，博极天下之书，而约之于至精，剖析经史疑难，及古今因革制度名物之属，旁引曲证，多

① 钱唐县：古县名，即今杭州。 ② 应奉翰林文字：官名，翰林院属官，从七品。 ③ 江夏：郡名，元为武昌路，即今湖北武昌。

先儒所未发。文辞布置谨严，援据精切，俯仰雍容，不大声色，譬之澄湖不波，一碧万顷，鱼鳖蛟龙，潜伏不动，而渊然之光，自不可犯。所著书，有《日损斋稿》三十三卷、《义乌志》七卷、《笔记》一卷。……

——《元史》卷一八一

【翻译】

黄溍，表字晋卿，婺州义乌人。……黄溍一出生便才智出众，不同凡响，幼年时，教给他《尚书》、《诗经》，他不到一个月就能背诵了。长大之后，黄溍因善于作文而闻名四方。

黄溍考中延祐二年(1315)进士，被任命为台州宁海县丞。宁海县靠近盐场，盐户倚仗他们不属于官吏管辖，肆虐危害人民，隶属于漕司和财赋府的编户，亦自以为有所依靠，尤其横暴。黄溍把他们都严厉地依法惩治，吏卒们向他讲这样做可能会有严重后果，他丝毫不顾。百姓中有一个人的后母与和尚私通而用毒酒杀死了他的父亲，后母反而诬告是他干的。案件即将审理完毕，黄溍微服私访，完全查清了那位后母的奸险假伪，最终平反了那个人的冤狱。有一些名字被列在盗贼的簿籍中的恶少年，预谋劫夺财物，还没去干。县中的世家大族把他们抓住，图谋得到赏钱，起初没有得到财物作为凭证，事情久拖不决。黄溍为之分析处理，将此案件奏上，依照他们应得惩处的律条来断案，免于处死的有十几个人。

黄溍升任两浙都转运盐使司石堰西场的运判，又改任诸暨县判官。巡察航海的官府的船只，按规定这些船只三年更新一次，费用由官府支付，不足的部分责成平民补足。余下的费用，便由管理此事的人私吞了。黄溍节约开支，惩罚损公肥私者，把结余的钱还给百姓，老百姓欢呼着离去。奸民用伪钞，勾结党羽，强迫侵夺别人钱财。官吏们听任他们的阴谋得逞，他们倚仗着官吏的纵容，去新昌、天台、宁海、东阳等县，连累几百户人家，百姓遭受的祸害很惨。郡府命令黄溍审讯、处理此事，黄溍一审问，那些人都认罪了，官吏们被撤了职，同谋者分别被杖责后赶走。有强盗关押在钱唐县监狱里，游民买通了监狱的看守，秘密地把他释放了，狱吏签署了假公文，带着来者作为向导，逮捕了二十多家人。黄溍调查到真实的情况，因为那个强盗应该重新审判，拿着假公文的人又不是本州的百姓，因而把他们都上了枷锁押回钱唐县，受到诬陷的人自然得到了昭雪。

黄溍进入朝廷担任应奉翰林文字、同知制诰，兼国史院编修官，转任国子监博士。他对待学生像对待朋友一样，从来不以师道自尊，不愿意接受别人的跪拜，然而来向他求教的人对他却越发尊敬。这些学生学业完成后去做官，都很出名。……

黄溍从将仕郎开始做官，升迁七次为中奉大夫。他屡次上书请求回乡，没有等到皇帝答复就启程了。皇帝听说之后，派使者将他追回京城，又担任了原来的官职。很久之后，他才得以辞职回到南方，悠闲自得地生活在乡间，一共七年，他在绣湖的私人宅第去世，享年八十一岁。朝廷追赠他为中奉大夫、江西等处行中书省参知政事、护军，追封他为江夏郡公，谥号为文献。

黄溍天性孤高，不随流俗，在州县时只以清白的精神处理政务，每月的俸禄不够用时，常常是卖家产以补贴支出。及至升为朝廷的官员，黄溍独立无所阿附，脚不踏入权豪势要之门，有修养的人称他清风高节，像冰壶玉尺一样，一尘不染。然而他刚强之中缺少宽容，遇到事情有时像急促的弦索和震耳的雷霆一样，似乎是不容易过去，但一转眼间，他的态度又像是春天三月里的阳光。黄溍的学问是博览天下之书，而又能精确地将其加以概括，他剖析经书史书的疑难问题，以及古今因袭变革、制度、事物的名称等，旁征博引，多方求证，大多是先前的读书人所未能指出的。黄溍的文章布局严谨，引文精当，从容不迫，不大动声色，像是澄静湖面上没有一点波浪，一碧万顷，鱼、鳖、蛟龙都潜伏在水下不动，但他文章所放出的深邃的光芒，却自然不可侵犯。黄溍所著的书，有《日损斋稿》三十三卷、《义乌志》七卷、《笔记》一卷。……

欧阳玄传

欧阳玄(1283—1357),字原功,号圭斋。浏阳(今湖南浏阳)人。欧阳玄延祐年间中进士,任太平路芜湖县尹,后为翰林待制,兼国史院编修官。元文宗时他参预编纂《经世大典》,元顺帝时参预编纂宋、辽、金三史,任总裁官。欧阳玄官至翰林学士承旨,朝廷制诰多出其手,著有《圭斋集》。

欧阳玄字原功,其先家庐陵①,与文忠公修同所自出。至曾大父新,始迁居浏阳,故玄为浏阳人。幼岐嶷,

① 庐陵:郡名,治所在今江西吉安境内。

母李氏亲授《孝经》、《论语》、小学诸书，八岁能成诵，始从乡先生张贯之学，日记数千言，即知属文。十岁，有黄冠师注目视玄，谓贯之曰："是儿神气凝远，目光射人，异日当以文章冠世，廊庙之器也①。"言讫而去，亟追与语，已失所之。部使者行县，玄以诸生见，命赋梅花诗，立成十首，晚归，增至百首，见者骇异之。年十四，益从宋故老习为词章，下笔辄成章，每试庠序②，辄占高等。弱冠，下帷数年③，人莫见其面，经史百家，靡不研究，伊、洛诸儒源委④，尤为淹贯。

延祐元年，诏设科取士，玄以《尚书》与贡⑤。明年，赐进士出身⑥，授岳州路平江州同知⑦，调太平路芜湖县尹⑧。县多疑狱，久不决，玄察其情，皆为平翻。豪右不法，虐其驱奴，玄断之从良。……改武冈县尹。县控制溪洞⑨，蛮獠杂居，抚字稍乖，辄弄兵犯顺。玄至逾月，赤

① 廊庙：即庙堂，指朝廷。 ② 庠序：学校的古称。 ③ 下帷：放下室内悬挂的帷幕，指闭门苦读。 ④ 伊、洛：指宋代程颢、程颐的理学。二程讲学伊、洛之间，故称其学为伊洛之学。 ⑤ 贡：贡士，经乡贡考试合格者为贡士，由州县送京参加会试。 ⑥ 赐进士出身：元代的进士分为第一甲赐进士及第，第二甲赐进士出身，第三甲同进士出身。 ⑦ 岳州：治所在巴陵（今湖南岳阳）；平江州：应为平江县，属湖南省。 ⑧ 太平路：辖境相当于今安徽芜湖、当涂、繁昌。 ⑨ 溪洞：古代南方少数民族一些聚居地社会组织的称呼。

水、太清两洞聚众相攻杀，宫曹相顾失色，计无从出。玄即日单骑从二人，径抵其地谕之。至则死伤满道，战斗未已。獠人熟玄名，弃兵仗，罗拜马首曰："我曹非不畏法，缘诉某事于县，县官不为直，反以徭役横敛掊克之，情有弗堪，乃发愤就死耳。不意烦我清廉官自来。"玄喻以祸福，归为理其讼，獠人遂安。

召为国子博士，升国子监丞。致和元年，迁翰林待制，兼国史院编修官。……奉诏纂修《经世大典》，升太监①、检校书籍事……

诏修辽、金、宋三史，召为总裁官，发凡举例，俾论撰者有所据依；史官中有悻悻露才、论议不公者，玄不以口舌争，俟其呈稿，援笔窜定之，统系自正。至于论、赞、表、奏，皆玄属笔②。五年，帝以玄历仕累朝，且有修三史功，谕旨丞相，超授爵秩，遂拟拜翰林学士承旨。及入奏，上称快者再三。已而乞致仕③，帝复不允。……

十七年春，乞致仕，以中原道梗，欲由蜀还乡，帝复不允。……是岁十二月戊戌，卒于崇教里之寓舍，年八十五。中书以闻，帝赐赙（fù 付）甚厚，赠崇仁昭德推忠

---

① 太监：官名。辽置太府、秘书、都水等监，皆有太监，元代仿此。此时的太监不同于明代中叶以后由宦官担任的太监。 ② 赞：文体的一种。表：史书体例的一种。 ③ 致仕：退休。

守正功臣、大司徒、柱国，追封楚国公，谥曰文。

玄性度雍容，含弘缜密，处己俭约，为政廉平，……凡宗庙朝廷雄文大册、播告万方制诰，多出玄手。金缯(zēng 增)上尊之赐，几无虚岁。海内名山大川，释、老之宫，王公贵人墓隧之碑，得玄文辞以为荣。片言只字，流传人间，咸知宝重。文章道德，卓然名世。……有《圭斋文集》若干卷传于世。

——《元史》卷一八二

【翻译】

欧阳玄，字原功，他的祖先居住在庐陵郡，与欧阳修乃是本家。到他曾祖父欧阳新时，才迁居到浏阳，所以欧阳玄是浏阳人。欧阳玄从小聪慧，母亲李氏亲自教授他《孝经》、《论语》和语言文字方面的各种书籍，欧阳玄八岁时就能背诵这些书，并开始跟随乡里的老师张贯之学习，每天记忆数千言，便知道写文章了。欧阳玄十岁时，有一个戴着黄帽子的老师凝视着他，对张贯之说："这个孩子神气凝重深远，目光射人，以后会以文章居于世人之首，他是朝廷大臣的材料。"说罢便离去了，欧阳玄急忙追上去跟他说话，已经找不到那个人了。礼部派出的人到浏阳县巡视，欧阳玄以儒学生员的身份拜见使者，使者命令他作关于梅花的诗，他当即作出十首，晚上回家后，增加到一百首，看见的人都感到惊奇和怪异。欧阳玄十四岁时便跟随一位宋朝的遗老学习诗文，下笔就成文章，每次在学校中考试，他总是名列前茅。欧阳玄二十岁时，闭门苦读数年，谁也见不到他的面，经史百家，他没有不研究的，他对于程颢、程颐各位儒生学问的源流，尤其淹博贯通。

延祐元年(1314)，皇帝下令开科取士，欧阳玄因对于《尚书》的研究而被选拔为贡士。第二年，中进士第二甲赐进士出身，被任命为岳州路平江县同知，调任太平路芜湖县尹。县中有许多难以判明的案子，很长时间不能判决，欧阳玄察明这些案子的真情，使那些蒙冤的人们都得到平反。豪强大族横行不法，虐待他们的奴仆，欧阳玄断案时让奴仆赎身为平民。他改任为武冈县尹。县城控制着大片少数民族地区，獠人与其他少数民族杂居其间，官方的抚慰稍有不合适的地方，他们总是武装反抗。欧阳玄到任一个多月后，赤水、太清两处少数民族聚众互相攻击杀戮，官员们面面相觑，束手无策。欧阳玄当天一个人骑着马，带着两个随从，直接到赤水、太清去吩咐他们停战。欧阳玄到达那里的时候，那里的道路上到处是死伤的人，战斗还没有停止。獠人熟悉欧阳玄的名字，他们丢下兵器，罗列在欧阳玄的马头前下拜，说："我们并不是不畏惧国法，因为有事诉讼于县衙，县官不但不为我们公正处理，反而用徭役、横征暴敛、苛捐杂税来搜刮压制我们，实在受不了，便愤然以死相拼。没有想到麻烦我们的清官亲自前来。"欧阳玄向他们晓以利害关系，回去后为他们解决诉讼问题，獠人于是安定了下来。

朝廷征召欧阳玄为国子博士，升为国子监丞。致和元年(1328)，升为翰林待制，兼国史院编修官。……欧阳玄奉皇帝之命编纂《经世大典》，升任太监、中书省检校书籍的负责人。……

皇帝命令编写《辽史》、《金史》、《宋史》，召欧阳玄为总裁官，他撰写了关于这三部书主旨和体例的说明，使讨论和撰稿者有所依据。史官中有人听不进别人意见要显露才华，议论不公正，欧阳玄不同他们口舌相争，等到他们交上稿子的时候，拿起笔来予以改定，所有的稿子都是他自己改定的。至于评论、赞、表、奏章，都是欧阳玄自己撰写的。至正五年(1345)，皇帝因欧阳玄几朝为官，而且有编写辽、金、宋三史之功，命令丞相，破格授予他爵位和俸禄，丞相便准备任命欧阳玄为翰林学士承旨。等到奏请皇帝的时候，皇帝三次表示高兴。不久，欧阳玄请求辞职，皇帝又不答应。……

至正十七年(1357)春天，欧阳玄请求退休，因为中原一带道路阻塞，他想经由四川回乡，皇帝又不同意。……这年的十二月二十九日(1358年2月7日)，欧阳玄在大都崇教里的寓所中去世，享年八十五岁。中书省将他的死讯报告皇帝，皇帝赏赐安葬他的费用非常丰厚，追赠他为崇仁昭德推忠守正功臣、大司徒、柱国，追封为楚国公，谥号为文。

欧阳玄性情雍容大度，含蓄、弘大，处事细致，要求自己节俭朴素，为政廉洁公正，……凡是宗庙、朝廷的重要文书、典籍，通告四方的诰令，大多出自欧阳玄之手。皇帝几乎每年都赐给他黄金、绸缎、皇帝使用的酒器。天下的名山大川，佛教、道教的庙、观，王公贵人的墓碑，以得到欧阳玄的文章题辞为荣。他的片言只字流传在民间，都被视为珍宝。他的道德和文章都非常突出，闻名于世。……欧阳玄著有《圭斋文集》若干卷，传于世上。

许有壬传

许有壬(1287—1364),字可用,汤阴(今河南汤阴)人,延祐进士,元统二年(1334)任中书参知政事,前后历官七朝,近五十年。官至集贤殿大学士,至正十七年(1357)辞职。许有壬是元代文学家,有《至正集》、《圭塘小稿》。

许有壬字可用,其先世居颍①,后徙汤阴。有壬幼颖悟,读书一目五行,尝阅衡州《净居院碑》②,文近千言,一览辄背诵无疑。年二十,畅师文荐入翰林③,不报,授开

---

① 颍:州名,治所即今安徽阜阳。 ② 衡州:治所在今湖南衡阳。 ③ 畅师文:元南阳(今属河南)人,官至翰林学士、资德大夫。

宁路学正①，升教授，未上，辟山北廉访司书吏②。擢延祐二年进士第，授同知辽州事③。会关中有警，邻州听民避，弃孩婴满道上，有壬独率弓箭手，闭城门以守，卒获无虞。州有追逮，不许胥隶足迹至村疃，唯给信牌，令执里役者呼之，民安而事集。右族贪虐者惩之，冤狱虽有成案，皆平翻而释其罪，州遂大治。

六年己未，除山北廉访司经历④。至治元年，迁吏部主事⑤。二年，转江南行台监察御史，行部广东⑥，以贪墨劾罢廉访副使哈只蔡衍。至江西，会廉访使苗好谦监焚昏钞，检视钞者日至百余人，好谦恐其有弊，痛鞭之。人畏罪，率剔真为伪，以迎其意。筦（guǎn 管）库吏而下⑦，榜掠无全肤，讫莫能偿。有壬覆视之，率真物也，遂释之。凡势官豪民，人畏之如虎狼者，有壬悉擒治以法，部内肃然。

---

① 开宁路：应为开元路，元代最北部地方行政区，北界鄂霍茨克海。 ② 山北：即山北辽东道，即今华北北部和辽宁省一带；书吏：低级小吏，掌衙门文书案牍。 ③ 辽州：治所在辽山（今山西省左权县），辖境相当于今山西左权、和顺、榆杜等县地。 ④ 经历：官名，掌管衙门案牍和管辖吏员，处理官府日常事务。 ⑤ 主事：设于六部的官员，掌管案牍和管辖吏员等。 ⑥ 行部：汉制，刺史常于八月巡视部属，考察刑政，称为行部。这里以此称外出巡视。 ⑦ 筦：“管”的异体字。

召拜监察御史，三年八月，英宗暴崩于南坡，贼臣铁失遣使者自上京至①，封府库，收百官印。有壬知事急，即往告御史中丞董守庸，守庸谓官禁事，非子所当问。有壬即疏守庸及经历朵尔只班、监察史郭也先忽都，阿附铁失之罪以俟。十月，铁失伏诛。泰定帝发上都，御史大夫纽泽先还京师②，有壬即袖疏上之。及帝至，复上章言：……继上《正始十事》：……帝多从之。

泰定元年，初立詹事院，选为中议③，改中书左司员外郎④。京畿（jī 机）饥，有壬请赈之。同列让曰："尔言固善，具如亏国何！"有壬曰："不然。民，本也，不亏民，顾岂亏国邪！"卒白于丞相，发粮四十万斛济之⑤，民赖以活者甚众。……

中书平章政事彻里帖木儿挟私憾，奏罢进士科，有壬廷争苦不能夺，遂称疾在告，帝强起之，拜侍御

---

① 铁失：元蒙古族人，权相铁木迭儿义子，妹为英宗妃。官至御史大夫，掌管禁卫军。英宗三年（1323）八月，他勾结知枢密院事也先帖木儿等十六人，在上都西二十里的南坡驻跸之地杀死英宗，迎立泰定帝于漠北。十月，被泰定帝处死。 ② 御史大夫：官名，御史台长官，从一品。 ③ 中议：官名，即中议大夫，文散官，正四品。 ④ 员外郎：官名，侍郎不在时，代行侍郎职务。 ⑤ 斛（hú 胡）：量器名，古时以十斗为斛，后来又以五斗为斛。

史。……廷议欲行古劓法①,立行枢密院,禁汉人、南人勿学蒙古、畏吾儿字书,有壬皆争止之。

重纪至元初②,长芦韩公溥因家藏兵器③遂起大狱,株连台若省,多以赃败,独无有壬名,由是忌者日甚。有壬度不可留,遂归彰德④,已而南游湘、汉间。至元六年,召入中书,仍为参知政事。明年改元至正⑤,有壬极论帝当亲祠太庙⑥,母后虚位⑦,徽政院当罢⑧,改元命相当合为一诏,冗职当沙汰,钱粮当裁节,如此之类,不一而足。人皆韪之。……

先是,有壬之父熙载仕长沙日,设义学⑨,训诸生。既殁,而诸生思之,为立东冈书院,朝廷赐额设官,以为育才之地。南台监察御史本八剌沙⑩,缘睚眦(yá zì 牙

---

① 劓(yì 义):割鼻的刑罚,古代五刑之一。 ② 重纪至元:元朝有两代皇帝采用至元这个年号,第一个是元世祖忽必烈,第二个是元惠宗妥懽帖睦儿;元惠宗时的至元即为重纪至元,也称后至元。 ③ 长芦:地名,今河北省沧州市。 ④ 彰德:路名,治所在今河南省安阳市。 ⑤ 改元:新皇帝即位,于次年改用新年号纪年,称改元。其间一帝在位,多次更改年号,也称改元。 ⑥ 太庙:天子的祖庙。 ⑦ 母后:元惠宗的生母是元明宗裕徽圣皇后,名迈来迪。此处的母后是指元文宗卜答失里皇后,弘吉剌氏,当时尊为太皇太后。 ⑧ 徽政院:官署名,掌侍奉皇太后。 ⑨ 义学:即义塾,旧时免费的私塾。 ⑩ 南台:即江南诸道行御史台。

自)怨，言书院不当立，并拘浮辞，诬蔑有壬，并其二弟有仪、有孚，有壬遂称病归。四年，改江浙行省左丞，辞。六年，召为翰林学士，既上，又辞。监察御史累章辨其诬。……

十七年，以老病，力乞致其事，久之始得请，给俸赐以终其身。二十四年九月二十一日卒，年七十八。

有壬历事七朝，垂五十年，遇国家大事，无不尽言，皆一根至理，而曲尽人情。当权臣恣睢之时，稍忤意，辄诛窜随之，有壬绝不为巧避计，事有不便，明辨力诤，不知有死生利害，君子多之。有壬善笔札，工辞章，欧阳玄序其文，谓其雄浑闳隽，涌如层澜，迫而求之，则渊靓深实①，盖深许之也。所著有《至正集》若干卷。谥曰文忠。……

——《元史》卷一八二

【翻译】

许有壬，字可用，祖上一直居住在颍州，后来迁居到汤阴县。许有壬从小就很聪明，读书一目五行，他曾经看衡州《净居院碑》，碑文近一千字，他看了一遍便能准

① 靓(jìng 竟)：通“静”。

确无误地背诵下来。许有壬二十岁的时候，畅师文推荐他入翰林院，但朝廷没有答复，许有壬被任命为开元路学正，升任教授，他没有到任便被任命为山北辽东道廉访司书吏。许有壬中延祐二年(1315)进士，被任命为辽州同知。正赶上陕西地区有战争警报，邻近州县的官吏听凭百姓逃避，道路上到处是被丢弃的幼婴儿，许有壬独自一人率领着弓箭手，关闭城门守卫，终于没有出什么问题。州里有追捕犯人的任务，许有壬不允许吏卒进入村庄，只给他们作为凭证的信牌，命令村里的小吏将犯人喊出，老百姓感到安全并且事情也得以完成。世家大族中贪婪酷虐的人都被许有壬惩治，冤狱虽然已经成案，许有壬都将其平反，免除当事人的罪过，辽州于是安定而有秩序。

延祐六年是己未年(1319)，许有壬被任命为山北辽东道廉访司经历。至治元年(1321)，升为吏部主事。至治二年(1322)，调任江南行台监察御史，巡视广东，廉访副使哈只蔡衍因贪财好贿而被许有壬弹劾罢免。到江西后，正赶上廉访使苗好谦在监督焚烧昏暗不清的钞票，检查钞票的人每天达到一百多人，苗好谦恐怕有人作弊，便狠狠地鞭打检查钞票的人。人们怕犯罪，都挑出真钞票作为假钞票，以迎合苗好谦。管理府库的吏员以下的人，被鞭打得体无完肤，也没有能将这些真钞票归库。许有壬反复查看那些钞票，都是真钞票，便将吏员们释放了。凡是有权势的官员、强豪不法的平民，老百姓怕之如虎狼的，许有壬将他们全部逮捕，依法惩治，他所管辖的区域内秩序井然。

朝廷征召许有壬为监察御史，至治三年(1323)，元英宗在南坡暴亡，贼臣铁失派使者从上京来，查封了府库，没收了所有官员的印章。许有壬知道事情紧急，便去告诉御史中丞董守庸，董守庸说："皇宫中的事情，不是你应该过问的。"许有壬便逐条记录董守庸和经历朵尔只班、监察御史郭也先忽都阿谀奉承铁失的罪行，等待新皇帝进京。十月，铁失被诛杀。泰定帝从上都起驾，御史大夫纽泽先回到京城，许有壬便袖子里装着奏疏呈交给纽泽。等到泰定帝到达京城，许有壬又上奏章说：……接着又上《正始十事》……皇帝大多听从了许有壬的意见。

泰定元年(1324)，刚开始建立詹事院，许有壬被任命为中议大夫，改任中书省左司员外郎。京城附近闹饥荒，许有壬请求朝廷赈济。同列朝班的官员们责备他说："你的话固然好，但是使国家遭到损失怎么办呢！"许有壬说："不对。百姓，国之根本，不使百姓遭到损失，岂能反而使国家遭到损失吗！"他最终还是向丞相表明了自己的意见，朝廷分发四十万斛粮食救济灾民，老百姓因此得以活下来的很多。……

中书平章政事彻里帖木儿因有私仇，奏请皇帝取消进士科，许有壬在朝廷上争辩，苦于不能改变这项决定，于是声称有病而休假。皇帝坚持要他上朝议事，任命他为侍御史。……朝廷上议论想要实行古代割鼻的刑法，要设立行枢密院，禁止汉人、南人学习蒙文、维吾尔文的书籍，许有壬都争辩加以制止。

后至元初年，因为长芦的韩公溥家中藏有兵器，于是构成大案，株连到御史台和中书省，官员们大多因贪赃而身败名裂，只有许有壬不在其中，从此忌恨他的人一天比一天多了。许有壬考虑到不能留在朝廷里，于是回到彰德路，不久向南游历于湘江、汉水之间。后至元六年(1340)，许有壬被征召入中书省，仍旧担任参知政事。第二年，皇帝改年号为至正，许有壬极力论说皇帝应当亲自祭祀太庙，母后应该交权给皇帝，徽政院应该撤销，更改年号与任命丞相应当合用一次诏命，多余的官员应该淘汰，钱钞粮食的支出应该裁减，如此之类，不一而足。人们都赞成他的意见。……

先前，许有壬的父亲许熙载在长沙做官的时候，设立义学来教导诸生。许熙载去世后，学生们怀念他，以他的名义建立东冈书院，朝廷赐给书院名额设立官员，以此作为培育人才的地方。江南诸道行御史台监察御史木八剌沙，因为小怨小恨，便说书院不应当建立，并且捏造虚饰无根据的言辞诬蔑许有壬和他的两个弟弟许有仪和许有孚，许有壬于是声言有病回到故乡。至正四年(1344)，改任许有壬为江浙行省左丞，他辞职。至正六年(1346)，召许有壬为翰林学士，到任后，又辞职。监察御史屡次上奏章辨明木八剌沙对许有壬的诬蔑。……

至正十七年(1357)，许有壬因年老有病，极力请求辞职，时间很久才得到批准，朝廷供给他终身俸禄。至正二十四年(1364)九月二十一日，许有壬去世，享年七十八岁。

许有壬历仕七朝，将近五十年，遇到国家大事，他没有不畅所欲言的，他的意见都是一下就抓住事物的根本的最正确的道理，而又能曲折委婉地表达人的情感。当权臣狂妄凶暴的时候，稍微违反了他们的意志，随之而来的总是诛杀和流放，许有壬绝不为自已想出巧妙地避祸的计策，事情有不利于国家的地方，他明确地辨明，极力照直表明自己的意见，不顾生死利害的后果，有道德的人都很推重他。许有壬善于撰写公文、书信，工于诗文，欧阳玄为他的文章作序，称他的文章雄浑、博大、才华过人，文章的气势奔涌如层层的波浪，近而求之，则渊深而平静、深刻而朴实，这表明欧阳玄对许有壬的文章非常赞许。许有壬的著作有《至正集》若干卷。死后谥号为文忠。……

苏天爵传

苏天爵(1294—1352),字伯修,真定(今河北正定)人,出身国子学生,曾师从安熙、吴澄、虞集等。历任监察御史、肃政廉访使、集贤侍讲学士、江浙行省参知政事等职,长于吏事。至正十二年(1352)奉命镇压农民起义军,病死军中。曾先后参预纂修《武宗实录》、《文宗实录》,编纂《国朝名臣事略》、《国朝文类》,著有《滋溪文稿》。

苏天爵字伯修,真定人也。……天爵由国子学生公试，名在第一，释褐①，授从侍郎、大都路蓟州判官②。丁内外艰，服除，调功德使司照磨③。……至顺元年，预修《武宗实录》。二年，升修撰，擢江南行台监察御史。

明年，虑囚于湖北④。湖北地僻远，民獠所杂居，天爵冒瘴毒⑤，遍历其地。囚有言冤状者，天爵曰："宪司岁两至⑥，不言何也？"皆曰："前此虑囚者，应故事耳。今闻御史至，当受刑，故不得不言。"天爵为之太息。每事必究心，虽盛暑，犹夜篝灯，治文书无倦。沅陵民文甲无子⑦，育其甥雷乙，后乃生两子，而出乙，乙俟两子行卖茶，即舟中取斧，并斫（zhuó 卓）杀之，沉斧水中，而血渍其衣，迹故在。事觉，乙具服，部使者乃以三年之疑狱释之。天爵曰："此事二年半耳，且不杀人，何以衣污血？又何以知斧在水中？又其居去杀人处甚近，何谓疑狱？"遂复置于理。常德民卢甲、莫乙、汪丙同出佣，而甲误堕水死，甲弟之为僧者，欲私甲妻不得，诉甲妻与乙通，而

---

① 释褐：脱去布衣，换上官服，即做官。 ② 大都：今北京市。蓟州：辖地相当于今河北三河、玉田、丰润一带。 ③ 功德使司：即功德司，官署名，掌管佛教事务。照磨：官名，掌衙门钱谷出纳、营缮等事，秩八品。 ④ 虑囚：审讯、审察、记录囚犯的罪状。 ⑤ 瘴：瘴气，旧指我国南部和西南部地区山林间湿热蒸发的致人疾病之气。 ⑥ 宪司：即按察司。 ⑦ 沅陵：今属湖南省。

杀其夫。乙不能明，诬服击之死，断其首弃草间，尸与仗弃谭氏家沟中。吏往索，果得髑髅（dú lóu 独楼），然尸与仗皆无有，而谭诬证曾见一尸，水漂去。天爵曰：“尸与仗纵存，今已八年，未有不腐者。”召谭诘之，则甲未死时，目已瞽（gǔ 古），其言曾见一尸水漂去，妄也。天爵语吏曰：“此乃疑狱，况不止三年。”俱释之。其明于详谳（yàn），大抵此类。

入为监察御史，道改奎章阁授经郎①。元统元年，复拜监察御史，在官四阅月，章疏凡四十五上，……所劾者五人，所荐举者百有九人。明年，预修《文宗实录》，……五年，出为淮东道肃政廉访使，……明年，改吏部尚书，……是时，朝廷更立宰相，庶务多所弛张，而天子图治之意甚切，天爵知无不言，言无顾忌，夙夜谋画，须发尽白。

至正二年，拜湖广行省参知政事，迁陕西行台侍御史。……其兴除者七百八十有三事，其纠劾者九百四十有九人，都人有包、韩之誉②，然以忤时相意，竟坐不称职罢归。七年，天子察其诬，乃复起为湖北道宣慰使③、浙

---

① 授经郎：奎章阁属官。 ② 包、韩：包指宋代名臣包拯。韩指韩彦直，宋代抗金名将韩世忠长子，曾知临安府，任龙图阁学士。 ③ 宣慰使：官名，为宣徽院长官。宣徽院负责皇帝的饮食、宴享宾客及保卫诸侯王等。

东道廉访使，俱未行。拜江浙行省参知政事。江浙财赋，居天下十七，事务最烦剧，天爵条分目别，细巨不遗。……

天爵为学，博而知要，长于纪载，尝著《国朝名臣事略》十五卷、《文类》七十卷。其为文，长于序事，平易温厚，成一家言，而诗尤得古法，有诗稿七卷，文稿三十卷。于是中原前辈，凋谢殆尽，天爵独身任一代文献之寄，讨论讲辩，虽老不倦。晚岁，复以释经为己任。学者因其所居，称之为滋溪先生。……

——《元史》卷一八三

【翻译】

苏天爵，字伯修，真定人。……苏天爵因在国子监的公开考试中名列第一，便做了官，被任命为从仕郎、大都路蓟州判官。这时他的父母都去世了，他守丧完毕后，调任功德使司任照磨。……至顺元年（1330），苏天爵参加编纂《武宗实录》。至顺二年（1331），他升为修撰，被提拔为江南行台监察御史。

第二年，苏天爵在湖北审察刑狱。湖北地处偏远，汉族与獠族杂居，苏天爵冒着有毒的瘴气，走遍了那个地区。犯人中有喊冤枉的，苏天爵说："按察司官员每年来两次，你们为什么不说？”犯人们都说：“以前来审察刑狱的人，都是敷衍了事。今天我们听说御史来到，应当受刑，所以不得不说。”苏天爵为之叹息。他每件事都认真办理，虽然是盛夏酷暑，夜里依然点燃灯烛，阅读、撰写公文，不知疲倦。沅陵县平民文甲没有儿子，收养了外甥雷乙，后来文甲生了两个儿子，便将雷乙赶出家门。雷乙等那两个儿子离家去卖茶，便在船中取出斧子，将两人都砍杀了，将斧子沉入水中，但是鲜血染红了他的衣服，痕迹因而保留着。事情败露之后，雷乙都供认不讳，刑部巡视地方的官员竟然认为这是三年的悬案而将雷乙释放了。苏天爵说：“这件事只有两年半，如果不杀人，为什么衣服被血染污？又怎么知道斧子在水中？另外雷乙居住的地方离杀人的地方很近，怎么能说是悬案呢？”于是重新审理此案。常德县平民卢甲、莫乙、汪丙一起出外做佣工，而卢甲误掉入水中淹死，卢甲有个当和尚的弟弟，想要与卢甲的妻子私通而未能得逞，便告卢甲的妻子与莫乙私通，而杀了她的丈夫。莫乙无法辩明，便无辜服罪，说是将卢甲击打致死后，切下他的头颅丢弃在草丛里，死尸和兵器丢弃在谭家沟里。吏卒去那里寻找，果然找到人的头骨，但是尸首和兵器都没有，而姓谭的作伪证说曾看见一具尸体，顺水漂走了。苏天爵说：“尸体与兵器即使还在，如今已经八年，没有不腐朽的。”召姓谭的讯问，发现卢甲没死的时候，姓谭的就已经双目失明了，他说曾看见一具尸首顺水漂去，是荒诞不合情理的。苏天爵对吏卒们说：“这才是悬案，而且不止三年。”他将莫乙和姓谭的都释放了。苏天爵善于详细地审判定罪的做法，大都是这类情况。

朝廷任命他入朝担任监察御史，他还在路上的时候，朝廷又改任他为奎章阁授经郎。元统元年(1333)，朝廷又任命他为监察御史，在任四个多月，共上奏疏四十五次，……他所弹劾的有五人，所荐举的有一百零九人。第二年，苏天爵参加编纂《文宗实录》，……后至元五年(1339)，离开朝廷担任淮东道肃政廉访使……第二年，改任吏部尚书，……当时，朝廷正在更换宰相，国家的政务多有兴废变化，而皇帝励精图治的想法非常迫切，苏天爵知无不言，表达意见时没有顾忌，他早晚为皇帝谋划，头发胡子都白了。

至正二年(1342)，苏天爵被任命为湖广行省参知政事，调任陕西行台侍御史。……他所做的兴利除弊的事有783件，他所弹劾的人有949个，京城的人赞誉他像宋代名臣包拯、韩彦直一样。然而因为不合当朝宰相的意，苏天爵竟被指为不称职，被撤职后回到故乡。至正七年(1347)，皇帝察觉到他的冤屈，便又任命他为湖北道宣慰使、浙东道廉访使，他都没有到任。皇帝任命他为江浙行省参知政事。江浙一带的钱财赋税，占全国的十分之七，事务最烦多，苏天爵分别条目，巨细无遗。……

苏天爵治学，广博而能抓住关键，长于记叙文章，他曾经编撰《国朝名臣事略》十五卷、《文类》七十卷。苏天爵作文长于叙事，文风平易、温柔敦厚，自成一家之言，他作诗尤其学得古人的方法，有诗稿七卷，文稿三十卷。当时中原一带文化界的前辈，差不多都去世了，苏天爵一人独自担负着文坛首领的重任。他讨论学问、讲课、辩论，虽老而不知疲倦。晚年，苏天爵又以阐释经学为自己的任务，文人们因他所居住的地方，称他为滋溪先生。……

《古代文史名著选译丛书》编纂始末[1]

马樟根　安平秋

今年1月,《古代文史名著选译丛书》已经出到100种101册(其中《史记》为2册)。4月份,最后的33种也已交稿。这样,全书133种即将呈献在读者面前。[2] 一项服务当前、造福子孙的普及优秀古代文化、进行爱国教育的大工程将宣告完工了。回想

---

①《古代文史名著选译丛书》由全国高校古籍整理研究工作委员会主持,古委会直接联系的18个古籍整理研究所为主要承担机构,章培恒、安平秋、马樟根任主编。本文于1992年4月,在《中国典籍与文化》杂志发表时题目是《衣带渐宽终不悔——〈古代文史名著选译丛书〉编纂始末》。这次将此文作为2011年修订版附录时,去掉原正标题,以原副标题为正式题目。 ② 至1994年4月最后定稿时,全书为135部。2011年修订版出版时,全书为134部。

这一套丛书动员18所院校，投入100余人，从1985年筹划，1986年起步，到今天已度过了六七年的岁月，个中甘辛令人难以忘怀。

一、北大·苏州·北大

——酝酿与筹划

编纂这样一套丛书，起因于1981年7月。当时陈云同志派人到北京大学召开了小型座谈会。来人告诉与会人员陈云同志最近在考虑两个问题：一个是粮食，一个是古籍整理。对古籍整理，特别讲到陈云同志说："整理古籍，为了让更多的人看得懂，仅作标点、注释、校勘、训诂还不够，要有今译，争取做到能读报纸的人多数都能看懂。有了今译，年轻人看得懂，觉得有意思，才会有兴趣去阅读。今译要经过选择，要列出一个精选的古籍今译的目录，不要贪多。"这就是后来收入《陈云文选》的那段话。1981年9月，中共中央关于整理我国古籍的文件中一字不差地强调了这段话。1983年，教育部成立了全国高校古籍整理研究工作委员会（简称古委会）。古委会主任周林同志根据中央和陈云同志意见，提出了组织力量今译古籍。但在当时，经过"文革”后的古籍整理工作百废待兴，加之一些学者对今译重要性的认识远非今日之深，这一工作一拖便是两年。

1985年5月，全国高校古委会在苏州召开了一届二次会议。周林同志在会上作了“人才培养和古代文化遗产普及问题”的专题发言，他分析了“解放三十多年来，由于‘左’的路线干扰，特别是‘文化大革命’，几乎使我们的民族文化到了中断的边缘，出现了对古代文化知之不多，或知之甚少的状况”，要教育界的同志“做好普及古代文化知识的工作”，搞好古籍的今注今译就是其中的一项重要任务，“高校古委会要在这方面多下功夫”，“高校古籍研究所无疑应担负起这个任务”。他针对当时一些人轻视古籍的今注今译思想，呼吁“我们对于选本、今译等有利于教育普及的东西，应承认它的学术价值”，“《昭明文选》、《唐诗三百首》、《古文观止》等是地道的选本，流传几百年，发生那么大的影响，能说没有水平？”“专家们深入浅出的在对古文献研究基础上的译注，对普及古代优秀文化作出重大贡献，算不算高水平的成果呢？”“古文既要译得恰当、准确，又要通畅易懂，难度是很大的”，“为了社会主义精神文明建设，古籍整理这方面也要作出应有的贡献”。一石激浪，沉寂了几年的今译古籍的话题又重新活跃起来。会上作了一番认真讨论。

经过这样的酝酿，1985 年 7 月，全国高校古委会科研项目评审组的专家们聚集在北京大学勺园，筹划编纂一套古籍今译的精选本。初步定名为《古籍今译丛书》，议定了收书范围、内容，开列了 65 种书的选目。并决定由科研项目专家评审组召集人、复旦大学古籍所所长章培恒教授和参加过陈云同志在北大召开座谈会、当时古委会主管科研工作的副秘书长安平秋同志共同负责，与秘书处同志一起具体筹划。经几个月的筹备，决定由古委会直接联系的 18 个高校古籍研究所承担这一工作，组成编委会，并开列出 89 种书的选目，对选译的进度、规划亦作了设计。此时，几家出版社闻讯而至，表示愿意出版这套丛书。最早与我们联系的巴蜀书社的段文桂社长以其强烈的事业心和对古籍今译的高度重视感动了我们，于是决定邀请巴蜀书社编辑参加第一次编委会议。

二、从柳浪闻莺到桂子山上

——第一批书稿的产生

第一次编委会于 1986 年 5 月在杭州柳莺宾馆

召开。宾馆因位于西湖十景之一的柳浪闻莺而得名。全国高校18个研究所的24名学者和有关人员聚集在这风景胜地，无心观柳，亦无从闻莺，紧张地工作了三天。会上确定了这套普及读物的读者对象是具有中等以上文化程度的广大群众，收书范围是中国历代文史名著，在名著之中选精。所选书目，在原拟89种基础上，调整为116种，以形成系统性。书中选篇之下分提示、原文、今译、注释四部分，以译文为主，书前有一前言，书中加入必要的插图。每一种书约10—15万字。书名确定为《古代文史名著选译丛书》。即由到会的24位学者组成丛书编委会①，由章培恒、马樟根、安平秋三人任主编。于是，编委会立即分成三个工作小组，在会上分头拟出丛书《凡例》、《编写、审稿要求》和《文稿书写格式》，经讨论修改而形成了正式文字以供遵循。在

① 编委会成员按姓氏笔划排列为：
马樟根　平慧善　安平秋　刘烈茂　许嘉璐　李国祥
金开诚　周勋初　宗福邦　段文桂　董治安　倪其心
黄永年　章培恒　曾枣庄(以上为常务编委)
王达津　吕绍纲　刘仁清　刘乾先　李运益　杨金鼎
曹亦冰　常绍温　裴汝诚(以上为编委)

自报的前提下，会上确定了由18个研究所承担前40部书的今译任务，要求当年年底完成。古委会主任、丛书顾问周林同志对编委会的认真精神、紧张工作和显著效率十分赞赏，他说："有这样一个编委会，有这样一个阵容来做选译，使中国历史文化不成为专属于少数人的知识，使能看报纸的人都读懂自己民族的名著，从而树立爱国主义、建设有民族特色的精神文明，其意义之深远将会在今后愈益显露出来。"于是，有1000余万字的大工程便从这里开始了。

当年年底各研究所的今译书稿经作者完成后，由在该所的编委审改，到1987年5月和7月，先后在复旦大学、北京大学两次召开编委审稿会。这种审稿会，说是审稿，实际上是边审边改，字斟句酌，每部书稿必须经一位编委、一位常务编委审改把关，经过这样两道工序，汇总到主编手中，40部书稿通过了25部。其中部分书稿赶印了样稿征求意见。于是周林同志于7月6日在北大临湖轩邀请了在京十几位专家与正在审稿的编委一起研究样稿，探讨如何提高这套今译丛书的质量。

根据编委审稿发现的问题和在京专家们的意

见，从书亟需在已定体例的框架中条列细则；而出版单位巴蜀书社又希望所出版的第一批书为50种以便形成格局，需要布置各研究所承担新的今译任务。这样，1987年10月在华中师范大学再次召开了编委会，又请了詹锳、周振甫、刘乃和、郭预衡等先生到会指导。

这次编委会是在审看了40部书稿后，发现了一大批问题亟待解决，又是在需要布置下一步任务的状况下召开的，是一次承上启下的编委会。会议初期人们的心情和会上的气氛都带有一股子严峻与急切。会议从5日到8日开了三天半。但是在4日晚上开预备会的时候，主编章培恒先生尚未到会，亦无他是否已从上海出发的信息。5日上午就要开会了，主编不到怎么行呢？5日一早，我们还在沉睡之中，忽听有人敲门，进来的竟是章培恒！一向风神儒雅、衣装考究的章培恒先生，此时却是一身尘灰、满脸疲惫地站在我们面前。原来他从上海出发前，未能买到机票或船票，而上海到武汉又没有直达火车，只好先从上海坐火车到长沙，为了不误5日上午开会，他只好买了一张无座票，夜间从长沙出发一直站到武昌。一向走路辨不清方向的章培恒竟然在夜色未退之前一人从车站摸到了华中师大专家楼，也算是奇迹。

这次编委会，从体例的具体要求、书中选篇是否合适、每篇中的提示如何写、注释的繁简和语言的通俗性，到今译的信达雅如何把握，例如李白的“床前明月光，疑是地上霜，举头望明月，低头思故乡”这样通俗的诗是否要翻译，在在都有热烈的争论。感谢编委们的努力和学术判断力，最后终于形成了一个《细则》，一切争论都统一在这个《细则》之上。编委们在思想明确、分得新的任务之后，显出了少有的轻松与喜悦。会议结束正逢中秋节，华中师大的专家楼坐落在武昌桂子山上。入夜，桂子山上举行了赏月茶会，几张方桌，围坐着全体编委和特邀到会专家。天上明月如盘，清辉洒地，眼前桂树葱茏，桂花飘香，华中师大古籍研究所的青年们活跃席间，引得王达津先生即席赋诗，刘乃和先生清唱京戏。这气氛预示着《古代文史名著选译丛书》克服了当前的困难，第一批50种书稿有如母腹中的胎儿，快要降生了。

三、华清池畔的愁云与人民大会堂的欢欣

——第一批书出版的柳暗花明

1988年10月，编委们再一次聚会，审定第一批

50种中的最后十几部书稿、修改第二批50种中的大量书稿。这次审稿是在“东枕华山、西拒咸阳”的骊山脚下、华清池滨的一家招待所。这里古朴而不豪华，食宿低廉却又实惠，审稿之余，左近有风景可观，有古迹可寻，房内有43℃的温汤沐浴，编委们平日在校教学、科研工作劳累而生活清苦，如今有这样的环境与条件，感到少有的惬意。我们作为主编觉得这也是对编委们两年来辛勤编书的一点补偿。但这种适意之感很快就被两件事所驱散。一件事是书稿的质量。几十部书稿交来，一经审看，从注译到体例完全合格的只有寥寥可数的三四部，余下的，或需小改，或需大改，或根本不合格需退回重作。另一件事是出版发行成了问题。到会的巴蜀书社副社长黄葵同志向大家通报了即将印出的16本书征订情况，最多的为2000册，且只有一种，其他的只有800册、600册，甚至还有200余册。征订不佳，销路不畅，出书要赔钱，出版社为难，编委们又无计可施。此时哪还有心思去观赏“骊山云树郁苍苍，历尽周秦与汉唐”？也无心绪登上骊山，在烽火台前怀古。且正值“楼台八月凉”的节令，只有华清池畔秋雨飘零，秋风瑟瑟，落叶满地，不禁愁从中来。

愁则愁，还得面对现实。书稿质量不高，靠到会近20位编委十余天的逐字逐句修改，终于改定合格17部。至于出版发行问题，巴蜀书社的朋友费心经营，重新设计了封面，改进装帧，将第一批50种装成一个大礼品盒，成盒出售。从中又得到了国家新闻出版署、四川省出版局、国家教委有关司局和各省市教委的大力支持与帮助，发行面得以扩大，到了1990年下半年，首印的17000套书销售已尽，而问讯、索购者不绝，出版社决定再印30000套以供读者需要。中央领导了解到这套丛书受到读者欢迎，欣然为丛书题辞，江泽民总书记的题辞是“做好我国古代文史名著的传播普及工作，使其古为今用，以发扬爱国主义精神”，李鹏总理的题辞是“弘扬民族优秀文化，激励爱国主义精神”。李瑞环同志也为丛书题了辞。

1990年8月22日在北京人民大会堂召开了《古代文史名著选译丛书》出版座谈会。国家领导人李铁映、胡乔木、李德生、陈丕显、廖汉生、王汉斌、王光英出席，古委会主任周林同志主持会议，到会各阶层代表在发言中从不同角度肯定了这套书对促进青少年了解历史、了解国情、了解中华民族优秀传统文化、进行爱国主义教育的作用。时值盛夏，却逢喜雨，洗却了编委和出版社同志心中的忧虑，参加大会堂座谈会的13名常务编委会后又聚集在北京大学讨论深入认识编纂这套丛书的重大意义，研究审改好第二批书稿的具体措施。

四、从舜耕山庄耕作到乐山脚下

——第二批书稿审定之艰辛

第二批书稿50种50册，是1987年10月布置的。1988年10月在西安审改合格的17部书稿都已放入第一批中以替换原已通过的第一批中质量较差的书稿。这样，第二批书稿当时余下的已完成的有20余部，却都不合格，只能要求译注者和编委再行修改。一年之后，编委会汇总来重新改好和新译注交来的第二批书稿44部，1989年10月于济南千佛山下的舜耕山庄召开了常务编委审稿会。

这次审稿，发现的问题较多。有的选目不当，如有的史书重要人物的传不选却选入无关紧要而又无学习价值的人物传，有的名家的文章名篇不选却选入既无文学价值又无借鉴意义的篇章。有的选译所依据的底本不当，舍弃现有的精校本却用校勘不善的本子。有的虽有根据地改动正文却只在注释中说“原作……据别本改”，而不指明据何本改。有的注释过繁，不利于一般读者阅读；有的注释极简，该注释的地方不注，使广大读者看了译文仍无法理解全文的精妙；而更多的是注释不准确，对一字一词增字为训而歪曲了原意的毛病也较普遍。译文问题更多，有的语义不清，佶屈聱牙，把“三顾频烦天下计，两朝开济老臣心”译为“三顾茅庐频烦为天下大计，两朝事业开济尽老臣忠心”，有的为追求通俗生动把“君何往”中的“君”译为“老兄”。每篇的提示，有的写得很长变成了文章赏析，有的虽短却不中肯綮，用了类似“文革”期间的语言扣几顶大帽子了事。看这样的稿子都觉头痛，改这样的稿子更感艰难。审稿历时12天，参加审稿、当时63岁的黄永年先生向我们诉苦：“头发掉了一把！”有的编委说，千佛山古称历山，传说舜在这里开垦耕耘，十分艰辛，我们住在舜耕山庄，预示着我们为这套丛书垦荒笔耕，也要历尽千辛。这次审稿，经过审改之后，有10部书稿合格，有11部需会后再作小的修改方能通过，余下的均需作大的改动或另请人译注。

这次审稿还研究了所选戏曲部分的曲辞如何今译问题，如规定了念白中出现的诗句只注不译，上、下场诗只注不译，注而不译的文字在译文中应予保留以便参读。

到1990年12月，丛书常务编委在广州研究丛书如何体现批判继承精神、如何提高第二批书稿质量时，又有18部书稿完成交来。为了保证书稿质量，使1991年上半年召开的常务编委审稿会得以顺利进行，我们三个主编从广州匆匆赶到北京，用了一周时间审看了这18部书稿，通过了7部，11部退改。当我们看完最后一部书稿碰头研究时，已是12月31日。在1990年一年内，我们仅仅通过了这7部书稿。加上1989年在舜耕山庄通过的10部，也仅有17部，尚差33部方足第二批的50部。

1991年5月，常务编委来到古称嘉州的乐山市，在乐山山腰的八仙洞宾馆继续审改第二批书稿。改稿时间只有十天，要力争将50部推出，其繁重可知。我们在改稿过程中，不禁想到明万历年间嘉州知州袁子让的诗句“登临始觉浮生苦”，想到这套丛书从起步到这次审改已历时5年，当初怎么也没有想到完成这套丛书会是如此的艰辛，真是登临始觉笔耕苦啊!

这次乐山审稿,通过了13部书稿。好在余下的20部书稿只须小改即可在会后交稿,终于在1991年8月将这20部书稿全部改定交巴蜀书社。第二批50部历时近四年终于定稿了。

五、在金陵古都作光辉的一结

——第三批书稿的完成

1990年12月据出版社的要求,这套丛书出齐当为150种,到乐山会上又修正为110种至125种,最后数字的确定根据最后一次审稿结果而定,合格的即入选,不合格的不再修改选入。根据这一共识,今年4月中旬,我们一部分常务编委聚集到六朝古都南京,从已经交来的35部书稿中选择经小改合格的书稿。经过十一天的劳作,选择、改定33部,由到会的常务编委、巴蜀书社的段文桂总编和编委、巴蜀书社的刘仁清副编审带回成都,将经由他们的继续辛苦而使《古代文史名著选译丛书》以133部、1500万字之数呈献给热爱中华文化的读者。

这套丛书从1986年5月起步,历时整整六年,平日繁细工作不计,仅编委大小审稿会就开了12次之多。丛书的发起人、顾问、古委会主任周林同志先后参加了8次审稿会,每次都自始至终和大家在一起,听取审稿情况,了解遇到的问题;当我们遇到困难的时候他为我们鼓劲,当我们感到欣喜的时候他提醒我们不可大意。这次他又和我们一起来到虎踞龙蟠的石头城下,为我们督阵,看我们能否为这套丛书作出光辉的一结。

此时此刻,我们与这次会议的东道主、丛书常务编委、南京大学的周勋初先生漫步在中山陵旁,想到今译丛书已基本完成,自然感到如释重负,但理智却使我们不敢轻松,我们期待着全书133部出齐之后专家、读者的评头品足。

1992年4月26日

(原载《中国典籍与文化》1992年第1期)

古代文史名著选译丛书(修订版)总目

丛书主编:章培恒　安平秋　马樟根

书　名	译注者	审阅者	定价/元
老子注译	张玉春　金国泰	安平秋	16.00
庄子选译	马美信	章培恒	18.00
荀子选译	雪　克　王云路	董治安　许嘉璐	19.00
申鉴中论选译	张　涛　傅根清	董治安	18.00
颜氏家训选译	黄永年	许嘉璐	15.00
论语注译	孙钦善	宗福邦	28.00
孟子选译	刘聿鑫　刘晓东	黄　葵	20.00
墨子选译	刘继华	董治安	14.00
韩非子选译	刘乾先　张在义	黄　葵	19.00
新序说苑选译	曹亦冰	倪其心	25.00
论衡选译	黄中业　陈恩林	许嘉璐	22.00
管子选译	缪文远　缪　伟	董治安	18.00
列子选译	王丽萍	周勋初　倪其心	19.00
韩诗外传选译	杜泽逊　庄大钧	董治安	24.00
盐铁论选译	孙香兰　刘光胜	黄永年	13.00
诗经选译	程俊英　蒋见元	刘仁清	19.00
楚辞选译	徐建华　金舒年	金开诚	15.00
贾谊文选译	徐　超　王洲明	安平秋	17.00
司马相如文选译	费振刚　仇仲谦	安平秋	11.00
文心雕龙选译	周振甫	黄永年	17.00
庾信诗文选译	许逸民	安平秋	18.00

书　名	译注者	审阅者	定价/元
嵇康诗文选译	武秀成	倪其心	18.00
谢灵运鲍照诗选译	刘心明	周勋初	18.00
陈子昂诗文选译	王　岚	周勋初　倪其心	14.00
李白诗选译	詹　锳　等	章培恒	22.00
高适岑参诗选译	谢楚发	黄永年	23.00
元稹白居易诗选译	吴大逵　马秀娟	宗福邦	21.00
柳宗元诗文选译	王松龄　杨立扬	周勋初	18.00
李贺诗选译	冯浩菲　徐传武	刘仁清	20.00
杜牧诗文选译	吴　鸥	黄永年	14.00
李商隐诗选译	陈永正	倪其心	19.00
唐五代词选译	亦　冬	董治安	16.00
唐文粹选译	张宏生	周勋初	18.00
晚唐小品文选译	顾歆艺	平慧善	15.00
黄庭坚诗文选译	朱安群　等	倪其心	18.00
辛弃疾词选译	杨　忠	刘烈茂	24.00
元好问诗选译	郑力民	宗福邦	20.00
宋四家词选译	王晓波	倪其心	16.00
黄宗羲诗文选译	平慧善　卢敦基	马樟根	15.00
吴伟业诗选译	黄永年　马雪芹	安平秋	20.00
方苞姚鼐文选译	杨荣祥	安平秋	20.00
明代散文选译	田南池	马樟根	22.00
顾炎武诗文选译	李永祜　郭成韬	刘烈茂	23.00
张衡诗文选译	张在义　张玉春 韩格平	刘仁清	16.00
汉诗选译	张永鑫　刘桂秋	金开诚	19.00

书　名	译注者		审阅者		定价/元
阮籍诗文选译	倪其心		刘仁清		15.00
三曹诗选译	殷义祥		刘仁清		22.00
诸葛亮文选译	袁钟仁		董治安		16.00
陶渊明诗文选译	谢先俊	王勋敏	平慧善		16.00
杜甫诗选译	倪其心	吴　鸥	黄永年		17.00
王维诗选译	邓安生	等	倪其心		20.00
刘禹锡诗文选译	梁守中		倪其心		20.00
孟浩然诗选译	邓安生	孙佩君	马樟根		18.00
韩愈诗文选译	黄永年		李国祥		20.00
欧阳修诗文选译	林冠群	周济夫	曾枣庄		20.00
曾巩诗文选译	祝尚书		曾枣庄		19.00
苏轼诗文选译	曾枣庄	曾　弢	章培恒		23.00
李清照诗文词选译	平慧善		马樟根		15.00
陆游诗词选译	张永鑫	刘桂秋	黄　葵		24.00
朱熹诗文选译	黄　珅		曾枣庄		20.00
文天祥诗文选译	邓碧清		曾枣庄		20.00
袁枚诗文选译	李灵年	李泽平	倪其心		20.00
王安石诗文选译	马秀娟		刘烈茂	宗福邦	18.00
二程文选译	郭　齐		曾枣庄		25.00
范成大杨万里诗词选译	朱德才	杨　燕	董治安		26.00
萨都剌诗词选译	龙德寿		曾枣庄		28.00
王阳明诗文选译	吴　格		章培恒		18.00
徐渭诗文选译	傅　杰		许嘉璐	刘仁清	17.00
李贽文选译	陈蔚松	顾志华	李国祥	曾枣庄	17.00

书　名	译注者		审阅者	定价/元
三袁诗文选译	任巧珍		董治安	17.00
王士禛诗选译	王小舒	陈广澧	黄永年	13.00
龚自珍诗文选译	朱邦蔚	关道雄	周勋初	13.00
尚书选译	李国祥 谢贵安	刘韶军 庞子朝	宗福邦	14.00
礼记选译	朱正义	林开甲	宗福邦	22.00
左传选译	陈世铙		董治安	22.00
国语选译	高振铎	刘乾先	黄　葵	22.00
战国策选译	任　重	霍旭东	李国祥	21.00
吕氏春秋选译	刘文忠		董治安	17.00
吴越春秋选译	郁　默		倪其心	19.00
史记选译	李国祥 张三夕	李长弓	安平秋	29.00
汉书选译	张世俊	任巧珍	李国祥	22.00
后汉书选译	李国祥 彭益林	杨　昶	许嘉璐	24.00
三国志选译	刘　琳		黄　葵	18.00
晋书选译	杜宝元		许嘉璐	15.00
宋书选译	漆泽邦	孔　毅	李国祥	19.00
南齐书选译	徐克谦		周勋初	18.00
北齐书选译	黄永年		安平秋	16.00
梁书选译	于　白		周勋初	17.00
陈书选译	赵　益		周勋初	17.00
南史选译	漆泽邦		安平秋	22.00
北史选译	刁忠民		段文桂	20.00

书　名	译注者	审阅者	定价/元
周书选译	黄永年	安平秋	15.00
魏书选译	杨世文　郑　晔	周勋初	22.00
隋书选译	武秀成　赵　益	周勋初	20.00
新唐书选译	雷巧玲　李成甲	黄永年	16.00
旧唐书选译	黄永年	章培恒	16.00
新五代史选译	李国祥　王玉德 姚伟钧	周勋初	18.00
旧五代史选译	贾二强	黄永年	17.00
宋史选译	淮　沛　汤　墨	曾枣庄	20.00
辽史选译	郭　齐　吴洪泽	曾枣庄	21.00
金史选译	杨世文　祝尚书 李文泽　王晓波	曾枣庄	21.00
元史选译	樊善国　徐　梓	马樟根	25.00
明史选译	杨　昶	李国祥	20.00
清史稿选译	黄　毅	章培恒	22.00
贞观政要选译	裴汝诚　王义耀	黄永年	18.00
史通选译	侯昌吉　钱安琪	周勋初	16.00
资治通鉴选译	李　庆	黄永年	16.00
续资治通鉴选译	徐光烈	安平秋	24.00
通鉴纪事本末选译	谈蓓芳	章培恒	21.00
洛阳伽蓝记选译	韩结根	章培恒	22.00
梦溪笔谈选译	李文泽	曾枣庄	20.00
徐霞客游记选译	周晓薇　等	黄永年　马樟根	17.00
宋代笔记小说选译	朱瑞熙　程君健	金开诚等	19.00
关汉卿杂剧选译	黄仕忠	刘烈茂	24.00

书　名	译注者	审阅者	定价/元
明代文言短篇小说选译	黄　敏	章培恒	23.00
六朝志怪小说选译	肖海波　罗少卿	刘仁清	21.00
世说新语选译	柳士镇　钱南秀	周勋初	23.00
水经注选译	赵望秦　段塔丽　张艳云	许嘉璐	19.00
唐人传奇选译	周　晨	曾枣庄	24.00
唐五代笔记小说选译	严　杰	周勋初	21.00
大慈恩寺三藏法师传选译	贾二强	黄永年	18.00
宋代传奇选译	姚　松	周勋初	22.00
聊斋志异选译	刘烈茂　欧阳世昌	章培恒	22.00
阅微草堂笔记选译	黄国声	安平秋	16.00
清代文言小说选译	王火青	周勋初	23.00
历代名画记图画见闻志选译	周晓薇　赵望秦	黄永年	17.00
容斋随笔选译	罗积勇	宗福邦	20.00
唐才子传选译	张　萍　陆三强	黄永年	24.00
西厢记选译	王立言	董治安	20.00
元代散曲选译	彭久安	刘烈茂　金开诚	21.00
日知录选译	张艳云　段塔丽	黄永年	22.00
桃花扇选译	张文澍	章培恒　段文桂	15.00
牡丹亭选译	卓连营	章培恒	14.00
长生殿选译	戚海燕	董治安	20.00